UNION GÉNÉRALE D'ÉDITIONS
8, rue Garancière - Paris VIᵉ

Du même auteur
dans la même série

Assassins et poètes, n° 1715.
Le Collier de la princesse, n° 1688.
L'Énigme du clou chinois, n° 1723.
Le Fantôme du temple, n° 1741.
Meurtre à Canton, n° 1558.
Meurtre sur un bateau-de-fleurs, n° 1632.
Le Monastère hanté, n° 1633.
Le Motif du saule, n° 1591.
Le Mystère du labyrinthe, n° 1673.
Le Paravent de laque, n° 1620.
Le Pavillon rouge, n° 1579.
La Perle de l'Empereur, n° 1580.
Le Singe et le Tigre, n° 1765.
Le Squelette sous cloche, n° 1621.
Trafic d'or sous les T'ang, n° 1619.

Chez Christian Bourgois Éditeur

Trois affaires criminelles résolues par le juge Ti.

LE JUGE TI
A L'ŒUVRE

(Huit nouvelles policières chinoises)

PAR

ROBERT VAN GULIK

Traduit de l'anglais
par Anne Krief

*Avec huit illustrations de l'auteur
dans le style chinois*

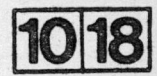

INÉDIT

*Série « Grands Détectives »
dirigée par Jean-Claude Zylberstein*

Titre original :

Judge Dee at Work

HUIT ENQUÊTES INÉDITES
DU JUGE TI

Ces huit nouvelles, où l'on voit s'illustrer le grand détective de la Chine ancienne et ses assistants Ma Jong, le sergent Hong et Tsiao Taï, couvrent une période de dix années au cours desquelles le juge occupa ses fonctions dans quatre provinces différentes de l'Empire T'ang. De la trahison présumée d'un général de l'Armée chinoise confrontée aux hordes tartares à la frontière occidentale, au meurtre d'un poète solitaire dans son pavillon de repos à Han-yuan, les enquêtes de ce recueil sont parmi les plus marquantes de la longue et illustre carrière du juge Ti.

CINQ NUAGES DE FÉLICITÉ

Cette affaire eut lieu en 663, une semaine après que le juge Ti eut pris ses fonctions à son premier poste officiel de magistrat, dans le district de Peng-lai, aux confins de la côte nord-est de l'Empire. Dès son arrivée, il s'était trouvé confronté à trois mystérieux crimes, relatés dans Trafic d'or sous les T'ang *(1).* Il *était fait mention dans ce roman de la florissante industrie navale de Peng-lai ainsi que de Monsieur Yi Pen, riche armateur. Quand cette histoire commence, nous nous trouvons dans le cabinet particulier du juge Ti, au tribunal, où le magistrat s'entretient avec Yi Pen et deux autres personnages; ils viennent de terminer l'étude d'un projet présenté par le juge Ti, consistant à faire passer l'industrie navale sous le contrôle du gouvernement.*

— Eh bien, Messieurs, déclara avec un sourire satisfait le juge Ti à ses trois hôtes, voilà qui est réglé, je pense.

L'entretien avait commencé vers deux heures et il

---

(1) *Trafic d'or sous les T'ang,* coll. 10/18, n° 1619.

9

était déjà plus de cinq heures. Mais le juge estimait que le temps avait été bien employé.

— Les règlements que nous avons mis au point semblent prévoir tous les problèmes possibles, remarqua Monsieur Ho de sa voix claire.

Secrétaire du Ministère de la Justice à la retraite, Monsieur Ho était un homme d'un certain âge, vêtu avec sobriété. Se tournant vers Houa Min, le riche armateur assis à sa droite, il ajouta :

— Vous conviendrez, Monsieur Houa, que notre projet règle de manière équitable les différends avec votre collègue, Monsieur Yi Pen, ici présent.

Houa Min fit la moue.

— « Equitable » est un qualificatif des plus choisis, dit-il sèchement, mais en tant que négociant je préfère de loin celui de « profitable ». Si l'on m'avait laissé la latitude de faire concurrence à mon ami Monsieur Yi, le résultat n'aurait probablement pas été précisément équitable, non... Mais certes hautement profitable — personnellement, j'entends !

— L'industrie navale concerne directement notre défense côtière, répliqua le juge d'un ton sévère. Le gouvernement impérial ne tolère aucun monopole privé. Nous avons passé tout l'après-midi sur ce sujet et, grâce entre autres aux excellents conseils techniques de Monsieur Ho, nous sommes parvenus à rédiger ce document fixant les règles que tout armateur devra respecter. J'attends de vous deux que vous vous y conformiez.

Monsieur Yi Pen acquiesça énergiquement. Le juge aimait bien cet homme d'affaires très habile, mais honnête. Il avait moins d'estime pour Monsieur Houa Min qui, d'après ce qu'il savait, ne répugnait pas aux affaires louches et avait une vie sentimentale très agitée. Le juge Ti fit signe au commis de resservir une tasse de thé à ses hôtes, puis se carra dans son fauteuil. La journée avait été chaude, mais à présent une légère brise s'était levée, apportant dans le cabinet le parfum du magnolia qui se dressait devant la fenêtre.

Monsieur Yi reposa sa tasse de thé et regarda Ho et Houa Min d'un air interrogateur. Il était temps de prendre congé.

Tout à coup la porte s'ouvrit et le sergent Hong, le vieux conseiller du juge Ti, fit son entrée. S'approchant vivement du bureau, il annonça :

— Quelqu'un vient de se présenter avec un message important, Votre Excellence.

Le juge Ti avait surpris son regard.

— Veuillez m'excuser un instant, dit-il à ses trois invités en se levant pour suivre le sergent Hong.

Une fois dans le corridor, Hong lui confia à voix basse :

— Il s'agit de l'intendant de Monsieur Ho, Excellence. Il est venu annoncer à son maître que Madame Ho venait de se donner la mort.

— Ciel tout-puissant ! s'exclama le juge. Dis-lui d'attendre un moment. Autant annoncer moi-même cette mauvaise nouvelle à Ho. Comment cela s'est-il passé ?

— Elle s'est pendue, Excellence. Dans le pavillon de repos du jardin, à l'heure de la sieste. L'intendant est aussitôt accouru ici.

— Voilà qui est navrant pour Monsieur Ho. Je l'aime bien. Un peu sec peut-être, mais très consciencieux, et juriste avisé de surcroît.

Le magistrat hocha tristement la tête et rentra

11

dans son cabinet. Après avoir repris place à son bureau, il s'adressa à Ho d'un ton grave :

— C'était votre intendant, Monsieur Ho. Il venait vous annoncer une bien triste nouvelle, au sujet de Madame Ho.

Ho saisit brusquement les accoudoirs de son fauteuil.

— Au sujet de mon épouse ?

— Selon toute apparence, elle se serait donné la mort, Monsieur Ho.

Ho se souleva à demi, puis se laissa lourdement retomber sur son siège.

— Ainsi, ce que je craignais est arrivé, dit-il d'une voix blanche. Elle... elle était très déprimée ces dernières semaines. Comment... comment a-t-elle fait ? demanda-t-il en se passant la main sur les yeux.

— Votre intendant a dit qu'elle s'était pendue. Il vous attend pour vous reconduire chez vous, Monsieur Ho. Je vous envoie immédiatement le contrôleur des décès pour établir le permis d'inhumer. Je suppose que vous désirez en finir au plus vite avec toutes les formalités d'usage.

Monsieur Ho ne sembla pas l'avoir entendu.

— Morte ! marmonna-t-il. Quelques heures à peine après que je l'ai quittée ! Que faire ?

— Nous allons vous aider pour tout, Monsieur Ho, dit Houa Min d'un ton réconfortant.

Puis il ajouta quelques phrases de condoléances, aussitôt imité par Yi Pen. Mais Ho ne sembla pas les entendre non plus. Il regardait fixement devant lui, les traits tirés. Levant brusquement la tête vers le juge, il répondit, après avoir hésité un instant :

— J'ai besoin de temps, Excellence, d'un petit peu de temps pour... Je ne voudrais pas abuser de votre obligeance, Noble Juge, mais... serait-il possible de charger quelqu'un des formalités à ma place ? Ensuite, je pourrais rentrer chez moi, après... après l'autopsie, et lorsque le corps aura été...

Ho laissa sa phrase en suspens, implorant le juge du regard.

— Naturellement, Monsieur Ho ! répliqua vivement le juge Ti. Vous allez rester ici et prendre une autre tasse de thé. Je vais accompagner moi-même le contrôleur des décès et faire préparer un cercueil provisoire. C'est le moins que je puisse faire. Vous ne m'avez jamais épargné vos précieux conseils, et aujourd'hui encore vous avez consacré tout votre après-midi aux affaires de ce tribunal. Non, j'insiste, Monsieur Ho ! Vous allez vous occuper tous les deux de votre ami, Messieurs. Je serai de retour d'ici une demi-heure environ.

Le sergent Hong attendait dans la cour du Yamen en compagnie d'un petit homme bedonnant à la barbiche noire, aussitôt présenté au magistrat comme l'intendant de Ho.

— Monsieur Ho est prévenu, lui dit le juge. Vous pouvez rentrer chez votre maître, je vous y rejoins immédiatement. Hong, tu devrais retourner au greffe pour y classer les papiers récemment arrivés. Nous les regarderons ensemble à mon retour. Où sont mes deux lieutenants ?

— Ma Jong et Tsiao Taï sont dans la cour principale, Votre Excellence. Ils font faire l'exercice aux gardes.

— Parfait. Je n'ai besoin que du chef des sbires et de deux de ses hommes. Ils mettront le corps en bière. Lorsque Ma Jong et Tsiao Taï en auront terminé avec l'exercice, ils pourront disposer. Je n'aurai pas besoin d'eux ce soir. Va chercher le contrôleur des décès et fais-moi préparer mon palanquin officiel !

Dans la petite avant-cour de la modeste demeure de Monsieur Ho, le ventripotent intendant attendait le juge. Deux servantes aux yeux rougis par les larmes erraient près de la loge de garde. Après avoir aidé le juge Ti à s'extraire du palanquin, le chef des sbires reçut l'ordre d'attendre dans la cour avec ses hommes. Puis le magistrat ordonna à l'intendant de le conduire, ainsi que le contrôleur des décès, jusqu'au pavillon.

Le petit homme les conduisit par la galerie ouverte qui entourait la maison jusqu'à un vaste jardin bordé d'un mur élevé. Il leur fit emprunter un sentier bien entretenu qui serpentait à travers des buissons fleuris et menait tout au fond du jardin. Là, dans l'ombre de deux grands chênes, s'élevait un pavillon octogonal bâti sur une plate-forme de briques circulaire. Le toit pointu, recouvert de tuiles vertes, était surmonté d'un globe doré ; quant aux piliers et aux claustra des fenêtres, ils étaient laqués de rouge vif. Le juge gravit les quatre marches de marbre et ouvrit la porte.

Il faisait chaud dans la pièce, petite mais haute de plafond, où flottait l'odeur entêtante d'un encens exotique. Le regard du juge Ti se porta aussitôt sur la couche de bambou, contre le mur de droite. Une femme y gisait, le visage tourné vers le mur. De lourdes tresses soyeuses, à moitié défaites, lui retombaient sur les épaules. Elle portait une robe d'été de soie blanche et des escarpins de satin blanc

enserraient ses petits pieds. Se retournant vers le
contrôleur des décès, le juge ordonna :

— Examinez-la pendant que je prépare le certificat de décès. Ouvrez donc les fenêtres, on étouffe
ici ! ajouta-t-il à l'adresse de l'intendant.

Le juge sortit de sa manche une formule officielle
et la posa sur une petite table, à côté de la porte.
Puis il examina la pièce en prenant son temps. Un
plateau à thé, avec deux tasses, était posé sur une
table de bois de rose sculpté, au centre de la pièce.
La théière carrée avait été renversée ; son bec
reposait contre une boîte plate en cuivre jaune,
auprès de laquelle se trouvait une cordelette de soie
rouge. Deux chaises à hauts dossiers étaient repous-
sées contre la table. Hormis les deux étagères en
bambou entre les fenêtres, contenant des livres et
quelques objets anciens, il n'y avait pas de meubles.
La moitié supérieure des murs était recouverte de
plaquettes de bois sur lesquelles étaient calligraphiés
de célèbres poèmes. Il régnait une atmosphère
raffinée et paisible.

L'intendant avait ouvert la dernière fenêtre. S'approchant du juge, il lui montra les grosses poutres de
laque rouge qui traversaient le plafond en forme de
coupole. Une cordelette rouge, dont le bout était
effiloché, pendait à la poutre du milieu.

— Nous l'avons trouvée pendue là, Noble Juge,
la femme de chambre et moi-même.

Le juge Ti hocha la tête.

— Madame Ho avait-elle l'air déprimée ce
matin ?

— Oh non ! Noble Juge, elle était d'excellente
humeur au repas de midi. Mais lorsque Monsieur
Houa est venu voir mon maître, elle...

— Houa Min, avez-vous dit ? Pourquoi est-il venu ici ? Il devait de toute façon rencontrer Monsieur Ho à deux heures dans mon cabinet !

L'intendant eut l'air embarrassé. Après quelque hésitation, il répondit :

— Comme je servais le thé aux deux messieurs dans la salle de réception, Noble Juge, je n'ai pu éviter d'entendre ce qui se disait. J'ai cru comprendre que Monsieur Houa désirait que mon maître donnât à Votre Excellence, lors de votre entrevue, un conseil qui lui fût avantageux. Il alla même jusqu'à offrir à mon maître un considérable, heu... présent. Naturellement mon maître a refusé avec indignation.

Le contrôleur des décès s'approcha du juge.

— Je voudrais montrer quelque chose d'étrange à Votre Excellence, dit-il.

Remarquant l'air soucieux du contrôleur des décès, le juge Ti ordonna vivement à l'intendant :

— Allez me chercher la femme de chambre de Madame Ho !

Puis il se dirigea vers la couche. Le contrôleur des décès avait retourné la tête de la morte. Son visage était atrocement déformé, mais l'on pouvait voir qu'elle avait été belle. Le juge lui donna une trentaine d'années. Relevant une mèche de cheveux, le contrôleur des décès montra au juge un vilain bleu sur la tempe gauche de la jeune femme.

— Voilà la première chose qui me tracasse, Votre Excellence, remarqua-t-il posément. La seconde est que, quoique la mort soit due à une strangulation, aucune vertèbre cervicale n'a été déplacée. J'ai mesuré la cordelette suspendue à la poutre, là-haut, le nœud coulant sur la table et la victime elle-même.

On peut aisément imaginer la façon dont elle a procédé : elle est montée sur la chaise, puis sur la table. Après avoir lancé la corde par-dessus la poutre, elle a fait un nœud coulant et l'a serré autour de la poutre. Ensuite, elle en a fait un deuxième à l'autre extrémité, se l'est glissé autour du cou et a sauté de la table, renversant la théière au passage. Pendue de la sorte, ses pieds devaient probablement se trouver à quelques pouces seulement du sol. Le nœud l'a étranglée lentement, sans lui briser le cou. Je ne peux m'empêcher de me demander pourquoi elle n'a pas posé l'autre chaise sur la table pour sauter de plus haut. Elle se serait assurément brisé le cou et serait morte instantanément. Si l'on fait le rapprochement entre ce fait et le bleu sur la tempe…

Le contrôleur des décès se tut et posa sur le juge un regard lourd de sous-entendus.

— Vous avez raison, répondit le magistrat replaçant dans sa manche le formulaire officiel.

Personne ne pouvait savoir désormais quand il serait en mesure d'établir le certificat de décès ! Poussant un soupir, il demanda :

— A quand remonte la mort ?

— C'est difficile à dire, Votre Excellence. Le cadavre est encore chaud et les membres ne sont pas raides. Mais avec la chaleur d'aujourd'hui et cette pièce fermée…

Le juge hocha la tête d'un air absent. Il contemplait la boîte pentagonale de cuivre jaune, aux coins arrondis. Elle faisait environ un pied de diamètre et un pouce de haut. Le motif du couvercle ajouré formait cinq spirales continues ; on apercevait tout le long une poudre brune qui emplissait la boîte.

L'HORLOGE A ENCENS

Le contrôleur des décès suivit le regard du magistrat.

— C'est une horloge à encens, remarqua-t-il.

— En effet. Le motif du couvercle est celui des Cinq Nuages de Félicité, chacun étant représenté par une spirale. Si l'on allume l'encens au début du motif, il se consumera lentement le long des spirales, comme une mèche. Regardez, le thé en s'écoulant du bec de la théière a mouillé le centre de la troisième spirale et éteint l'encens. Si nous parvenions à savoir l'heure exacte à laquelle cette horloge a été allumée, et le temps qu'il faut pour que l'encens se consume jusqu'au centre de la troisième spirale, nous pourrions établir l'heure approximative du suicide. Ou plutôt celle du...

Le juge Ti s'interrompit brusquement car l'intendant était de retour. Il était accompagné d'une femme replète d'une quarantaine d'années, vêtue d'une stricte robe brune. Son visage rond portait des traces de larmes. En découvrant le corps étendu sur la couche elle éclata en sanglots.

— Depuis quand est-elle au service de Madame Ho ? demanda le juge à l'intendant.

— Depuis plus de vingt ans, Votre Excellence. Elle appartenait à la famille de Madame Ho et a suivi celle-ci lorsqu'elle a épousé Monsieur Ho, il y a trois ans. Elle n'est pas très futée, mais elle est très dévouée. La maîtresse l'adorait.

— Calmez-vous ! dit le juge à la servante. Votre émotion doit être grande, mais si vous répondez rapidement à mes questions, nous pourrons faire mettre le corps en bière. Dites-moi, connaissez-vous bien cette horloge à encens ?

La femme s'essuya le visage du revers de la manche et répondit d'une voix morne :

— Certainement, Noble Juge. Elle brûle exactement cinq heures, une heure par spirale. Juste avant de quitter ma maîtresse, elle s'est plainte de l'odeur de renfermé de la pièce et j'ai allumé l'encens.

— Quelle heure était-il ?

— Pas tout à fait deux heures, Noble Juge.

— C'est la dernière fois que vous avez vu votre maîtresse en vie, n'est-ce pas ?

— Oui, Noble Juge. J'ai conduit ma maîtresse ici pendant que Monsieur Houa discutait avec le maître dans la salle de réception, à la maison. Peu après, le maître est venu voir si elle était bien installée pour sa sieste. Elle m'a demandé de leur servir deux tasses de thé, en précisant qu'elle n'aurait pas besoin de moi avant cinq heures et que je ferais bien de faire un somme également. Elle était si attentionnée ! Je suis retournée à la maison et j'ai demandé à l'intendant de préparer dans la grande chambre la nouvelle robe grise du maître, pour son rendez-vous au tribunal. Puis le maître est arrivé à son tour. Après que l'intendant l'eut aidé à se changer, le maître m'a demandé d'aller chercher Monsieur Houa, et ils sont partis ensemble.

— Où se trouvait Monsieur Houa ?

— Dans le jardin, Noble Juge ; il admirait les fleurs.

— C'est exact, précisa l'intendant. Après la conversation dans la salle de réception dont je viens de parler à Votre Excellence, le maître a demandé à Monsieur Houa de bien vouloir l'excuser un instant, car il devait aller saluer son épouse et se changer. Apparemment Monsieur Houa, qui attendait seul dans la pièce, a dû commencer à s'ennuyer et est sorti prendre l'air.

— Je vois. A présent, dites-moi qui de vous deux a découvert le corps le premier ?

— C'est moi, Noble Juge, répondit la servante. Je suis arrivée ici un peu avant cinq heures et je... je l'ai trouvée là, pendue à cette poutre. J'ai couru prévenir l'intendant.

— Je suis monté aussitôt sur la chaise, enchaîna l'intendant, et j'ai coupé la corde tandis que la servante retenait la maîtresse dans ses bras. J'ai desserré la corde et nous l'avons transportée sur la couche. Son cœur avait cessé de battre. Nous avons essayé de la ranimer en lui faisant des massages énergiques, mais il était trop tard. Je me suis précipité au tribunal pour avertir notre maître. Si je l'avais découverte plus tôt...

— Vous avez fait ce que vous avez pu. Bon, voyons, vous m'avez dit que pendant le repas de

20

midi Madame Ho avait l'air très gaie jusqu'à l'arrivée de Monsieur Houa, n'est-ce pas ?

— Oui, Noble Juge. Quand Madame Ho m'a entendu annoncer l'arrivée de Monsieur Houa au maître, elle a pâli et s'est aussitôt retirée dans le petit salon. J'ai vu qu'elle...

— C'est faux ! coupa avec colère la servante. Je l'ai accompagnée du petit salon au pavillon et n'ai nullement remarqué qu'elle ait eu l'air bouleversée.

L'intendant s'apprêtait à répliquer énergiquement mais le juge leva la main et dit sèchement :

— Allez à la loge demander au portier qui il a introduit dans la maison après le départ de votre maître et de Monsieur Houa — le motif de la visite et sa durée. Dépêchez-vous !

Quand l'intendant eut disparu, le juge Ti s'assit à la table. Lissant lentement ses favoris, il contempla en silence la femme qui se tenait debout face à lui, les yeux baissés.

— Votre maîtresse est morte, déclara-t-il enfin. Il est de votre devoir de nous dire tout ce qui pourrait aider à découvrir la personne qui est directement ou indirectement responsable de sa mort. Pourquoi l'arrivée de Monsieur Houa lui a-t-elle été pénible ? Parlez !

La servante jeta un regard affolé au magistrat.

— Je l'ignore totalement. Noble Juge, répliqua-t-elle avec méfiance. Je sais seulement que ces deux dernières semaines elle s'est rendue par deux fois chez Monsieur Houa, à l'insu de Monsieur Ho. Je voulais l'y accompagner, mais Monsieur Fung a dit...

La femme se tut brusquement et se mordit la lèvre en rougissant.

— Qui est Monsieur Fung ? demanda vivement le juge Ti.

La servante réfléchit un instant en fronçant les sourcils.

— Bon, ça devait bien finir par se savoir, se décida-t-elle à répondre en haussant les épaules, et de toute façon, ils n'ont rien fait de mal ! Monsieur Fung est un jeune peintre, pauvre et malade. Il habite dans une petite mansarde, non loin de la maison. Il y a six ans, le père de ma maîtresse, préfet à la retraite, engagea Monsieur Fung pour apprendre à sa fille la peinture florale. Elle n'avait alors que vingt-deux ans, et c'était un si beau jeune homme… Rien d'étonnant à ce qu'ils soient tombés amoureux. Monsieur Fung est très charmant, Noble Juge, et son père était un célèbre lettré. Il se ruina et…

— Peu importe ! Etaient-ils amants ?

La servante secoua énergiquement la tête et s'empressa de répondre :

— Absolument pas, Excellence ! Monsieur Fung avait envisagé de recourir aux services d'une entremetteuse pour aborder la question du mariage avec le vieux préfet. Il est vrai qu'il était extrêmement pauvre, mais étant donné ses illustres antécédents familiaux, il y avait des chances que le préfet donnât son consentement. Or, à la même époque, la toux de Monsieur Fung s'aggrava considérablement. Il consulta un médecin qui lui apprit qu'il souffrait d'une maladie pulmonaire incurable et qu'il mourrait jeune… Monsieur Fung prévint donc ma maîtresse qu'ils ne pourraient jamais se marier ; leur amour n'avait été qu'un fugace rêve de printemps. Il voulut partir au loin, mais elle lui demanda de rester : il n'y avait pas de raison qu'ils cessent d'être amis et elle désirait rester auprès de lui au cas où son état viendrait à empirer...

— Ont-ils continué à se voir après que Monsieur Ho eut épousé votre maîtresse ?

— Oui, Noble Juge. Ici, dans ce pavillon. Mais de jour uniquement et chaque fois en ma présence. Je jure qu'il ne lui a jamais touché ne serait-ce que la main, Noble Juge !

— Monsieur Ho était-il au courant de ces rendez-vous ?

— Bien sûr que non ! Nous attendions que le maître parte pour la journée, puis j'apportais à Monsieur Fung un mot de ma maîtresse ; il se glissait par le portail du jardin et venait prendre le thé dans le pavillon. Je sais que ces rares visites étaient la seule chose qui maintenait Monsieur Fung en vie ces dernières années, après le mariage de ma maîtresse. Elle prenait tant de plaisir à leurs entretiens ! Et j'étais là tout le temps...

— Vous êtes complice de rendez-vous clandestins, déclara durement le juge Ti. Et peut-être même d'un meurtre. Car votre maîtresse ne s'est pas suicidée, elle a été assassinée. A quatre heures et demie, pour être précis.

— Mais quel rapport Monsieur Fung peut-il avoir avec cela, Noble Juge ? gémit la servante.

— C'est ce que je vais essayer d'élucider, répondit le juge d'un air menaçant. Allons à la loge, ajouta-t-il en se tournant vers le contrôleur des décès.

Le chef des sbires et ses deux séides étaient assis sur un banc de pierre dans l'avant-cour.

— Dois-je ordonner à mes hommes d'aller chercher un cercueil, Excellence ? demanda le chef des sbires en se mettant au garde-à-vous devant le juge.

— Non, pas pour l'instant, répondit le magistrat d'un ton bourru avant de poursuivre son chemin.

Dans la loge du gardien, l'intendant tançait un vieillard chenu, vêtu d'une longue robe bleue. Deux porteurs de palanquin hilares regardaient la scène par la fenêtre et prêtaient l'oreille aux invectives d'un air ravi.

— Cet homme affirme que personne ne s'est présenté à la porte, Noble Juge, déclara l'intendant avec colère. Mais le bougre reconnaît avoir fait un petit somme entre trois et quatre heures. Quelle honte !

Ignorant cette dernière remarque, le juge demanda à brûle-pourpoint :

— Connaissez-vous un peintre du nom de Fung ?

L'intendant secoua la tête d'un air éberlué, mais le plus âgé des coolies intervint :

— Je connais Monsieur Fung, Noble Juge ! Il vient très souvent acheter un bol de nouilles à l'éventaire de mon père, au coin de la rue. Il loue une mansarde au-dessus de l'épicerie, derrière cette maison. Je l'ai aperçu près du portail du jardin il y a une heure ou deux.

Le juge Ti se tourna vers le contrôleur des décès.

— Allez chercher Monsieur Fung avec ce coolie, dit-il, et ramenez-le-moi. Ne soufflez mot de la mort de Madame Ho sous aucun prétexte !

Et, à l'adresse de l'intendant :

— Conduisez-moi dans la salle de réception, j'y recevrais Monsieur Fung.

La salle de réception était une petite pièce aux meubles sobres mais de belle facture. L'intendant offrit au juge un fauteuil confortable, au milieu de la table, et lui servit une tasse de thé, avant de s'éclipser discrètement.

Tout en buvant son thé à petites gorgées, le juge savoura l'idée d'être sur le point de découvrir le meurtrier. Il espérait que le peintre était chez lui et qu'il pourrait l'interroger sans plus attendre.

Le contrôleur des décès revint plus tôt que prévu, suivi d'un homme grand et mince, vêtu d'une robe bleue élimée mais propre, retenue par une ceinture de coton noir. Son visage, orné d'une courte moustache noire, exprimait une certaine distinction. Quelques mèches de cheveux s'échappaient de sous son bonnet noir délavé. Le juge remarqua l'éclat trop brillant de ses grands yeux, et la rougeur de ses joues creuses. Il lui fit signe de s'asseoir à la table, en face de lui. Le contrôleur des décès lui servit une tasse de thé et se plaça debout derrière sa chaise.

— J'ai entendu parler de vos travaux, Monsieur Fung, commença le juge d'un ton affable, et j'ai eu envie de faire votre connaissance.

D'une main longue et agile, le peintre arrangea les plis de sa robe puis répondit avec un accent qui dénotait une bonne éducation :

— Je suis infiniment flatté de l'intérêt que me porte Votre Excellence. Toutefois, il m'est difficile de croire, Noble Juge, que vous m'ayez fait venir chez Monsieur Ho à seule fin de parler peinture ou autre sujet artistique.

— C'est exact, il ne s'agit pas que de cela. Il est arrivé un accident, ici, dans le jardin, Monsieur Fung, et je suis à la recherche de témoins.

Fung se redressa sur son siège puis demanda avec inquiétude :

— Un accident? Qui n'a rien à voir avec Madame Ho, n'est-ce pas?

— Si justement, Monsieur Fung. Cela s'est produit entre quatre et cinq heures dans le pavillon. Heure à laquelle vous êtes venu la voir.

— Que lui est-il arrivé? s'écria le peintre.

— Vous devriez être capable de répondre tout seul à cette question, répondit froidement le juge. Puisque c'est vous qui l'avez assassinée!

— Elle est morte! s'exclama Fung.

Le jeune homme s'enfouit le visage dans les mains. Ses maigres épaules étaient secouées de sanglots. Lorsque au bout d'un long moment il releva la tête, il avait recouvré son calme.

— Voudriez-vous avoir l'obligeance, Excellence, de m'expliquer pourquoi j'aurais tué la femme qui m'était plus chère que tout au monde? demanda-t-il en pesant ses mots.

— Parce que vous aviez peur d'être découvert. Après son mariage, vous avez continué à la poursuivre de vos assiduités. Elle en a eu assez et vous a dit que si vous persistiez à la voir, elle préviendrait son mari. Aujourd'hui, vous vous êtes violemment disputés, et vous l'avez tuée.

Le peintre hocha lentement la tête.

— Oui, reconnut-il avec résignation, ce pourrait être une explication plausible, j'imagine. Et je me trouvais effectivement au portail du jardin à l'heure que vous avez dite.

— Savait-elle que vous alliez venir?

— Oui. Ce matin, un gamin m'a apporté un mot de sa part, disant qu'elle devait me voir absolument, que c'était important. Je n'avais qu'à me présenter au portail du jardin vers quatre heures et demie et frapper quatre coups ; la servante m'ouvrirait.

— Que s'est-il passé après que vous êtes entré ?

— Je ne suis pas entré. J'ai frappé plusieurs fois, mais personne ne m'a ouvert. J'ai fait les cent pas un moment, et après une dernière tentative, je suis rentré chez moi.

— Montrez-moi son mot !

— C'est impossible, je l'ai détruit, ainsi qu'elle me le demandait.

— Vous niez donc l'avoir tuée ?

Fung haussa les épaules.

— Si vous croyez vraiment être incapable de découvrir le véritable meurtrier, Votre Excellence, je suis tout disposé à dire que je l'ai tuée pour que vous puissiez clore le dossier. Je ne vais pas tarder à mourir, de toute façon, peu m'importe de mourir dans mon lit ou sur l'échafaud. Sa mort m'a ôté la seule raison qui me restait de prolonger ma misérable existence. Car mon autre passion, celle que j'éprouvais pour mon art, m'a quant à elle quitté depuis longtemps déjà — cette maladie interminable a apparemment annihilé en moi tout élan créatif. Si, en revanche, vous envisagez de pouvoir retrouver la créature diabolique qui a assassiné cette innocente, alors je ne vois vraiment pas pourquoi j'entraverais le dénouement de cette affaire en avouant un crime que je n'ai pas commis.

Le juge Ti le regarda longuement d'un air songeur en se tiraillant la moustache.

— Madame Ho vous faisait-elle habituellement porter ses messages par un gamin ?

— Non, Votre Excellence. C'est sa servante qui s'en chargeait. Par ailleurs, c'est la première fois qu'elle me demandait de le brûler. Mais cependant, il venait bien d'elle, je connais parfaitement son style et son écriture.

Une violente quinte de toux l'interrompit. Il s'essuya la bouche avec un mouchoir en papier, jeta un regard indifférent aux taches de sang qui le maculaient, et poursuivit :

— Je ne vois pas du tout quelle pouvait être cette chose importante dont elle voulait me parler. Et qui donc pouvait désirer sa mort ? Cela fait plus de dix ans que je la connais ainsi que sa famille, et je ne leur savais pas le moindre ennemi ! Se lissant la moustache avec ses doigts, il ajouta : « Elle n'a pas fait un mauvais mariage. Ho est un peu ennuyeux, mais il l'aime vraiment ; toujours gentil et attentionné. Il n'a jamais envisagé de prendre une concubine, bien qu'elle ne lui ait pas donné de descendance. Quant à elle, elle l'aimait et le respectait. »

— Ce qui ne l'a pas empêchée de continuer à vous voir en cachette de son époux ! remarqua sèchement le juge. Conduite des plus indignes de la part d'une femme mariée, sans parler de la vôtre !

Le peintre lui jeta un regard hautain.

— Vous ne pouvez pas comprendre, répondit-il froidement. Vous êtes prisonnier d'un système de règles creuses et de conventions dénuées de sens. Il n'y avait rien de condamnable dans notre amitié, croyez-moi. L'unique raison pour laquelle nous tenions nos rencontres secrètes était que Ho est quelqu'un de vieux jeu qui aurait aussi mal compris que vous-même la nature de nos relations. Nous ne voulions pas le blesser.

— Voilà ce qui s'appelle faire preuve d'une

grande délicatesse ! Puisque vous avez si bien connu Madame Ho, vous pouvez certainement m'apprendre pourquoi elle se sentait si souvent abattue ces derniers temps ?

— Oh oui ! Il se trouve que son père, le vieux préfet, n'a pas très bien géré sa fortune et a contracté de lourdes dettes envers le riche armateur Houa Min. Il y a environ un mois, cet impitoyable usurier a pressé le vieillard de lui remettre une terre en paiement, ce que le préfet refusa. Cette terre appartient à la famille depuis des générations, et le vieil homme se sent responsable vis-à-vis de ses fermiers. Houa aurait pressuré ces pauvres bougres jusqu'à leur dernière sapèque ! Le vieux préfet a donc demandé à Houa de patienter jusqu'à la prochaine récolte, afin qu'il puisse tout du moins lui payer les intérêts de sa dette. Mais Houa n'a rien voulu entendre, son but étant de faire main basse sur cette terre. Madame Ho était très préoccupée par cette affaire, aussi m'a-t-elle demandé par deux fois de l'accompagner chez Houa. Elle a tout fait pour le convaincre de retirer sa sommation de remboursement immédiat, mais le sale rat lui a répondu qu'il considérerait la question si elle acceptait de coucher avec lui !

— Monsieur Ho était-il au courant de ces visites ?

— Non, nous savions à quel point il aurait été bouleversé de savoir que son beau-père avait de gros ennuis financiers sans qu'il pût l'aider de quelque manière. Monsieur Ho n'a aucune fortune personnelle ; il ne vit que de sa modeste pension.

— Vous vous êtes tous deux montrés pleins d'égards pour Monsieur Ho !

— Il le méritait, c'est quelqu'un de bien. La seule

chose qu'il ne pouvait fournir à son épouse, c'était un commerce intellectuel ; et c'est ce qu'elle trouvait avec moi.

— Je n'ai jamais vu une aussi parfaite absence de morale ! s'exclama le juge avec dégoût.

Il se leva et dit au contrôleur des décès :

— Amenez cet individu au chef des sbires afin qu'il le mette en prison comme suspect. Ensuite, vous ferez emporter au tribunal le corps de Madame Ho et procéderez à l'autopsie. Venez me faire votre rapport dès que vous aurez terminé. Je serai dans mon cabinet particulier.

Le juge sortit de la pièce en agitant furieusement ses longues manches.

Monsieur Ho et les deux armateurs attendaient dans le cabinet particulier du juge Ti, servis par un commis du tribunal. Alors qu'ils s'apprêtaient à se lever à l'entrée du magistrat, ce dernier leur fit signe de n'en rien faire. Il prit place dans le fauteuil derrière son bureau et pria l'employé de leur resservir à tous une tasse de thé.

— Tout est-il désormais réglé, Votre Excellence ? s'enquit Monsieur Ho d'un ton morne.

Le juge Ti vida sa tasse puis posa les avant-bras sur son bureau avant de répondre avec lenteur :

— Pas tout à fait, Monsieur Ho. Je vous apporte encore de mauvaises nouvelles ; j'ai découvert que votre épouse ne s'était pas suicidée : elle a été assassinée.

Monsieur Ho étouffa un cri. Messieurs Houa et Yi échangèrent un regard stupéfait.

— Assassinée ! s'exclama enfin Monsieur Ho. Qui a fait cela ? Et pourquoi, au nom du Ciel ?

30

— Tout semble accuser un peintre, un certain Fung.

— Fung ? Un peintre ? Jamais entendu parler de lui !

— Je vous avais prévenu que les nouvelles étaient mauvaises, Monsieur Ho. Très mauvaises. Avant votre mariage, votre épouse entretenait des relations amicales avec ce peintre. Par la suite, ils ont continué de se voir en secret, dans le pavillon du jardin. Il est possible qu'elle se soit lassée de lui et qu'elle ait désiré mettre un terme à leur liaison. Sachant que vous seriez au tribunal cet après-midi, elle a probablement envoyé un mot à Fung lui demandant de venir la voir. Et si elle lui a fait part alors de leur rupture, il a fort bien pu la tuer.

Ho resta immobile, les yeux fixés droit devant lui, les lèvres serrées. Yi et Houa avaient l'air gênés ; ils firent mine de se lever pour laisser le juge et Ho en tête à tête. Mais le magistrat leur intima d'un geste l'ordre de rester assis. Monsieur Ho finit par lever la tête et demanda :

— Comment le scélérat l'a-t-il tuée ?

— Elle a été assommée d'un coup sur la tempe puis pendue à une poutre. Le meurtrier a renversé la théière, dont le thé a éteint l'horloge à encens ; elle indique que le crime a été commis aux environs de quatre heures et demie. Je peux ajouter qu'un témoin a aperçu le peintre Fung en train de rôder à peu près à la même heure vers le portail de votre jardin.

On frappa à la porte. Le contrôleur des décès entra et tendit un papier au juge Ti. Parcourant rapidement le rapport d'autopsie, il lut que la mort était effectivement due à une strangulation. Hormis le bleu à la tempe, le corps ne portait aucune trace de violence. La défunte était enceinte de trois mois.

Le juge Ti plia posément le document et le glissa dans sa manche.

— Dites au chef des sbires de remettre en liberté l'homme qu'il vient de jeter en prison. Qu'il attende un moment au corps de garde, il se pourrait que j'aie quelques questions à lui poser.

Monsieur Ho se leva dès le départ du contrôleur des décès.

— Si Votre Excellence m'y autorise, je vais prendre congé à présent, car il faut que..., dit-il d'une voix rauque.

— Pas tout de suite, Monsieur Ho, coupa le juge. Je désire tout d'abord vous poser une question, ici même, en présence de Messieurs Houa et Yi.

Ho se rassit, l'air perplexe.

— Vous avez laissé votre épouse dans le pavillon aux alentours de deux heures, Monsieur Ho, reprit le juge. Puis vous êtes resté dans ce bureau jusqu'à cinq heures, heure à laquelle votre intendant est venu annoncer le décès de votre épouse. D'après ce que nous savions, elle aurait pu mourir à tout moment entre deux et cinq heures. Or lorsque je vous ai appris son suicide, vous avez dit : « Quelques heures à peine après que je l'ai quittée... », comme pourront en témoigner Messieurs Houa et Yi. Comment saviez-vous qu'elle était morte vers quatre heures et demie ?

Ho ne répondit pas. Il fixait sur le juge de grands yeux incrédules. Le magistrat poursuivit d'un ton brusquement cinglant :

— Eh bien, je vais vous le dire ! C'est parce que vous avez renversé délibérément le thé sur l'horloge à encens après avoir tué votre épouse à deux heures, dès que la servante eut quitté le pavillon. Apparemment, vous ne mettez pas en doute mes talents de détective, et je vous en remercie. Vous saviez qu'en me rendant sur les lieux je découvrirais que votre femme avait été assassinée et déduirais d'après l'encens consumé que le forfait avait été commis vers quatre heures et demie. Vous avez également supposé que je viendrais tôt ou tard à apprendre la présence de Fung au portail du jardin, vers cette même heure, attiré en ce lieu par le faux message que vous lui aviez fait porter. C'était une machination astucieuse, Ho, digne d'un expert en affaires criminelles. Mais la fausse indication sur l'heure du crime vous a été fatale. Vous étiez persuadé de ne pouvoir être soupçonné, puisque l'heure du crime — quatre heures et demie — ne faisait aucun doute. Et c'est pourquoi vous avez lâché par inadvertance : « Quelques heures à peine après que je l'ai quittée... » Sur le moment, cette remarque ne me parut pas étrange. Mais dès que je compris que si Fung n'était pas le meurtrier ce ne pouvait être que vous, ces mots me revinrent en mémoire et me fournirent la preuve décisive de votre culpabilité. Les Cinq Nuages de Félicité n'ont pas été de très bon augure pour vous, Monsieur Ho !

Ho se redressa, puis demanda avec détachement :

— Pourquoi aurais-je voulu assassiner mon épouse ?

— Je vais vous le dire. Vous avez eu vent de ses rendez-vous clandestins avec Fung, et lorsqu'elle vous a dit qu'elle était enceinte, vous avez décidé de vous débarrasser d'eux, d'un seul et même coup.

Vous avez pensé que Fung était le père de l'enfant à naître et...

— Ce n'était pas lui ! s'écria brusquement Ho. Comment cette misérable créature aurait-elle pu... non, c'était bien mon enfant, vous entendez ? Tout ce dont ces deux-là étaient capables, c'était de ressasser leur écœurant radotage sentimental ! Il fallait entendre ce qu'ils disaient de moi... le mari bien gentil mais plutôt ennuyeux, qui avait droit à son corps à elle, figurez-vous, mais ne pourrait bien sûr jamais comprendre son âme sublime. Je pouvais, j'aurais pu...

En proie à une rage impuissante, Ho se mit à bégayer. Puis il se ressaisit et reprit plus calmement :

— Je ne voulais pas de l'enfant d'une femme dont le caractère était celui d'une prostituée, une femme qui...

— Il suffit ! intervint sèchement le juge Ti.

Puis il frappa dans ses mains et dit au chef des sbires qui entrait :

— Enchaîne ce meurtrier et enferme-le. J'entendrai ses aveux complets à l'audience de demain.

Quand le chef des sbires eut emmené Ho, le juge s'adressa à Yi Pen :

— Le commis va vous raccompagner, Monsieur Yi.

Et, se tournant vers l'autre armateur, il ajouta :

— Quant à vous, Monsieur Houa, vous allez rester avec moi encore un peu ; j'ai quelques mots à vous dire en particulier.

Une fois seuls dans le cabinet, Houa remarqua avec onction :

— Votre Excellence a élucidé ce crime avec une étonnante rapidité ! Quand je pense que Ho...

Et il secoua tristement la tête.

Le juge Ti lui jeta un regard amer.

— Fung ne me satisfaisait pas précisément comme suspect, observa-t-il sèchement. Les preuves contre lui s'ajustaient un peu trop parfaitement alors que le style de ce meurtre ne correspondait aucunement à sa personnalité. En revenant ici en palanquin, j'ai demandé à mes porteurs de faire un petit détour pour me laisser le temps de réfléchir. Et j'ai fait le raisonnement suivant : puisque l'indice de l'horloge n'avait pu être forgé que par un familier, ce devait être Ho le coupable — éternel mobile du mari trompé qui désire se venger de son épouse, et du même coup de son amant. Mais pourquoi Ho avait-il attendu si longtemps ? Il était parfaitement au courant des messages que Madame Ho faisait parvenir à Fung et avait certainement découvert depuis longtemps leurs rendez-vous clandestins. Lorsque j'ai appris par le rapport d'autopsie que Madame Ho attendait un enfant, j'ai présumé que c'était cette nouvelle qui avait décidé son époux à agir. Et j'avais raison, bien que nous sachions à présent que sa réaction a été différente de celle que j'avais envisagée.

Fixant sombrement l'armateur, le juge poursuivit :

— Le faux indice ne pouvait avoir été fabriqué que par un familier, un proche qui connaissait bien le fonctionnement de l'horloge à encens et l'écriture de Madame Ho. C'est ce qui vous a évité d'être accusé de meurtre, Monsieur Houa !

— Moi, Votre Excellence ? s'exclama Houa éberlué.

— Mais oui, vous, Houa ! J'étais au courant des

visites que vous avait faites Madame Ho et de votre infâme proposition. Son époux ignorait tout cela, mais pas Fung. Vous aviez ainsi une excellente raison de vouloir vous débarrasser d'elle et du peintre. Et vous en avez également eu la possibilité, puisque vous vous trouviez dans le jardin vers deux heures, alors que Madame Ho était seule dans le pavillon. Vous êtes innocent du meurtre, Monsieur Houa, mais coupable de tentative de séduction sur une femme mariée, ainsi que pourra en témoigner Monsieur Fung, et de corruption, ainsi que pourra en témoigner l'intendant de Ho, qui a surpris votre conversation avec son maître. Demain, je porterai contre vous ces deux accusations devant le tribunal et vous condamnerai à la prison. Ce sera la fin de votre carrière à Peng-lai, Monsieur Houa.

Houa bondit sur ses pieds. Il s'apprêtait à se jeter à genoux pour implorer la clémence du magistrat quand ce dernier reprit en hâte :

— Je lèverai ces deux accusations, à condition que vous payiez deux amendes. Premièrement, vous allez écrire ce soir même une lettre en bonne et due forme au père de Madame Ho, signée et scellée, l'informant qu'il peut vous rembourser l'argent que vous lui avez prêté quand bon lui semblera, et que vous renoncez aux intérêts de ce prêt. Deuxièmement, vous allez commander à Monsieur Fung des tableaux représentant tous vos bateaux sans exception, que vous lui paierez une pièce d'argent chaque.

Le juge coupa court aux manifestations de gratitude de Houa en levant la main. « Ces amendes ne représentent qu'un sursis, bien entendu. Si j'apprends que vous recommencez à importuner les dames, vous aurez à répondre des accusations que je

36

viens d'évoquer. Rendez-vous maintenant au corps de garde. Vous y trouverez Monsieur Fung, auquel vous allez passer votre commande. Remettez-lui tout de suite cinq pièces d'argent comme avance. Au revoir ! »

Quand l'armateur affolé eut précipitamment pris congé, le juge se leva et se dirigea vers la fenêtre ouverte. Après avoir joui un moment de la subtile fragrance des fleurs du magnolia, il murmura :

— Ce n'est pas parce que l'on désapprouve les critères moraux d'un individu que l'on doit pour autant le laisser mourir dans la misère !

Puis il se détourna promptement et se rendit au greffe.

UNE AFFAIRE DE RUBAN ROUGE

Le district côtier de Peng-lai, où le juge Ti commença sa carrière de magistrat, était conjointement administré par le juge, en sa qualité de haut fonctionnaire civil, et par le commandant de l'unité de l'Armée impériale en garnison dans cette ville. Les limites de leurs juridictions respectives étaient clairement établies; les affaires civiles et militaires se chevauchaient rarement. Alors que le juge Ti n'était en poste à Peng-lai que depuis un mois, il se trouva cependant mêlé à une affaire purement militaire. J'ai fait mention dans Trafic d'or sous les T'ang *du grand fort, situé à trois milles en aval de Peng-lai, construit à l'embouchure du fleuve afin d'empêcher le mouillage de vaisseaux coréens. C'est à l'intérieur de cette extraordinaire place forte que fut commis le crime dont il est question ici : une affaire impliquant exclusivement des hommes, sans la moindre présence féminine, malgré des mètres de ruban rouge !*

Le juge Ti leva les yeux du dossier qu'il était en train de feuilleter et s'adressa d'un ton agacé aux deux hommes assis en face de lui :

— Vous ne pouvez pas rester tranquilles, non ?

Cessez donc de vous agiter comme cela, voulez-vous !

Tandis que le juge se replongeait dans sa lecture, ses deux corpulents lieutenants, Ma Jong et Tsiao Taï, firent un effort colossal pour ne plus gigoter sur leurs tabourets. Ma Jong toutefois ne tarda pas à faire à la dérobée un signe de tête encourageant à son compagnon. Celui-ci posa ses larges mains sur ses genoux et ouvrit la bouche pour intervenir. Mais au même instant le juge repoussa le dossier devant lui et s'exclama d'un air mécontent :

— Voilà qui est très ennuyeux : le document P-404 manque bel et bien ! J'ai cru un moment que le sergent Hong l'avait dans sa précipitation glissé dans la mauvaise chemise, hier avant de partir pour la préfecture. Mais le P-404 manque purement et simplement !

— Ne pourrait-il se trouver dans le second dossier, Votre Excellence ? demanda Ma Jong. Il porte également la lettre P.

— C'est idiot ! répliqua le juge. Ne t'ai-je pas expliqué qu'aux archives du fort ils ont deux dossiers marqués P : l'un pour Personnel, l'autre pour Projets d'achats ? Dans le second dossier, le document P-405, concernant l'achat de ceinturons de cuir, comporte une note claire et nette : « Voir P-404. » Ce qui prouve indubitablement que P-404 vient du dossier Projets d'achats et non Personnel.

— Toute cette paperasserie enrubannée me dépasse un peu, Votre Excellence ! Par ailleurs, ces deux dossiers P ne contiennent que des copies que nous a envoyées le fort. Et en ce qui concerne le fort, Votre Excellence, nous...

— Il ne s'agit pas que de simples formalités,

interrompit aigrement le juge. Il s'agit de l'observation scrupuleuse de règlements éprouvés, sans laquelle tout le fonctionnement administratif de notre empire se verrait compromis.

Remarquant l'air penaud qui se peignait sur le visage bronzé de ses lieutenants, le juge sourit malgré lui et reprit d'un ton amical :

— Au cours des quatre semaines pendant lesquelles vous avez travaillé pour moi, ici, à Peng-lai, vous avez fait amplement vos preuves en ce qui concerne les tâches les plus rudes. Mais celles d'un officier du tribunal ne se bornent pas à l'arrestation des dangereux criminels. Il doit connaître toutes les pièces de ses dossiers, ne pas négliger les points de détail et comprendre l'importance qu'il y a à respecter scrupuleusement les formalités que les ignorants appellent parfois, de l'extérieur, paperasserie. Il se peut que ce document manquant P-404 n'ait aucune importance en lui-même. Mais le fait qu'il manque le rend justement très important à mes yeux.

Croisant les bras dans ses larges manches, il poursuivit :

— Ma Jong a finement remarqué que ces deux dossiers portant la lettre P ne contiennent que des copies de la correspondance entre le fort et le Ministère des Armées à la capitale. Ces documents portent sur des problèmes purement militaires et ne nous importent guère en tant que tels. En revanche, ce qui nous importe, c'est que tout dossier conservé dans ce tribunal, quelle que soit son importance, soit bien tenu et surtout complet !

Brandissant son index avec emphase, le juge poursuivit :

— A présent, rappelez-vous cela une bonne fois

pour toutes : vous devez pouvoir vous fier entièrement à vos dossiers, et pour ce faire vous devez être absolument sûrs qu'ils sont complets. Un dossier incomplet n'a rien à faire dans un bureau convenablement tenu. Un dossier incomplet ne sert à rien !

— Alors jetons ce dossier P par la fenêtre ! s'exclama Ma Jong avant d'ajouter vivement : Pardonnez-moi, Votre Excellence, mais je dois dire que frère Tsiao et moi-même sommes plutôt bouleversés. Nous avons appris ce matin que notre meilleur ami à Peng-lai, le colonel Meng Kouo-taï, a été déclaré coupable du meurtre du colonel Sou, le commandant-en-second du fort.

Le juge Ti se redressa sur son siège.

— Alors comme ça vous connaissez Meng, hein ? J'ai entendu parler de ce meurtre avant-hier. Comme j'étais très occupé par la rédaction du rapport que Hong a emporté à la capitale, je n'ai pas fait de recherches particulières. De toute façon, cette affaire est du ressort exclusif du commandant du fort. Comment avez-vous fait la connaissance du colonel Meng ?

— Eh bien, répondit Ma Jong, nous sommes tombés sur lui en ville, il y a une quinzaine de jours, dans une maison de vins où il passait la soirée. Le gaillard est un bel athlète, excellent boxeur et le champion des archers du fort. Nous sommes devenus rapidement amis, et il a pris l'habitude de passer ses soirées libres en notre compagnie. Et voilà qu'il aurait tué le commandant-en-second ! Si j'ai jamais entendu quelque chose d'idiot…

— Ne t'inquiète pas, le réconforta Tsiao Taï. Notre magistrat va arranger tout cela !

— Voilà ce qui s'est passé, Votre Excellence,

commença Ma Jong avec empressement. Avant-
h'er, le commandant-en-second...

Le juge l'interrompit d'un geste.

Premièrement, dit-il sèchement, je ne peux
intervenir dans les affaires du fort. Deuxièmement,
quand bien même le pourrais-je, les rumeurs sur un
meurtre ne m'intéressent guère. Cependant, puisque
vous connaissez l'accusé, vous pouvez peut-être
m'en apprendre davantage sur lui pour que je m'y
retrouve.

— Le colonel Meng est un type droit et franc!
s'exclama Ma Jong. Nous nous sommes battus
ensemble, nous nous sommes saoulés ensemble,
nous avons couru les filles ensemble. Croyez-moi,
Votre Excellence, c'est le meilleur moyen de savoir
ce qu'un type a dans le ventre! Quant au commandant-en-second, c'était un pète-sec et une brute, et
Meng en a eu plus que sa part de son sale caractère.
Je peux fort bien imaginer qu'un beau jour Meng ait
pu se mettre en colère et assommer Sou. Mais Meng
aurait aussitôt avoué sa faute et en aurait subi
bravement les conséquences. Quant à tuer un
homme pendant son sommeil et nier ensuite son
crime... Non, Votre Excellence, Meng en aurait été
incapable, absolument incapable!

— Avez-vous su par hasard ce qu'en pensait le
commandant Fang? demanda le juge. Il présidait la
cour martiale, je suppose.

— Oui, répliqua Tsiao Taï. Et il a confirmé le
verdict de meurtre avec préméditation. Fang est
quelqu'un de distant et de taciturne. Mais le bruit
court que le verdict ne lui a pas particulièrement plu,
bien que tout accuse Meng. Cela montre à quel point
il est populaire, même aux yeux de son supérieur!

— Quand avez-vous vu Meng pour la dernière fois ? demanda le juge Ti.

— La veille même du meurtre de Sou, répondit Ma Jong. Nous sommes allés dîner au restaurant de crabes, sur le quai. Deux marchands coréens se sont joints à nous un peu plus tard dans la soirée et nous avons bien arrosé ça tous les cinq. Minuit était passé depuis longtemps quand frère Tsiao a laissé Meng à la jonque militaire qui devait le ramener au fort.

Le juge Ti se renversa dans son fauteuil et tirailla lentement ses longs favoris. Ma Jong se leva vivement et lui servit une tasse de thé. Le juge en but quelques gorgées, puis reposa sa tasse et déclara brusquement :

— Je n'ai pas encore rendu au commandant Fang sa visite de courtoisie. Il n'est pas très tard ; en partant tout de suite, nous arriverons au fort bien avant le riz de midi. Demandez au chef des sbires de faire préparer mon palanquin officiel dans la cour pour nous conduire au quai. Pendant ce temps, je vais aller mettre ma robe de cérémonie.

Le magistrat se leva. Devant les mines réjouies de ses deux lieutenants, il ajouta :

— Je dois vous avertir que je ne peux contraindre le commandant à accepter mon aide. S'il ne me demande pas conseil, il n'y aura plus rien à faire. En tout cas, je vais en profiter pour me faire remettre une autre copie de ce document manquant.

Les vigoureux rameurs entraînèrent la lourde jonque militaire vers le nord en moins d'une heure. Sur la rive gauche se dressaient les murailles rébarbatives de la forteresse ; à leur pied s'étendait l'estuaire boueux, qui s'élargissait en une vaste étendue de mer dorée de soleil.

Ma Jong et Tsiao Taï sautèrent sur le quai, devant les lourdes portes imposantes. Quand le capitaine de la garde eut pris connaissance de l'identité du juge Ti, il le conduisit au bâtiment principal, au-delà de la grande cour pavée. Ma Jong et Tsiao Taï attendirent leur maître au poste de garde, car le juge les avait chargés de recueillir tous les bruits qui couraient sur ce meurtre spectaculaire.

Avant d'entrer, le juge ne put s'empêcher de jeter un regard admiratif sur les murs épais et massifs. Le fort avait été bâti quelques années plus tôt, lorsque la Corée s'était soulevée contre l'Empire T'ang et que sa flotte se préparait à aborder la côte nord-est de la Chine. La révolte avait été écrasée après deux éprouvantes campagnes menées par le corps expéditionnaire chinois, mais les Coréens ne s'étaient pas résignés à leur défaite et une attaque-surprise n'était pas à exclure. L'embouchure du fleuve et le fort qui la protégeait avaient été déclarés zone protégée, et bien qu'elle fît partie de Peng-lai, le juge Ti n'y exerçait aucune autorité.

Le commandant Fang se porta à sa rencontre au pied des escaliers et le conduisit dans son cabinet particulier, où il le fit asseoir à ses côtés, sur une large couche, contre le mur du fond.

Fang était aussi guindé et peu loquace que le jour où il était venu présenter ses respects au juge, au tribunal de Peng-lai. Il se tenait étonnamment droit et raide, dans son épaisse cotte de mailles dont les plaquettes métalliques lui couvraient le torse et les épaules. Regardant d'un air morose le magistrat, de sous ses épais sourcils gris, il le remercia tant bien

44

que mal de sa visite. Comme le juge s'enquérait poliment de la situation de son hôte, le commandant lui répondit d'un ton bourru qu'il persistait à trouver que ce poste ne convenait pas à un vieux soldat aguerri. Il ne pensait pas que les Coréens se montreraient de nouveau menaçants ; il leur faudrait des années avant de se relever de leurs pertes. Pendant ce temps, il était obligé de faire régner l'ordre et la discipline parmi plus d'un millier d'officiers et de soldats condamnés à l'oisiveté dans le fort.

Après lui avoir exprimé sa sympathie, le juge déclara :

— J'ai ouï dire qu'un meurtre s'était produit ici récemment. Le coupable a été découvert et inculpé, mais j'aimerais en savoir davantage sur cette affaire. Comme vous le savez, Peng-lai est mon premier poste, et je voudrais profiter de cette occasion pour élargir le champ de mes expériences.

Le commandant lui jeta un regard pénétrant. Il se peigna la moustache un moment, les doigts écartés, puis se leva brusquement et dit d'un ton sec :

— Suivez-moi. Je vais vous montrer où et comment cela s'est passé.

En passant devant les deux ordonnances qui se tenaient au garde-à-vous à la porte, il vociféra :

— Envoyez-moi Mao et Chih Lang !

Le commandant traversa la cour intérieure suivi du juge, jusqu'à un grand bâtiment à étage. Alors qu'il en gravissait le large escalier, il grommela :

— A vrai dire, cette affaire me préoccupe !

En haut des marches, quatre soldats étaient assis sur un banc. Ils se mirent aussitôt au garde-à-vous. Le commandant fit prendre au juge Ti un long couloir sur la gauche qui se terminait par une lourde porte. Sur la serrure était collée une bande de papier portant le sceau du commandant. Fang la déchira, ouvrit la porte et déclara :

— Voici la chambre du commandant en second. Il a été tué sur sa couche, là-bas.

Avant de franchir le seuil, le juge Ti embrassa du regard la vaste pièce nue. Sur la droite s'ouvrait une fenêtre voûtée de cinq pieds de haut et sept de large. Dans le renfoncement au-dessous se trouvait un carquois de cuir laqué contenant une douzaine de flèches rouges à pointes de fer. Quatre autres avaient glissé du carquois. La pièce ne comportait aucune autre ouverture. Sur la gauche il y avait un simple bureau de bois blanc, sur lequel se trouvaient un casque de fer et une autre flèche. Le mur du fond était occupé par une large couche de bambou. La natte qui la recouvrait était maculée d'inquiétantes taches brunâtres. Le sol était un vulgaire plancher grossièrement raboté ; il n'y avait ni tapis ni natte de sol.

Une fois dans la pièce, le commandant déclara :

— Sou montait dans sa chambre tous les après-midi, vers une heure, après l'exercice, pour faire un petit somme jusqu'à deux heures, puis il descendait prendre son riz au mess des officiers. Avant-hier, le colonel Chih Lang, qui partage avec Sou les tâches administratives, est monté ici un peu avant deux heures. Il avait l'intention de redescendre au mess avec Sou et de lui toucher deux mots en particulier sur un problème de discipline concernant le lieutenant Kao. Chih Lang frappa à la porte. Comme personne ne répondait, il pensa que Sou était peut-être déjà en bas. Il entra néanmoins dans la chambre pour s'en assurer et découvrit Sou qui gisait sur sa

46

couche, là-bas. Il était en cotte de mailles, mais une flèche était plantée dans la partie non protégée de son ventre, et son pantalon était couvert de sang. Ses mains étaient agrippées à la flèche — il avait dû essayer vainement de l'arracher, en dépit de sa pointe barbelée. Sou était tout ce qu'il y a de plus mort.

Le commandant se racla la gorge et reprit :

— Vous voyez comment cela s'est passé, n'est-ce pas ? Sou est entré dans la chambre, a jeté son carquois dans la niche sous la fenêtre, son casque sur le bureau, puis s'est allongé sur sa couche, sans prendre le temps de retirer sa cotte de mailles ni ses bottes. Une fois endormi...

Deux hommes entrèrent dans la chambre et saluèrent vivement leur supérieur. Le commandant fit signe d'approcher au plus grand qui portait un uniforme de cuir brun.

— Voici le colonel Chih Lang ; c'est lui qui a découvert le corps.

Le soldat avait un visage épais et buriné, de larges épaules et de longs bras simiesques. Il portait une moustache courte et un collier de barbe. Il fixait le juge d'un regard éteint et morne.

Désignant l'homme trapu qui portait la tunique en cotte de mailles, le casque pointu et le pantalon large de la police militaire montée, le commandant ajouta :

— Et voici le colonel Mao, chargé de l'enquête. C'est lui qui commandait mon service de renseignements pendant la campagne de Corée. Il est très compétent.

Le juge fit un vague salut. Le visage fin et cynique de Mao lui donnait un certain air de renard.

— J'étais en train de relater les faits au magistrat, expliqua le commandant aux deux hommes. Autant connaître son avis, n'est-ce pas ?

Les deux nouveaux venus ne répondirent rien. Enfin, le colonel Chih Lang brisa ce silence gênant.

— J'espère que le magistrat trouvera une autre solution à ce meurtre, dit-il d'une voix rauque. A mon avis, Meng n'est pas un assassin. Et encore moins un homme capable de tuer lâchement quelqu'un dans son sommeil.

— Peu importent les avis, remarqua sèchement le chef de la police militaire. Seuls les faits nous intéressent. Et sur cette base, nous avons abouti à l'unanimité au verdict de culpabilité.

Le commandant remonta le ceinturon de son sabre, puis conduisit le juge Ti vers la grande fenêtre voûtée et montra du doigt un bâtiment à deux étages, de l'autre côté de la cour.

— Le rez-de-chaussée et le premier étage n'ont pas de fenêtres — c'est là que se trouvent nos magasins. Mais vous voyez cette grande fenêtre, au deuxième ? C'est l'armurerie.

Le juge remarqua que cette fenêtre était identique à celle devant laquelle il se tenait. Le commandant se retourna et reprit :

— Bon, Sou était couché, les pieds dirigés vers cette fenêtre. Les expériences que nous avons faites ont démontré que la flèche fatale a été tirée de la fenêtre de l'armurerie. Or à cette heure-là il n'y avait que le colonel Meng en ce lieu.

— Distance considérable, remarqua le juge Ti. Quelque soixante pieds, à mon avis.

— Le colonel Meng est notre meilleur archer, souligna Mao.

— Un débutant ne serait arrivé à rien, reconnut le commandant Fang, mais c'est très faisable pour un expert.

Le juge acquiesça.

— La flèche n'aurait-elle pu être tirée de cette pièce même ? demanda-t-il au bout d'un moment.

— Impossible, répliqua sèchement Fang. Quatre soldats montent la garde jour et nuit en haut de cet escalier, à l'autre bout du couloir. Ils ont affirmé qu'entre l'arrivée de Sou et celle de Chih Lang personne n'était monté.

— Le meurtrier ne pouvait-il escalader le mur, passer par la fenêtre et poignarder Sou avec la flèche ? insista le juge. J'essaye simplement d'envisager toutes les possibilités, s'empressa-t-il d'ajouter en voyant l'air accablé des trois hommes.

— Le mur est parfaitement lisse, pas un être humain ne pourrait y grimper, repartit Fang. Pas même Chih Lang, ici présent, notre spécialiste en la matière. Par ailleurs, il y a toujours des soldats en bas, dans la cour ; il est donc impossible à quiconque de se livrer à ces singeries sans se faire remarquer.

— Je vois, fit le juge.

Le magistrat caressa sa longue barbe puis demanda :

— Pour quelle raison le colonel Meng aurait-il voulu tuer le commandant-en-second ?

— Sou était un bon officier, mais emporté et parfois grossier. Il y a quatre jours, il a insulté Meng devant tout le monde, parce que celui-ci avait pris la défense du lieutenant Kao.

— J'étais là, précisa Mao. Meng a réussi à se contrôler, mais il était blême. Il a ruminé cet affront et...

Le colonel laissa planer un silence lourd de sens.

— Meng s'était déjà fait engueuler par Sou, ajouta Chih Lang. Il en avait l'habitude et n'y accordait pas d'importance.

— Vous avez fait allusion à cette entorse à la discipline du lieutenant Kao. Qu'avait-il fait ?

— Sou a insulté Kao parce que son ceinturon de cuir était abîmé. Kao lui a répondu et Sou s'apprêtait à lui infliger une sévère punition. C'est alors que Meng a pris la défense de Kao et Sou s'en est pris à Meng.

— J'avais moi-même l'intention de plaider en faveur de Kao, dit Chih Lang. C'est pourquoi je suis monté ici, juste après l'exercice du matin. Je croyais qu'en parlant à Sou en privé je pourrais lui faire lever la punition. Quand je pense que le sort a voulu que Kao se trouve être le principal témoin contre le colonel Meng, son défenseur !

— Comment ça ? demanda le juge.

Le commandant Fang poussa un soupir.

— Tout le monde savait que Sou venait tous les jours faire la sieste dans sa chambre après l'exercice du matin. Et le colonel Meng avait l'habitude de monter à l'armurerie pour s'entraîner à la lance avant de descendre au mess. Il est fort comme un bœuf et ne connaît pas le mot fatigue. Or avant-hier, Meng a dit à ses compagnons qu'il avait la gueule de bois et ne se rendrait pas à l'armurerie. Et pourtant, il y est allé ! Regardez, vous voyez cette petite fenêtre là-haut, à vingt pieds environ de celle de l'armurerie ? Eh bien, elle donne dans la sellerie. Seul le quartier-maître s'y rend, une fois tous les quinze jours à peu près. Mais Kao s'était mis dans la tête d'aller s'y chercher un nouveau ceinturon, car

50

Sou l'avait puni à cause du vieux. L'exigeant coquin a mis un temps infini à s'en choisir un. Lorsqu'il se tourna vers la porte qui communiquait avec l'armurerie, il regarda incidemment par la fenêtre et vit Chih Lang entrer dans la chambre de Sou, s'arrêter brusquement devant la fenêtre voûtée, faire un pas en avant et crier en agitant les bras avant de ressortir précipitamment. Kao ouvrit la porte de l'armurerie pour redescendre voir ce qui se passait en face et faillit heurter de plein fouet le colonel Meng qui tripotait un arc. Ils descendirent tous deux et arrivèrent ici juste après les soldats de la garde, ameutés par les cris de Chih Lang. Ce dernier est venu me chercher ainsi que le colonel Mao. En arrivant sur les lieux, nous avons tout de suite compris d'où avait été tirée la flèche, et j'ai fait mettre Meng aux arrêts comme suspect numéro un.

— Et le lieutenant Kao ? s'étonna le juge.

Mao le fit approcher en silence de la fenêtre et tendit le doigt. Le juge leva la tête et comprit que s'il était possible d'atteindre la porte de la chambre de Sou et le devant de la fenêtre depuis celle du magasin, en revanche, le reste de la pièce et surtout le lit étaient hors de portée de flèche.

— Comment Meng a-t-il expliqué sa présence à l'armurerie ? demanda le juge Ti au commandant. Il avait pourtant déclaré clairement qu'il ne s'y rendrait pas ce jour-là, n'est-ce pas ?

Fang acquiesça à contrecœur.

— Cet imbécile a dit qu'en entrant dans sa chambre pour s'y reposer il avait trouvé un mot de Sou lui donnant l'ordre de le rejoindre à l'armurerie à deux heures. Quand on lui a demandé de montrer ce mot, il a répondu qu'il l'avait jeté ! Nous avons

51

estimé que cette fable était la preuve tangible de la culpabilité de Meng.

— Il est vrai que cela ne plaide pas en sa faveur, convint le juge. Meng ignorait que Kao allait se rendre à la sellerie. Si Kao ne l'avait pas surpris, il aurait réintégré sa chambre une fois son forfait commis et personne ne l'aurait soupçonné.

Le juge Ti se dirigea vers le bureau et prit la flèche posée à côté du casque en fer. Elle faisait près de quatre pieds de long et était beaucoup plus lourde que prévu. Sa pointe longue et acérée, munie à la base de deux redoutables crochets, présentait des taches brunâtres.

— Je suppose que Sou a été tué avec cette flèche...

Le commandant acquiesça.

— Nous avons eu un mal fou à la retirer, remarqua-t-il.

Le juge Ti examina soigneusement la flèche. Elle était laquée de rouge, terminée au talon par des plumes noires. Juste en dessous de la pointe de fer, le bois avait été renforcé par un morceau de ruban rouge solidement enroulé.

— Cette flèche n'a rien de spécial, dit Mao avec impatience. C'est le modèle réglementaire.

— Le ruban rouge est déchiré, fit remarquer le juge Ti. Il est déchiqueté tout du long.

Personne ne fit de commentaires. Apparemment les observations du juge ne les frappaient pas par leur intérêt. D'ailleurs il n'en pensait pas grand bien lui-même. Il reposa en soupirant la flèche sur le bureau et dit :

— Je dois reconnaître que de lourdes charges pèsent contre le colonel Meng. Il avait un mobile,

52

une occasion et le talent particulier lui permettant de mettre à profit cette occasion. Je dois y réfléchir encore un peu. Toutefois, avant de quitter le fort, j'aimerais rencontrer le colonel Meng. Le lieutenant Kao pourrait peut-être me conduire auprès de lui, ainsi aurais-je vu toutes les personnes mêlées à cette troublante affaire.

Le commandant jeta au juge un regard inquisiteur. Il sembla hésiter un instant, puis donna un ordre au colonel Mao.

Tandis que le lieutenant Kao le conduisait à la prison, à l'arrière du fort, le juge Ti observa son guide à la dérobée. Kao était un beau jeune homme, qui avait fière allure avec sa cotte de mailles bien ajustée et son casque rond. Le juge tenta de le faire parler du meurtre, mais il ne tira de lui que quelques brèves réponses. Le jeune soldat était soit intimidé soit inquiet.

Une espèce de géant arpentait la cellule, les mains derrière le dos. En voyant les deux hommes arriver devant les gros barreaux de fer, son visage s'éclaira et il dit d'une voix grave :

— Quel plaisir de vous voir enfin, Kao ! Vous avez des nouvelles ?

— Le magistrat est ici, répondit Kao avec hésitation. Il désire vous poser quelques questions.

Après avoir demandé à Kao de se retirer, le juge Ti s'adressa au prisonnier :

— Le commandant Fang m'a dit que la cour martiale vous avait déclaré coupable de meurtre avec préméditation. Si vous voyez un élément qui permette de présenter un recours en grâce, je serais ravi de le faire pour vous. Mes deux lieutenants Ma et Tsiao m'ont fait votre éloge.

— Je n'ai pas tué Sou, Votre Excellence, répondit le colosse d'un ton bourru. Mais ils m'ont déclaré coupable, alors qu'ils me tranchent la tête. C'est la loi, et il faut bien qu'on meure de quelque chose un jour ou l'autre ! Je n'ai aucun élément pour présenter un recours en grâce.

— Si vous êtes innocent, insista le juge, cela signifie que le meurtrier avait une raison impérative de vouloir vous éliminer tous deux, vous et Sou. Car c'est lui qui vous a envoyé le faux message, pour vous faire accuser ensuite. Cela réduit donc le nombre des suspects. Ne pensez-vous à personne qui ait une raison de vous haïr ainsi que le commandant-en-second ?

— Ils étaient nombreux à détester Sou. C'était un bon administrateur, mais un véritable garde-chiourme ; il faisait fouetter ses hommes pour un rien. En ce qui me concerne, eh bien, j'ai toujours cru n'avoir que des amis ici. Si j'ai offensé quelqu'un, je l'ai fait sans malice. Cela ne nous mène pas très loin...

Le juge acquiesça. Il réfléchit un moment puis demanda à Meng :

— Racontez-moi exactement ce que vous avez fait après être rentré au fort, la nuit précédant le meurtre.

— Le matin, vous voulez dire ! rectifia Meng avec un pâle sourire. Minuit était passé depuis longtemps, vous savez ! Le trajet de retour en jonque m'avait un peu remis les idées en place, mais j'étais encore dans un bel état. Le capitaine de la garde, un brave type, m'a aidé à monter dans ma chambre. J'ai fait un peu de tapage et ne voulais plus le laisser repartir. J'insistais pour lui raconter avec force détails le bon temps qu'on avait pris, combien les deux Coréens étaient sympathiques et merveilleusement généreux. Pak et Yi, ils s'appelaient — drôles de noms, ces Coréens ! Meng se gratta la tête puis poursuivit : « Ah oui, je me souviens que je n'ai laissé partir le capitaine qu'après qu'il m'eut solennellement promis de venir avec moi la prochaine fois ! Je lui ai dit que Pak et Yi avaient déclaré avoir encore beaucoup d'argent à dépenser, et être bien décidés à me régaler splendidement avec tous mes amis. Je me suis couché tout habillé, avec un sentiment de parfait bonheur. Mais il n'en était plus de même le lendemain matin ! J'avais une gueule de bois de tous les diables. J'ai réussi tant bien que mal à faire l'exercice du matin, mais quel soulagement quand il a été terminé et que j'ai pu monter dans ma chambre faire un somme ! Au moment où j'allais me jeter sur le lit, j'ai découvert ce mot. Je... »

— Ne pouviez-vous pas vous apercevoir qu'il s'agissait d'un faux ? coupa le juge.

— Grands dieux, non ! Je ne connais rien à la calligraphie ! Par ailleurs, ce n'étaient que quelques mots griffonnés à la hâte. Mais il y avait le sceau de Sou, et quant à lui, il était authentique — je l'ai vu des centaines de fois sur toutes sortes de papiers. Si le sceau n'avait pas été apposé, j'aurais pris ça pour une blague d'un camarade et serais allé vérifier auprès de Sou. Mais ce sceau suffisait largement, alors j'ai couru aussitôt à l'armurerie. Sou n'aime pas trop que l'on discute ses ordres ! Et voilà comment mes ennuis ont commencé !

« *Vous cherchez à protéger quelqu'un, Meng !* »
s'écria le juge avec colère.

— Vous n'avez pas regardé par la fenêtre lorsque vous étiez dans l'armurerie ?

— Pourquoi l'aurais-je fait ? Je m'attendais à ce que Sou arrive d'un instant à l'autre. Je me suis contenté de regarder un peu les arcs.

Le juge Ti observa la large face de Meng : elle respirait l'honnêteté. Soudain, il s'approcha des barreaux et s'écria avec colère :

— Vous cherchez à protéger quelqu'un, Meng !

Meng rougit jusqu'aux oreilles. S'agrippant aux barreaux de ses grosses mains puissantes, il rugit :

— Vous dites n'importe quoi ! Vous êtes un civil ; alors autant ne pas vous mêler des affaires militaires !

Puis il se détourna et se remit à arpenter sa cellule.

— Comme vous voudrez ! répliqua froidement le juge, avant de disparaître dans le couloir.

Le geôlier ouvrit la lourde porte de fer et le lieutenant Kao le reconduisit dans le bureau du commandant.

— Eh bien, que pensez-vous de Meng ? demanda Fang.

— Je dois reconnaître qu'il n'a pas l'air du genre à tuer un homme dans son sommeil, répondit prudemment le juge Ti. Mais l'on ne sait jamais, naturellement. A propos, j'ai égaré une des copies de la correspondance officielle que vous avez l'extrême obligeance de me transmettre. Puis-je en avoir une autre, afin de compléter mon dossier ? Le document porte le numéro P-404.

Le commandant eut l'air surpris par cette requête inattendue, mais ordonna néanmoins à son aide de camp d'aller chercher le papier aux archives.

L'officier revint étonnamment vite et tendit deux

feuillets au commandant. Fang y jeta un coup d'œil avant de les remettre au juge avec ces mots :

— Voilà ! Affaire de routine.

Le juge constata que sur la première page il était question d'une proposition de promotion au rang de capitaine concernant Kao et trois autres lieutenants, accompagnée de leurs noms, âges et états de service. Le sceau de Sou y était apposé. Sur la seconde page, le commandant exprimait en quelques lignes son espoir de voir le Ministère des Armées accéder à cette proposition dans les plus brefs délais. Il portait le large sceau du commandant ainsi que la date et le numéro P-404.

Le juge secoua la tête.

— Il doit y avoir une erreur quelque part. Le document manquant devait concerner l'acquisition de fournitures militaires, car le numéro suivant, P-405, une commande de ceinturons de cuir, renvoie au P-404. Donc cette lettre P de P-404 doit signifier Projets d'achats et non Personnel.

— Juste Ciel ! s'exclama le commandant. Les secrétaires se trompent parfois, n'est-ce pas ? Eh bien, je vous remercie de votre visite, Votre Excellence. Prévenez-moi dès que vous vous serez fait une opinion sur le meurtre de Sou.

Comme le juge franchissait le seuil, il entendit vaguement le commandant maugréer quelque chose à son aide de camp à propos de « cette ridicule paperasserie ».

Le soleil de midi avait transformé le quai, devant le fort, en une véritable fournaise, mais dès que la jonque se fut avancée au milieu du fleuve, une douce brise se leva. Le sergent responsable de l'embarca-

58

tion avait veillé à ce que le juge et ses deux lieutenants fussent confortablement installés sur la plate-forme arrière, à l'ombre d'une bâche verte.

Dès que l'ordonnance, qui avait apporté une grande théière, eut disparu dans la cale, Ma Jong et Tsiao Taï assaillirent le juge de questions.

— Je ne sais franchement pas qu'en penser, avoua le juge avec lenteur. Toutes les apparences sont contre Meng, mais j'ai la vague impression que cet imbécile veut protéger quelqu'un. Vous avez appris quelque chose de votre côté ?

Ma Jong et Tsiao Taï secouèrent la tête.

— Nous avons eu une grande discussion avec le capitaine de la garde qui était de service lorsque Meng est rentré de sa virée avec nous, dit Tsiao Taï. Il aime bien Meng, comme tout le monde au fort d'ailleurs. Cela ne l'a pas particulièrement dérangé de le ramener dans sa chambre, quoique ça n'a pas dû être du gâteau à l'huile ! Et Meng ne s'arrêtait plus de chanter à tue-tête des chansons gaillardes ; je crains qu'il n'ait réveillé tous ses camarades ! Le capitaine a dit aussi que Meng n'était pas spécialement ami avec Sou, mais qu'il le respectait en tant qu'officier et ne prenait pas trop au sérieux ses accès de colère.

Le juge Ti ne fit aucun commentaire. Il resta silencieux un long moment. Sirotant son thé, il contemplait le paysage reposant qui défilait devant ses yeux. Les deux berges étaient bordées de rizières vertes, parsemées çà et là des taches jaunes des chapeaux de paille des paysans qui y travaillaient.

— Le colonel Chih Lang croit lui aussi à l'innocence de Meng, déclara-t-il soudain. Mais le colonel

Mao, chef de la police militaire, le tient pour coupable.

— Meng nous a souvent parlé de Chih Lang, répondit Ma Jong. Si Meng est le champion des archers, Chih Lang ne craint personne pour ce qui est de l'escalade des murs ! C'est un véritable paquet de muscles ! Il entraîne les soldats à cet art. Après s'être dévêtus, ils s'attaquent pieds et mains nus à un vieux mur. Ils apprennent à se servir de leurs doigts de pied comme de leurs mains. Dès qu'ils ont trouvé une prise, ils glissent leurs pieds dans une anfractuosité, puis cherchent une autre prise un peu plus haut, et ainsi de suite jusqu'au sommet du mur. J'aimerais bien essayer un jour ! Quant au colonel Mao, il se méfie de tout le monde, c'est bien connu !

Le juge Ti acquiesça.

— D'après Meng, les deux Coréens ont réglé l'addition de votre petite sauterie, n'est-ce pas ?

— Oh, répondit Tsiao Taï quelque peu embarrassé, c'est à cause d'une blague plutôt idiote qu'on leur a faite ! On était assez gais, et quand Pak nous a demandé ce qu'on faisait dans la vie, on a répondu qu'on était des bandits de grand chemin. Les deux types nous ont crus ; ils ont dit alors qu'ils auraient peut-être du travail pour nous, un de ces jours ! Quand on a voulu payer notre part, on s'est aperçu qu'ils avaient déjà tout réglé.

— Mais on doit les revoir la semaine prochaine, à leur retour de la capitale, ajouta Ma Jong. Alors on leur dira la vérité et ce sera notre tournée. Le parasitisme, ce n'est pas notre genre.

— Ils seront peut-être déçus, remarqua Tsiao Taï, car Pak et Yi attendent le paiement de trois jonques et comptent bien fêter ça superbement. A propos, tu as compris leur plaisanterie sur ces trois bateaux, frère Ma ? Après nous avoir parlé de cette affaire, Pak et Yi ont été pris d'un fou rire à rouler sous la table !

— J'ai bien failli y rouler également, remarqua Ma Jong d'un air lugubre.

Le juge Ti n'avait pas entendu cette dernière remarque. Plongé dans ses pensées, il lissait lentement sa barbe noire.

— Parle-moi encore un peu de cette soirée ! demanda brusquement le juge. Surtout de ce qu'a fait et dit Meng.

— Eh bien, commença Ma Jong, frère Tsiao et moi, on est allés au restaurant de crabes du quai ; il est très agréable. Vers l'heure du dîner, on a vu la jonque militaire approcher et Meng en descendre avec un de ses camarades. Ils se sont dit au revoir, puis Meng est venu nous rejoindre, à la terrasse. Il nous a dit qu'il avait eu une journée éreintante au fort et qu'il ferait volontiers un bon dîner. Et c'est ce qu'on a fait ensemble. Ensuite...

— Meng a-t-il parlé du commandant-en-second ou du lieutenant Kao ? coupa le juge.

— Pas une seule fois !

— Vous a-t-il donné l'impression que quelque chose le préoccupait ?

— Non, rien, à part un violent désir de compagnie féminine ! répliqua Ma Jong avec un large sourire. Nous nous sommes donc rendus sur un bateau-de-fleurs et Meng a pu se débarrasser de ce souci. Comme on s'offrait quelques tournées sur le pont, on a vu arriver en sampan les deux Coréens, aussi saouls que possible. La tenancière n'a pas réussi à les intéresser à ses affaires, bien qu'elle ait

sorti ce qu'elle avait de mieux. Tout ce que dési-
raient Pak et Yi, c'était davantage de vin, des litres,
et la conversation appropriée en ces circonstances.
On s'est donc lancés tous les cinq dans une beuverie
interminable. Je ne me souviens plus très bien de la
suite — frère Tsiao pourrait peut-être poursuivre à
ma place !

— Disons que nous t'avons perdu de vue, et
tenons-nous-en là, répondit sèchement Tsiao Taï.
Quant à moi, vers deux heures du matin, j'ai aidé
Meng à transporter les deux Coréens dans un
sampan pour les faire ramener dans le quartier
coréen, de l'autre côté du canal. Ensuite, on a sifflé
un autre sampan qui nous a reconduits tous les deux
jusqu'au quai. Quand j'ai eu mis Meng dans la
jonque militaire qui y était amarrée, je me suis senti
assez fatigué, et comme le restaurant de crabes était
tout près, j'y ai passé le reste de la nuit. Voilà.

— Je vois, fit le juge Ti.

Le magistrat but encore quelques tasses de thé,
puis reposa brutalement sa tasse et demanda :

— Où nous trouvons-nous exactement ?

Ma Jong jeta un coup d'œil vers la rive et
répondit :

— A mi-chemin de Peng-lai, à mon avis.

— Demande au sergent de faire demi-tour et de
nous ramener au fort, ordonna le juge.

Ma Jong et Tsiao Taï tentèrent d'arracher au juge
Ti des explications sur sa soudaine décision, mais ce
dernier se contenta de répondre qu'il tenait simplement à vérifier deux ou trois points qu'il avait
négligés.

Arrivés au fort, un aide de camp les informa que

le commandant était en réunion secrète avec son état-major pour discuter d'importantes informations qui venaient de lui parvenir.

— Ne le dérangez pas ! dit le juge. Allez me chercher le colonel Mao.

Il expliqua au chef de la police militaire stupéfait qu'il désirait revoir les lieux du crime, et ce en sa présence, en tant que témoin.

L'air plus matois que jamais, le colonel Mao fit monter les trois hommes jusqu'à la chambre de Sou. Après avoir déchiré la bande de papier qui avait été recollée sur la serrure, il pria le juge d'entrer.

Avant de pénétrer dans la pièce, le juge dit à Ma Jong et à Tsiao Taï :

— Je cherche quelque chose de petit et de pointu, disons un éclat de bois ou une tête de clou, en gros dans se secteur, expliqua-t-il en montrant l'espace compris entre la porte et le centre de la pièce, devant la fenêtre.

Puis il s'accroupit et entreprit d'examiner les lattes du plancher pouce par pouce. Ses deux lieutenants l'imitèrent aussitôt.

— Si vous cherchez une porte dérobée ou autre truc à la noix, ironisa lourdement le colonel Mao, je vais être obligé de vous décevoir. Ce fort a été construit il y a quelques années seulement, vous savez !

— Ça y est... j'ai trouvé quelque chose ! s'écria Ma Jong en montrant une latte de plancher d'où dépassait un clou.

— Merveilleux ! s'exclama le juge.

Il s'agenouilla pour examiner l'objet pointu, puis se releva et demanda à Mao :

— Auriez-vous l'obligeance de dégager ce petit

bout de tissu rouge accroché à ce clou ? Et par la même occasion, regardez bien ces taches brunâtres sur le plancher, là.

Mao se redressa, examinant d'un air perplexe le petit morceau de ruban rouge glissé sous l'ongle de son pouce.

— Le moment venu, déclara gravement le juge Ti, je vous demanderai de témoigner que ce fragment de ruban a bien été découvert accroché à ce clou. Et également que les taches brunes sont vraisemblablement des taches de sang.

Dédaignant le flot de questions du colonel Mao, le juge Ti prit la flèche posée sur le bureau et la planta dans le plancher juste à côté du clou.

— C'est pour marquer l'emplacement exact, expliqua le juge avant de demander : Qu'a-t-on fait des effets personnels du défunt et du contenu du tiroir de ce bureau ?

Exaspéré par le ton impérieux du magistrat, Mao répliqua froidement :

— Ces objets ont été réunis en deux paquets distincts que j'ai prié le commandant de sceller. Ils sont sous clé dans mon bureau. Nous autres de la police militaire sommes évidemment loin d'être aussi intelligents et expérimentés que les officiers du tribunal, mais nous connaissons notre travail, je vous le garantis.

— Très bien, très bien ! repartit le juge avec impatience. Conduisez-nous à votre bureau !

Le colonel Mao fit asseoir le juge Ti devant son grand bureau couvert de papiers. Ma Jong et Tsiao Taï restèrent debout près de la porte. Mao ouvrit un coffre de fer, en sortit deux paquets enveloppés de papier huilé et en plaça un devant le juge.

— Voici ce que nous avons trouvé dans l'étui de cuir que le commandant-en-second portait au cou, attaché à un cordon, sous sa cotte de mailles.

Le juge Ti brisa le sceau et étala sur le bureau un papier d'identité de l'Armée impériale plié en quatre, une attestation d'achat d'une maison, vieille de sept ans, et un petit étui de brocart destiné à son sceau personnel. Il ouvrit ce dernier et eut l'air enchanté de le trouver vide.

— Je suppose, dit-il à Mao, que le sceau a été découvert dans le tiroir du bureau du défunt ?

— En effet. Il se trouve dans le deuxième paquet, avec les papiers qui étaient dans le tiroir. Quelle négligence de la part de Sou de laisser traîner son sceau personnel dans un tiroir non fermé à clé ! En général, on le porte toujours sur soi.

— C'est exact, répondit le juge Ti en se levant. Je n'ai pas besoin de vérifier le deuxième paquet, ajouta-t-il. Allons voir si le commandant est sorti de sa réunion.

Les deux sentinelles en faction devant la porte de la salle de réunion les informèrent que cette dernière venait à peine de s'achever et que le thé allait bientôt être servi. Le juge Ti les repoussa sans autre forme de procès et entra dans la salle.

Le commandant Fang était assis à la grande table au centre de la pièce. A une plus petite, à sa gauche, avaient pris place le colonel Chih Lang et un autre officier, inconnu du juge. A une autre table, en face, deux officiers supérieurs étaient installés et le lieutenant Kao rangeait des papiers à une petite table, plus loin ; visiblement, c'est lui qui avait retranscrit les discussions. Tous se levèrent à l'entrée du magistrat.

— Veuillez me pardonner cette intrusion, déclara calmement le juge Ti en s'approchant de la table du commandant. Je suis venu vous livrer le résultat de mes découvertes concernant le meurtre du commandant-en-second, Sou. Est-il exact que les officiers ici rassemblés sont en nombre suffisant pour constituer une cour martiale ?

— Si l'on y inclut le colonel Mao, oui, repartit Fang avec lenteur.

— Parfait ! Faites amener le colonel Meng, ainsi la cour martiale pourra siéger comme il se doit.

Le commandant donna un ordre à son aide de camp, puis avança une chaise vers sa table et invita le juge Ti à y prendre place, à ses côtés. Ma Jong et Tsiao Taï prirent position derrière le siège de leur maître.

Deux ordonnances entrèrent avec des plateaux. Chacun but son thé en silence.

Enfin, la porte s'ouvrit de nouveau. Quatre soldats de la police militaire entrèrent dans la salle, encadrant le colonel Meng. Ce dernier s'avança vers la table centrale et salua vivement le commandant.

Fang s'éclaircit la gorge.

— Nous sommes réunis aujourd'hui pour entendre le rapport que le juge Ti a établi à ma demande et pour décider si ce rapport exige une reconsidération de la procédure contre le colonel Meng Kouo-taï, coupable de meurtre avec préméditation sur la personne de Sou, commandant-en-second de ce fort. Je demande au magistrat Ti de nous faire son rapport.

— Le mobile de ce crime, commença le juge Ti

d'une voix posée, était d'empêcher le commandant-en-second d'ouvrir une enquête sur une opération frauduleuse dont un criminel escomptait de substantiels profits. Je dois vous rappeler la procédure administrative à suivre quant aux projets d'achats de fournitures militaires destinées au fort. Une fois la demande exposée en conseil par le commandant, un secrétaire la rédige sur papier officiel et la transmet au commandant-en-second qui en vérifie la teneur et appose son sceau sur chaque page. Puis il transmet à son tour le document au commandant qui le vérifie encore une fois et appose son sceau sur la dernière page. Lorsque les copies d'usage ont été faites, l'original est mis dans une enveloppe adressée au Ministère des Armées, à la capitale, scellée et acheminée par des estafettes.

Le juge Ti but une gorgée de thé avant de reprendre :

— Ce système ne comporte qu'une seule faille. Si le document comporte plus d'une page, une personne malhonnête ayant accès à la correspondance officielle peut fort bien détruire toutes les feuilles à l'exception de la dernière, portant le sceau du commandant, les remplacer par d'autres falsifiées, et envoyer le tout à la capitale, sans oublier la dernière page, authentique celle-là.

— Impossible ! coupa le commandant. Les autres feuilles doivent comporter le sceau du commandant-en-second !

— C'est précisément pour cela qu'il a été assassiné ! repartit le juge. Le meurtrier avait subtilisé le sceau de Sou, et ce dernier s'en est aperçu. Toutefois, avant d'aller plus loin dans ma démonstration, je voudrais vous expliquer tout d'abord comment la louable conscience professionnelle d'un de vos secrétaires m'a mis sur la piste de l'assassin.

« Il y a trois jours, une demande de promotion de quatre lieutenants a fourni une occasion rêvée au meurtrier. La proposition, dans sa forme définitive, comportait deux pages. La première faisait état de la demande elle-même, ainsi que des noms, âges, etc., des quatre individus concernés. Sur la seconde ne figurait que la recommandation du commandant en vue d'accélérer les choses (cela, en termes très généraux, voyez-vous !), la date et le numéro du dossier : P pour Personnel et le numéro 404. La première page portait le cachet de Sou, la seconde celui du commandant.

« Le criminel s'est saisi de ce document en se rendant au bureau des dépêches. Il a détruit la première feuille et l'a remplacée par une autre sur laquelle était réclamé l'achat de trois jonques de guerre à des marchands coréens nommés Pak et Yi, ajoutant que le Ministère des Armées verserait directement la somme due — une petite fortune — aux deux marchands en question. Quand le meurtrier eut apposé sur ce faux le sceau dérobé à Sou, il le glissa lui-même dans une enveloppe qu'il adressa au Ministère des Armées, Section des Projets d'achats. Enfin, il nota selon l'habitude dans un coin de l'enveloppe le numéro du document qu'elle contenait, à savoir P-404. Il remit cette enveloppe close au préposé aux expéditions ; quant aux copies supplémentaires du document original concernant la promotion des quatre lieutenants, il les rangea lui-même dans les archives. N'étant pas encore au courant des nouvelles règles en la matière, il omit d'en faire parvenir une au tribunal.

« Or il advint que ce même préposé aux expéditions qui envoya l'enveloppe scellée marquée P-404 reçut le même jour une autre lettre portant le numéro P-405 contenant un projet d'achat de fournitures de cuir. Il se rappela alors que les deux P pour Projets d'achats et Personnel prêtaient souvent à confusion aux archives. C'est pourquoi, en tant que fonctionnaire zélé, il ajouta au code P-405 une note indiquant de se reporter au document P-404 ; bien que n'ayant pas lu la lettre P-404, il se souvenait en effet qu'il était fait mention, sur l'enveloppe, de la Section des Projets d'Achats. L'employé ventila correctement les copies du P-405, sans oublier celle qui me revenait. Mais en vérifiant les dossiers Projets d'Achats, je me suis aperçu que la pièce P-404 manquait. Cela m'a contrarié, car je tiens à ce que mes dossiers soient complets. J'en ai donc demandé une autre copie au commandant ici présent. Il m'a remis une lettre concernant la promotion de quatre lieutenants, appartenant donc à la section Personnel.

Le commandant qui n'avait cessé de s'agiter sur sa chaise ne se contint plus :

— Ne pouvez-vous pas nous épargner tous ces détails ? Qu'est-ce que c'est que ces histoires à propos de trois jonques de guerre ?

— Le coupable, repartit calmement le juge Ti, était de mèche avec les marchands Pak et Yi. Après avoir touché à la capitale l'argent correspondant à cette vente imaginaire, ils auraient partagé avec le meurtrier. Dans la mesure où il faudrait plusieurs semaines avant que les vérifications de routine du Ministère ne fissent apparaître l'escroquerie avec l'examen de vos rapports sur les fournitures effectivement reçues, le criminel avait tout son temps pour préparer sa fuite avec l'argent.

« C'était un plan intelligent, mais il n'a pas eu de chance. La veille du meurtre, le colonel Meng et mes deux lieutenants ont rencontré les deux marchands coréens en ville et ils se sont enivrés tous ensemble. Les marchands ont cru qu'il s'agissait de bandits de grand chemin et ont fait allusion devant eux aux jonques et à l'argent qu'ils allaient en tirer à la capitale. Mes lieutenants m'ont raconté toute l'histoire et j'ai fait le rapprochement. Je dois ajouter qu'en rentrant au fort, Meng a fait grand cas auprès du capitaine de la générosité des deux Coréens, ajoutant que ce n'était qu'un début. Le meurtrier a surpris cette conversation et en a conclu — à tort — que Meng en savait trop, ce qui le conforta dans son idée de lui faire jouer le rôle de bouc émissaire. En apprenant le lendemain matin que Meng avait décidé de ne pas monter à l'armurerie, il lui envoya un faux billet, en y apposant le sceau de Sou qu'il avait toujours en sa possession.

— Je n'y comprends plus rien ! s'exclama le commandant furieux. Tout ce que je veux savoir, c'est qui a tué Sou et pourquoi !

— Bon, très bien ! répondit le juge. C'est le colonel Chih Lang qui a tué Sou.

Il n'y eut pas un bruit jusqu'au moment où le commandant dit avec colère :

— Absolument impossible ! Le lieutenant Kao a vu le colonel Chih Lang entrer et sortir de la chambre de Sou ; il ne s'est même pas approché du lit !

— Le colonel Chih Lang est monté à la chambre de Sou un peu avant deux heures, juste après l'exercice d'escalade, poursuivit le juge Ti sans se départir de son calme. Il était donc en vêtements de dessous et pieds nus. Il ne pouvait porter sur lui aucune arme et n'en avait d'ailleurs aucun besoin. Car il savait que Sou avait l'habitude de déposer son carquois sous la fenêtre et avait prévu de se saisir d'une flèche et d'en frapper mortellement Sou endormi.

« Or quand Chih Lang entra, il vit que Sou était levé. Il avait remis ses bottes et se tenait devant sa couche, en cotte de mailles. Chih Lang ne pouvait donc pas l'abattre comme prévu. Mais il découvrit alors qu'une flèche était tombée du carquois et se trouvait donc par terre, dirigée vers Sou. Chih Lang posa le pied dessus, la saisit entre le gros orteil et le second doigt de pied, juste au-dessus de la pointe, et d'un violent coup de pied l'envoya droit sur l'abdomen découvert de Sou. Simultanément, il exécuta une petite mise en scène pour Meng, au cas où il aurait regardé au même moment par la fenêtre de l'armurerie : il agita les bras et se mit à crier, couvrant ainsi les cris de sa victime qui s'effondrait sur sa couche. Après s'être assuré que Sou était bien mort, il sortit et appela les gardes. Puis, rentrant dans la pièce en compagnie du commandant et du colonel Mao, profitant de la confusion général, il glissa le sceau de Sou dans le tiroir du bureau. Tout était parfaitement exécuté, mais il négligea une chose : le mort serait découvert les bottes aux pieds. Cela me donna l'idée que Sou n'avait pas été tué dans son sommeil. On pouvait comprendre que Sou n'eût pas voulu quitter sa cotte de mailles pour sa sieste, car elle n'est pas facile à enlever. Mais il avait posé son casque sur le bureau, et il était fort

71

probable qu'il eût également enlevé ses bottes avant de s'allonger.

Le juge Ti se tut. Tous les yeux étaient tournés vers le colonel Chih Lang. Jetant un regard méprisant au magistrat, il demanda avec un sourire railleur :

— Et comment comptez-vous vous y prendre pour prouver votre fantastique théorie ?

— Pour le moment, répliqua le juge sans sourciller, je me contenterai de la vilaine égratignure que vous vous êtes faite au gros orteil du pied droit. Car à l'endroit où était posée la flèche, un clou dépassait du plancher. Il a déchiré le ruban rouge enroulé autour de la flèche lorsque vous l'avez projetée et vous a également blessé. Il y a encore des petites tachés de sang par terre. La preuve définitive viendra plus tard, avec l'arrestation de Pak et de Yi et la découverte du faux au Ministère des Armées.

Chih Lang avait blêmi, ses lèvres se contractèrent. Mais reprenant contrôle de lui-même, il dit d'une voix ferme :

— Inutile d'attendre jusque-là. J'ai tué Sou. J'ai des dettes et besoin d'argent. Dans dix jours, j'aurais demandé une permission pour cause de maladie et ne serais plus jamais revenu au fort. Je n'avais pas l'intention de tuer Sou. J'avais espéré pouvoir remettre son sceau à sa place. Mais il s'est aperçu de sa disparition, et j'ai décidé de le frapper avec une flèche pendant sa sieste. Or quand je suis entré dans sa chambre, il était déjà debout. Il s'est écrié : « Mes soupçons sont désormais des certitudes, c'est toi qui m'as volé mon sceau ! » Je me suis cru perdu, car tuer Sou armé d'une simple flèche n'allait pas être chose aisée, et si Meng venait à

72

regarder par la fenêtre, il nous verrait nous battre. Alors j'ai aperçu cette flèche par terre, et je l'ai envoyée dans le ventre de Sou.

Chih Lang s'essuya le front et conclut :

— Je ne regrette rien ; Sou était un sale type. Je regrette seulement d'avoir eu à vous faire porter le bonnet, Meng, mais je n'avais pas le choix. Voilà tout.

Le commandant se leva.

— Votre sabre, Chih Lang !

Tout en défaisant son ceinturon, le colonel demanda amèrement au juge :

— Comment m'avez-vous attrapé ?

— Avec du ruban rouge, principalement, répondit le juge d'un ton pincé.

LE PASSAGER DE LA PLUIE

Cette troisième nouvelle a également pour cadre la ville de Peng-lai. Près de six mois ont passé. Entretemps, les deux épouses du juge Ti et leurs enfants sont arrivés et se sont installés dans la résidence particulière du magistrat, à l'arrière du Yamen. Quelque temps plus tard, Mademoiselle Tsao rejoignit la famille. Il est question au chapitre XV de Trafic d'or sous les T'ang *du mauvais pas dont le juge Ti la tira. La Première Epouse du magistrat ressentit dès le premier jour une vive sympathie à son égard et l'engagea comme dame de compagnie. C'est par une journée d'été torride et orageuse que survint l'étrange affaire relatée ici.*

— Ce coffre ne vaut rien non plus ! remarqua avec dégoût la Première Epouse du juge Ti. Voyez ce moisi tout au long de la couture de cette robe bleue ! Claquant le couvercle du coffre à vêtements de cuir rouge, elle se tourna vers la Seconde Epouse : « Je n'ai jamais vu un été aussi chaud et humide. Quel orage, hier soir ! J'ai bien cru qu'il ne cesserait jamais de pleuvoir. Aidez-moi, voulez-vous ? »

Assis à la table à thé, près de la fenêtre ouverte de la grande chambre, le juge Ti regardait ses deux épouses poser à terre le coffre à vêtements et s'apprêter à prendre le troisième de la pile. Mademoiselle Tsao, amie et dame de compagnie de sa Première Epouse, était occupée à faire sécher des robes sur le brasero de cuivre en les déposant sur le couvercle composé de fils de cuivre tressés, au-dessus des braises. La chaleur du brasero, ainsi que la vapeur qui s'échappait des vêtements qui séchaient rendaient l'atmosphère à peu près irrespirable ; mais les trois femmes n'en semblaient guère incommodées.

Poussant un soupir, le juge Ti se retourna pour regarder au-dehors. De cette chambre située au premier étage de sa résidence, on avait généralement une jolie vue sur les toits pointus de la ville, mais aujourd'hui, tout baignait dans une épaisse brume qui en estompait les contours. Le juge avait l'impression que la brume avait pénétré dans ses propres veines et battait sourdement au rythme de son sang. Il regrettait à présent la funeste impulsion qui l'avait poussé à son lever à demander sa robe d'été grise. Car c'est ce désir qui avait amené sa Première Epouse à vérifier le contenu des quatre coffres à vêtements et, y découvrant des traces de moisi, elle avait aussitôt appelé à son aide la Seconde et Mademoiselle Tsao. Les trois femmes étaient désormais entièrement absorbées par leur tâche, allant jusqu'à en oublier le thé du matin, sans parler du petit déjeuner. Elles faisaient pour la première fois l'expérience de la canicule à Peng-lai, car il y avait tout juste sept mois que le magistrat y était en poste. Il étendit les jambes, se sentant les pieds et les genoux lourds et enflés. Mademoiselle Tsao s'avança vers le brasero et saisit une robe blanche.

— Celle-ci est bien sèche, annonça-t-elle.

Comme elle levait les bras pour la suspendre à la barre à vêtements, le juge fut frappé par la sveltesse de son corps sculptural.

— Ne pouvez-vous confier tout cela aux domestiques ? demanda-t-il à brûle-pourpoint à sa Première Epouse.

— Oui, bien sûr, répondit-elle par-dessus son épaule. Mais je voudrais tout d'abord me rendre compte moi-même de l'étendue des dégâts. Juste Ciel, regardez donc cette robe rouge, ma chérie ! dit-elle en s'approchant de Mademoiselle Tsao. Elle est moisie jusqu'à la trame ! Et vous disiez qu'elle m'allait si bien !

Le juge se leva brusquement. Les odeurs de parfums et de cosmétiques éventés auxquelles se mêlait celle des vêtements humides conféraient à la pièce surchauffée une atmosphère d'intense féminité, qui porta soudain sur les nerfs à fleur de peau du magistrat.

— Je vais faire un petit tour dehors, dit-il.

— Avant même votre thé du matin ? s'exclama sa Première, sans cesser d'examiner les zones décolorées de la robe rouge qu'elle tenait à la main.

— Je serai de retour pour le petit déjeuner, grommela le juge. Donnez-moi donc cette robe bleue, là-bas !

Mademoiselle Tsao aida la Seconde à revêtir son époux de sa robe et demanda gentiment :

— Cette robe n'est-elle pas un peu trop lourde par cette chaleur ?

— En tout cas, elle est sèche ! répondit-il d'un ton qui l'était tout autant.

Ce que disant, il s'aperçut à son grand désespoir que Mademoiselle Tsao avait parfaitement raison : l'épais tissu collait comme une cotte de mailles à son dos moite. Après avoir murmuré un vague remerciement, il descendit l'escalier.

Il traversa à grands pas le corridor plongé dans la pénombre qui menait à la petite porte de service, à l'arrière du Yamen. Il était content de ne pas avoir encore croisé son vieil ami et conseiller, le sergent Hong. Le sergent le connaissait si intimement qu'il aurait tout de suite remarqué sa mauvaise humeur et s'en serait inquiété.

Le juge ouvrit la petite porte avec sa propre clé et se glissa dans la rue humide et déserte. Que lui arrivait-il en fait ? se demanda-t-il en s'enfonçant dans la brume. Il est vrai que ces sept mois passés à son premier poste officiel avaient été décevants. Les premiers jours avaient été passionnants, puis il y avait eu le meurtre de Madame Ho, et l'affaire du fort. Ensuite plus rien, hormis la routine habituelle et fastidieuse : formulaires à remplir, documents et rapports à rédiger, permis à délivrer... A la capitale, il avait eu également de nombreuses tâches administratives à exécuter, mais pour des affaires importantes. En outre, ce district n'était pas vraiment le sien. Toute la région était une zone stratégique placée sous la juridiction de l'armée. Et le quartier coréen, au-delà de la Porte de l'Est, avait sa propre administration. Furieux, il donna un coup de pied dans un caillou et poussa un juron. Ce qu'il avait pris pour une pierre était en réalité un pavé en saillie et il s'était fait très mal au pied. Il devait prendre une décision au sujet de Mademoiselle Tsao. La nuit précédente, dans l'intimité de leur couche, sa Première Epouse l'avait à nouveau pressé de prendre Mademoiselle Tsao pour Troisième. Ses deux épouses l'adoraient, lui avait-elle dit, et Mademoiselle Tsao n'attendait que cela. « Par ailleurs, avait ajouté sa Première avec sa franchise coutumière, votre Seconde est très jolie, mais elle n'a pas eu une éducation très poussée ; la présence d'une jeune femme aussi intelligente et cultivée que Mademoiselle Tsao serait un agrément supplémentaire pour tout un chacun dans cette demeure. » Mais si le désir de Mademoiselle Tsao n'était motivé que par sa gratitude envers lui ? D'une certaine manière tout serait plus simple s'il ne l'aimait pas autant. D'autre part, serait-il convenable d'épouser une femme que l'on n'aime pas véritablement ? En tant que magistrat, il avait droit à quatre épouses, mais il estimait personnellement que deux suffisaient amplement, à moins qu'elles ne se révélassent stériles. Tout cela était bien compliqué et préoccupant. Le juge serra sa robe contre lui car la pluie commençait à tomber.

Il poussa un soupir de soulagement en découvrant les larges degrés menant au temple de Confucius. Le deuxième étage de la tour de l'ouest avait été transformé en petite maison de thé. C'est là qu'il prendrait son thé du matin avant de retourner au tribunal.

Dans la pièce octogonale au plafond bas, un serveur débraillé se penchait sur le comptoir pour attiser avec des pincettes les braises d'un petit réchaud à thé. Le juge Ti s'aperçut avec plaisir que le jeune homme ne l'avait pas reconnu ; il n'était pas d'humeur à supporter les courbettes en tout genre. Il commanda une théière et une serviette sèche puis s'assit à la table de bambou, devant le comptoir.

Le garçon lui tendit un panier de bambou contenant une serviette d'une propreté douteuse.

— Un instant, je vous prie, Monsieur. L'eau ne va pas tarder à bouillir.

Comme le juge essuyait sa longue barbe, le garçon reprit :

— Levé de si bonne heure, Monsieur, vous devez déjà être au courant de ce qui est arrivé là-bas, dit-il en désignant la fenêtre ouverte. Comme le juge faisait non de la tête, il poursuivit avec un plaisir non feint : « Un type s'est fait tailler en pièces hier soir dans l'ancienne tour de guet, au milieu du marais.

Le juge reposa vivement la serviette. »

— Un meurtre ? Comment le savez-vous ?

— C'est le garçon d'épicerie qui me l'a dit, Monsieur, quand il est venu livrer la marchandise, pendant que je lavais le plancher. Il était allé à l'aube à la tour de guet pour y chercher des œufs de cane chez la jeune idiote qui y vit et il a découvert le carnage. La fille était en train de pleurer dans un coin. Il a couru en ville prévenir la police militaire, et le capitaine s'est rendu à la tour de guet avec quelques-uns de ses hommes. Regardez, les voilà !

Le juge se leva et alla à la fenêtre. De sa place, il découvrait, au-delà de la muraille crénelée de la ville, la vaste étendue verte des marais couverts de roseaux et, plus au nord, l'eau grisâtre du fleuve perdu dans la brume. Une route de terre ferme menait du quai, au nord de la ville, à la vieille tour de briques posée au milieu des marais.

— C'est un soldat qui s'est fait tuer ? demanda le juge avec intérêt.

Bien que la zone au nord de la ville fût placée sous l'autorité de l'armée, le tribunal devait néanmoins être informé de tout crime perpétré sur un civil.

— C'est possible. La pauvre fille est sourde-muette, mais elle n'est pas trop vilaine. Peut-être qu'un soldat est allé lui faire un brin de causette, si vous voyez ce que je veux dire. Ha ! L'eau bout !

Le juge scruta le lointain. Deux soldats de la police militaire se dirigeaient vers la ville, leurs chevaux soulevant de grandes gerbes d'eau aux endroits où la route était inondée.

— Voilà votre thé, Monsieur ! Faites attention, la tasse est brûlante. Je vous la pose sur l'appui de la fenêtre. Non, en y repensant, l'homme n'était pas un soldat. Le garçon d'épicerie m'a dit que c'était un vieux marchand qui habitait près de la Porte du Nord — il le connaissait de vue. Enfin, la police militaire ne sera pas longue à retrouver l'assassin. Ce sont des durs, ceux-là ! Regardez ! ajouta-t-il avec excitation en donnant un coup de coude au juge. Je vous disais bien que c'étaient des durs ! Vous voyez le type enchaîné qu'ils ramènent ? Il a un pantalon et une veste brune de pêcheur. Bon, ils vont le conduire au fort et...

— Ils ne vont rien faire de tel ! coupa le juge avec humeur.

Après avoir porté la tasse à ses lèvres et s'être brûlé, il régla sa consommation et descendit précipitamment l'escalier. Le meurtre d'un civil par un civil, voilà qui relevait expressément du tribunal ! C'était l'occasion rêvée pour remettre les militaires à leur place, une bonne fois pour toutes !

Toute apathie l'avait à présent quitté. Après avoir loué un cheval chez le forgeron du coin, il sauta en selle et galopa jusqu'à la Porte du Nord. Les gardes jetèrent un regard effaré à ce cavalier débraillé, au bonnet d'intérieur planté de travers sur la tête, mais s'empressèrent de se mettre au garde-à-vous en reconnaissant leur magistrat. Le juge sauta à bas de sa monture et fit signe au caporal de le suivre au poste de garde, auprès de la porte de la ville.

— Que signifie toute cette agitation là-bas dans les marais? demanda-t-il.

— Un homme a été trouvé mort dans la vieille tour, Votre Excellence. La police militaire a déjà arrêté le meurtrier; ils sont en train de l'interroger dans la casemate. Je pense qu'ils ne vont pas tarder à arriver au poste du quai.

Le juge s'assit sur un banc de bambou et tendit quelques sapèques au caporal.

— Demande à l'un de tes hommes d'aller me chercher deux gâteaux à l'huile!

Les gâteaux à l'huile qui sortaient tout juste de la tourtière d'un vendeur ambulant sentaient bon l'ail et les oignons, mais le juge, aussi affamé fût-il, ne les apprécia pas. Le thé bouillant lui avait brûlé la langue, et l'abus de pouvoir de l'armée le préoccupait grandement. Il se dit avec tristesse que ce genre de problème ne se posait pas à la capitale où des règles très précises fixaient les limites exactes du pouvoir de chaque fonctionnaire, quel que soit son rang. Le caporal entra comme il finissait ses gâteaux à l'huile.

— Les soldats viennent de conduire le prisonnier à leur poste de garde, sur le quai, Votre Excellence.

Le juge Ti se leva aussitôt.

— Prends quatre hommes et suis-moi!

Sur le quai, une légère brise dissipait la brume. Le juge sentait sa robe lui coller aux épaules.

— C'est le temps idéal pour attraper un mauvais rhume, grommela-t-il.

Une sentinelle lourdement armée le fit entrer dans le hall du poste.

Au fond, un homme de haute taille, portant la cotte de mailles et le casque à pointe de la police militaire, était assis derrière un vulgaire bureau de bois blanc. Il était en train de remplir un formulaire officiel d'une écriture lente et laborieuse.

— Je suis le magistrat Ti, commença le juge. Je voudrais savoir...

Le juge s'interrompit brutalement. Le capitaine avait relevé la tête. Une horrible cicatrice blanche lui barrait le visage de la pommette gauche à la lèvre inférieure. Avant que le juge ne se fût remis de son trouble, le capitaine s'était levé. Il fit un bref salut militaire et dit d'une voix hachée :

— Ravi de vous voir, Excellence. Je viens de terminer mon rapport. Désignant un brancard recouvert d'une couverture dans un coin de la pièce, il ajouta : « Voilà le cadavre ; le meurtrier est dans la pièce à côté. Vous désirez sans doute qu'on vous l'envoie directement à la prison du tribunal ? »

— Oui, absolument, repartit le juge Ti avec quelque embarras.

— Parfait.

Le capitaine plia la feuille qu'il venait de remplir et la tendit au juge.

— Asseyez-vous, Votre Excellence. Si vous avez un instant à me consacrer, j'aimerais vous dire ce que je pense de cette affaire.

Le juge prit un siège et fit signe au capitaine de

s'asseoir également. Lissant sa longue barbe, il pensa que les choses ne se présentaient pas du tout comme il l'avait imaginé.

— Eh bien, commença le capitaine, je connais les marais comme la paume de ma main. La sourde-muette qui vit dans la tour est une pauvre idiote inoffensive ; lorsque j'ai appris qu'on avait trouvé un homme assassiné chez elle, j'ai donc tout de suite pensé qu'il y avait eu agression et vol, et j'ai envoyé mes hommes fouiller le marais, de la tour au fleuve.

— Pourquoi cette zone précisément ? coupa le juge. L'agression aurait tout aussi bien pu se produire sur la route, n'est-ce pas ? Et le meurtrier ne cacher le corps dans la tour qu'ensuite ?

— Non, Votre Excellence. Notre casemate se trouve sur la route, à mi-chemin entre le quai et la vieille tour. Mes hommes surveillent toutes les allées et venues, toute la journée, comme ils en ont reçu l'ordre. Et ce afin d'empêcher les espions coréens d'entrer ou de sortir de la ville, voyez-vous. Cette route est le seul moyen de traverser les marais. Le coin est plein d'embûches ; on risque à tout moment de s'enliser dans les sables mouvants et de se noyer. Lorsque mes hommes ont découvert le corps, il était encore chaud, nous en avons conclu qu'il avait été tué quelques heures avant l'aube. Dans la mesure où personne n'est passé devant la casemate, à part le garçon d'épicerie, nous en avons conclu aussi que le mort et son meurtrier étaient tous deux venus du nord. Un chemin à travers les roseaux mène de la tour à la berge du fleuve, et un individu familier avec la topographie des lieux pouvait fort bien échapper à la vigilance de mes hommes.

Le capitaine se lissa la moustache et ajouta :

— En évitant également les patrouilles fluviales, naturellement.

— Et vos hommes ont rattrapé le meurtrier au bord du fleuve ?

— Oui, Votre Excellence. Ils ont découvert un jeune pêcheur, du nom de Wang San-lang, caché dans sa petite barque au milieu des joncs, juste au nord de la tour. Il essayait de laver son pantalon taché de sang. Quand mes hommes l'ont arrêté, il a tenté de leur échapper en gagnant le milieu du fleuve à la godille. Les archers ont tiré quelques flèches dans la coque, et avant de savoir ce qui lui arrivait, il était ramené sur la berge avec sa barque. Il affirma ne rien savoir d'un meurtre dans la tour, répéta qu'il allait apporter une grosse carpe à la sourde-muette et qu'il s'était mis du sang sur le pantalon en nettoyant ce poisson. Il attendait le lever du jour pour se rendre chez la jeune fille. Nous l'avons fouillé et voici ce que nous avons trouvé dans sa ceinture.

Le capitaine ouvrit un petit paquet sur son bureau et montra au juge trois belles pièces d'argent.

— Nous avons identifié le mort grâce aux cartes de visite que nous avons trouvées sur lui.

Il renversa le contenu d'une grande enveloppe sur la table. Outre quelques cartes de visite, il y avait deux clés, de la menue monnaie et un reçu de mise en gage. Désignant le reçu, le capitaine reprit :

— Ce bout de papier était par terre, à côté du corps. Il a dû tomber de sa veste. Le défunt est le prêteur sur gages Tchong, propriétaire d'une officine réputée, sise juste à côté de la Porte du Nord. Il est riche. Son passe-temps favori est la pêche. A mon avis, Tchong a rencontré Wang hier soir sur le quai et l'a engagé pour aller passer la nuit à pêcher sur le fleuve. Une fois parvenus dans la zone déserte, au nord de la tour, Wang a réussi à détourner l'attention du vieux et l'a tué. Il avait prévu de cacher le cadavre quelque part dans la tour — elle est à moitié en ruine, et la fille n'occupe que le premier étage — mais celle-ci s'est réveillée et l'a surpris. Alors il s'est contenté de prendre l'argent et la fuite. Ce n'est qu'une hypothèse, voyez-vous, car la fille ne vaut rien comme témoin. Mes hommes ont bien essayé d'en tirer quelque chose, mais elle s'est mise à griffonner des sottises à propos des esprits de la pluie et des gnômes noirs. Puis elle a eu une crise, s'est mise à rire et à pleurer tout à la fois. C'est une pauvre idiote inoffensive.

Le capitaine se leva, se dirigea vers le brancard et souleva la couverture.

— Voici le cadavre, dit-il.

Le juge Ti se pencha sur le défunt vêtu d'une simple robe brune. La poitrine était maculée de taches de sang séché et les manches étaient couvertes de boue. Le visage avait une expression paisible, mais était d'une laideur rare : long et maigre, avec un nez crochu légèrement tordu, et une bouche démesurée aux lèvres minces. Sa tête aux longs cheveux gris était nue.

— On ne peut pas dire qu'il s'agisse d'un personnage particulièrement séduisant, remarqua le capitaine. Bien que je sois le dernier à pouvoir me permettre ce genre de réflexion !

Une crispation déforma son visage mutilé. Il souleva les épaules du mort et montra au juge une grande tache rouge dans le dos.

— Il a été tué d'un coup de couteau par-derrière

qui a dû pénétrer jusqu'au cœur. Il gisait sur le dos, juste à l'entrée de la chambre de la fille. Le capitaine laissa retomber le cadavre. « Répugnant personnage, ce pêcheur. Après avoir assassiné Tchong, il lui a ouvert le ventre et la poitrine. Je dis bien après l'avoir tué, car comme vous le constatez, ces blessures n'ont pas saigné autant qu'on aurait pu s'y attendre. Ah oui, j'allais oublier, j'ai encore une chose à vous montrer ! »

Le capitaine ouvrit un tiroir du bureau et en sortit un paquet oblong enveloppé dans du papier huilé. Il l'ouvrit et tendit au juge un long couteau effilé en déclarant :

— Nous l'avons trouvé dans la barque de Wang, Excellence. Il prétend s'en servir pour vider ses poissons. Il n'y avait pas de trace de sang dessus. Pourquoi y en aurait-il eu ? Il y avait bien assez d'eau dans le secteur pour qu'il puisse le nettoyer, une fois dans la barque ! Eh bien, voilà tout ce que je sais, Excellence. Je pense que Wang ne tardera pas à avouer. Je connais bien ce genre de petits voyous. Ils commencent par tout nier en bloc, mais après un interrogatoire sévère, ils craquent et disent tout ce qu'ils savent. Quels sont vos ordres, Votre Excellence ?

— Je dois tout d'abord prévenir les proches, et leur faire identifier officiellement le défunt. En conséquence, je...

— Je m'en suis chargé, Excellence. Tchong était veuf et ses deux fils vivent à la capitale. Le corps vient d'être identifié par Monsieur Lin, l'associé de la victime, qui habitait avec lui.

— Vous avez fait de l'excellent travail, remarqua le juge. Demandez à vos hommes de remettre le prisonnier et la victime aux gardes qui m'ont accompagné. Je vous suis extrêmement reconnaissant de vos initiatives promptes et intelligentes, Capitaine, ajouta le juge en se levant. La victime étant un civil, il vous suffisait de signaler le meurtre au tribunal et vous pouviez vous en tenir là. Vous avez fait davantage pour m'aider et...

Le capitaine leva la main pour interrompre le magistrat et répondit de son étrange voix morne :

— Ce fut un plaisir pour moi, Excellence. Il se trouve que j'ai été sous les ordres du colonel Meng. Nous ferons toujours le maximum pour vous venir en aide, chacun de nous, à tout moment.

Le spasme qui tordit son visage difforme était probablement une tentative de sourire.

Le juge Ti retourna au poste de garde de la Porte du Nord. Il avait décidé d'y interroger le prisonnier sur-le-champ, et de se rendre ensuite sur les lieux du crime. S'il confiait les recherches au tribunal, des indices pouvaient fort bien disparaître ou passer inaperçus. L'affaire semblait d'une simplicité enfantine, mais justement, on ne savait jamais.

Le juge s'assit à l'unique table de la salle de garde et se plongea dans la lecture du rapport du capitaine. Il contenait à peine plus d'informations que ce que le soldat lui avait déjà dit. La victime s'appelait Tchong Fang et était âgée de cinquante-six ans ; Fauvette, la jeune fille, avait vingt ans et le pêcheur vingt-deux. Il posa sur la table les cartes de visite et le reçu de mise en gage. Les cartes indiquaient que Monsieur Tchong était originaire du Chan-si. Le reçu de mise en gage portait le grand cachet rouge de l'officine de Tchong ; il attestait de la mise en gage, la veille, de quatre robes de brocart pour une certaine Madame

Peï, en échange de trois pièces d'argent, remboursables en trois mois, au taux d'intérêt mensuel de 5 %.

Le caporal entra, suivi de deux gardes qui portaient le brancard.

— Posez-le dans le coin, ordonna le juge. Que savez-vous de cette jeune sourde-muette qui habite dans la tour ? La police militaire ne m'a fourni que son nom, Fauvette.

— Oui, Excellence. C'est ainsi qu'on l'appelle. Elle a été abandonnée tout enfant puis élevée par une vieille femme qui vendait des fruits à la porte de la ville. Elle lui a appris à tracer une douzaine de caractères et à s'exprimer sommairement avec les mains. A la mort de la vieille, il y a deux ans, la fille est allée vivre dans la tour pour échapper aux gamins des rues qui ne cessaient de l'embêter. Elle élève là-bas des canes dont elle vend les œufs. On l'a appelée Fauvette en manière de plaisanterie puisqu'elle est muette, et le surnom lui est resté.

— Parfait. Faites entrer le prisonnier.

Les gardes revinrent, flanquant un jeune homme robuste. Des cheveux en bataille mangeaient la moitié d'un visage bronzé et renfrogné, au front bosselé. Sa veste et son pantalon bruns étaient grossièrement rapiécés par endroits. Une chaîne lui entravait les bras derrière le dos, formant une boucle autour de son cou large et nu. Les gardes le firent s'agenouiller devant le juge.

Le magistrat observa un moment le garçon en silence, sans savoir par où commencer l'interrogatoire. On n'entendait que le bruit de la pluie au-dehors et la respiration rauque du prisonnier. Le juge sortit les trois pièces d'argent de sa manche.

— Où les as-tu trouvées ?

Le jeune pêcheur marmonna quelque chose dans un dialecte étranger que le juge eut du mal à comprendre. L'un des gardes lui donna aussitôt un coup de pied et lui ordonna de parler plus fort.

— C'est mes économies, pour m'acheter un vrai bateau.

— Quand as-tu rencontré Monsieur Tchong pour la première fois ?

Le garçon lança une bordée de jurons obscènes. Il fut interrompu par le coup derrière la tête que lui donna un des gardes avec le plat de son épée. Wang secoua la tête et déclara d'un ton morne :

— Je ne le connaissais que de vue ; il traînait souvent sur le quai. Après quoi il ajouta d'un air mauvais : « Si je l'avais rencontré, je l'aurais tué, ce sale cochon, ce voleur... »

— Tu as mis quelque chose en gage chez lui ? demanda vivement le juge.

— Vous croyez que j'ai quelque chose à mettre en gage ?

— Alors pourquoi le traites-tu de voleur ?

Posant ses petits yeux injectés de sang sur le juge qui crut y apercevoir une lueur sournoise, il répliqua sombrement en rebaissant la tête :

— Parce que tous les prêteurs sur gages sont des voleurs.

— Qu'as-tu fait la nuit dernière ?

— Je l'ai déjà dit aux soldats. J'ai avalé un bol de nouilles sur le quai et j'ai remonté le fleuve. Après une pêche plutôt bonne, j'ai amarré la barque sur la rive, au nord de la tour, et j'ai fait un petit somme. Je voulais apporter du poisson à Fauvette au lever du jour.

La façon dont le garçon prononça le prénom de la jeune fille frappa le juge Ti.

— Tu nies avoir tué le prêteur sur gages, dit-il lentement. Comme à part toi il n'y avait que la fille dans les environs, c'est donc elle qui l'a tué.

Wang s'élança brusquement sur le juge. Il avait été si vif que les gardes ne purent le retenir qu'à la dernière seconde. Il les bourra de coups de pied avant de s'effondrer sur le dos dans un fracas de chaînes.

— Espèce de chien de fonctionnaire, vous... s'écria le jeune homme en essayant de se relever.

Le caporal lui envoya un violent coup de pied dans la figure qui le fit brutalement retomber par terre avec un bruit sourd. Il gisait sans connaissance, la bouche en sang.

Le juge se leva et se pencha sur le corps inanimé.

— Ne maltraitez jamais un prisonnier sans en avoir reçu l'ordre, fit sévèrement remarquer le juge au caporal. Ranimez-le et reconduisez-le dans sa cellule. Je l'interrogerai à l'audience de midi. Faites porter le corps de la victime au tribunal, caporal. Allez voir le sergent Hong et remettez-lui ce rapport du capitaine de la police militaire. Dites-lui que je rentrerai au tribunal dès que j'aurai fini d'interroger les quelques témoins.

Le juge jeta un coup d'œil par la fenêtre. Il pleuvait toujours.

— Allez me chercher une toile huilée !

Avant de sortir, le juge se couvrit la tête et les épaules du morceau de tissu imperméable et sauta sur la selle de son cheval de location. Il longea le quai au pas et prit la route qui traversait les marais.

La brume s'était un peu dissipée, et le juge

contemplait avec curiosité la surface verte et désolée des marécages qui s'étendaient de part et d'autre de la route. De minces ruisseaux serpentaient à travers les roseaux, s'élargissant par endroits jusqu'à former des mares qui luisaient sombrement dans la lumière grise. Une bande de petits oiseaux aquatiques s'envola soudain en poussant des cris perçants qui résonnèrent de manière inquiétante dans le marais désert. Les eaux commençaient à baisser après les pluies torrentielles de la nuit ; la route était sèche à présent, mais l'eau en se retirant avait déposé de grandes traînées de lentilles d'eau. La sentinelle en faction à la casemate arrêta le juge, le temps de prendre connaissance de son identité, puis le laissa passer.

L'ancienne tour de guet était un bâtiment carré, délabré, de quatre étages, construit sur de gros rochers grossièrement taillés. Les volets des fenêtres voûtées avaient été arrachés et le toit du dernier étage s'était effondré. Deux grosses corneilles noires étaient perchées sur une poutre.

En approchant de la bâtisse, un bruyant cancanement lui parvint aux oreilles. Une douzaine de canards se pressaient au bord d'une mare boueuse, au pied de la tour. Comme le juge descendait de cheval et attachait les rênes à un pilier de pierre couvert de mousse, les canards se jetèrent à l'eau comme pour marquer leur désapprobation.

Le rez-de-chaussée de la tour consistait en une pièce voûtée, basse et obscure, totalement vide à l'exception de quelques vieux meubles abîmés entassés dans un coin. Un escalier branlant et étroit menait à l'étage supérieur. Le juge s'y engagea, en

Elle tomba à genoux en tremblant.

se retenant de la main gauche au mur humide et moisi, car la rampe avait disparu.

Comme il pénétrait dans la pièce plongée dans la pénombre, quelque chose remua sous les chiffons entassés sur un misérable grabat, faiblement éclairé par une fenêtre voûtée. Des sons rauques s'élevèrent de sous une couverture sale et rapiécée. Un rapide coup d'œil lui suffit pour faire l'inventaire du mobilier : une vieille table sur laquelle était posée une théière, et un banc de bambou contre le mur latéral. Dans le coin de la pièce, un fourneau de briques sur lequel se trouvait une grande casserole ; au pied du fourneau, un panier de rotin rempli de charbon de bois. Une odeur de moisi et de sueur rance régnait dans la pièce.

La couverture s'écarta brusquement. Une jeune fille à demi nue, aux longs cheveux emmêlés, sauta à bas de la couche. Après avoir rapidement examiné le juge Ti, elle émit de nouveau ce curieux son guttural et se précipita vers le coin le plus reculé de la pièce, où elle tomba à genoux en tremblant de tous ses membres.

Le juge comprit alors qu'il ne devait pas avoir l'air particulièrement rassurant. Sortant vivement de sa botte ses papiers d'identité, il les déplia et s'approcha de la jeune fille en désignant le grand sceau vermillon du tribunal, puis il se montra du doigt.

Elle sembla comprendre, car elle se releva et posa sur le magistrat de grands yeux de petit animal effarouché. Elle portait pour tout vêtement une jupe en haillons, retenue à la taille par un morceau de ficelle. Son corps était beau et sculptural, et sa peau étonnamment blanche. Son visage rond, souillé de crasse, n'était pas dénué de charme. Le juge Ti

approcha le banc de la table et s'assit. Sentant qu'il
était indispensable de rassurer la jeune fille avec un
geste familier, il prit la théière et y but au bec, à la
manière des paysans.

La fille s'avança vers la table, cracha dessus et
traça de son index quelques caractères maladroits.

« Wang ne l'a pas tué », déchiffra le juge.

Le magistrat hocha la tête, puis il renversa un peu
de thé sur la table et fit signe à la jeune fille de la
nettoyer. Elle alla docilement vers le lit où elle prit
un chiffon et revint essuyer la table avec une
précipitation fiévreuse. Le juge Ti se dirigea vers le
fourneau où il choisit quelques morceaux de charbon
de bois. De retour à sa place, il écrivit sur la table :
« Qui l'a tué ? »

La jeune fille frissonna de tout son corps. Prenant
l'autre morceau de charbon, elle écrivit à son tour :
« Les méchants gnomes noirs. » Montrant avec
excitation ces mots, elle griffonna encore précipitamment : « Les méchants gnomes ont changé le
bon esprit de la pluie. »

« Tu as vu les gnomes noirs ? » écrivit le juge.

La sourde-muette secoua énergiquement sa tête
échevelée. Elle indiqua plusieurs fois du doigt le mot
« noirs » puis ses propres yeux fermés et secoua de
nouveau la tête. Le juge poussa un soupir.

« Tu connais Monsieur Tchong ? » écrivit-il.

Elle contempla les nouveaux caractères d'un air
perplexe, un doigt à la bouche. Le juge comprit alors
qu'elle ne connaissait pas le caractère compliqué du
nom de Tchong. Il l'effaça et le remplaça par « vieil
homme ».

Elle secoua encore une fois la tête et traça des
cercles autour des mots « vieil homme », d'un air

dégoûté, avant d'écrire : « Trop de sang. Bon esprit de la pluie ne viendra plus. Plus d'argent pour le bateau de Wang. » Des larmes coulèrent sur ses joues sales comme elle écrivait d'une main tremblante : « Bon esprit de la pluie dort toujours avec moi », et elle montra sa couche.

Le juge Ti lui jeta un regard interrogateur. Il savait que les esprits de la pluie jouaient un très grand rôle dans le folklore local ; il n'y avait donc rien d'étonnant à ce qu'ils occupassent à ce point les rêves et les délires de cette fillette qui n'était plus une enfant. Par ailleurs, elle avait fait allusion aux pièces d'argent. « A quoi ressemble l'esprit de la pluie ? »

Son visage rond s'éclaira. « Grand, beau, gentil. » Elle entoura chaque mot, puis jeta le charbon de bois sur la table et, serrant ses seins nus entre ses bras, elle se mit à rire avec transport.

Le juge détourna le regard. Lorsqu'il reposa les yeux sur elle, elle avait laissé retomber ses mains et regardait fixement droit devant elle. Quand soudain son expression changea de nouveau. D'un geste vif, elle montra la fenêtre voûtée et fit des bruits étranges. Le juge se retourna. Un arc-en-ciel venait de colorer légèrement le ciel de plomb. Elle le contempla avec une joie enfantine, bouche bée. Le juge prit alors le charbon de bois pour lui poser une dernière question : « Quand vient l'esprit de la pluie ? »

Elle fixa un long moment les mots, se passant les doigts dans ses longs cheveux sales d'un air absent. Enfin, elle se pencha sur la table et écrivit : « Nuit noire et beaucoup de pluie. » Et elle entoura les mots « noire » et « pluie » en ajoutant : « C'est le passager de la pluie. »

Elle s'enfouit brusquement le visage dans les mains et se mit à sangloter convulsivement. Ses hoquets se mêlèrent au cancanement sonore des canards, au pied de la tour. Réalisant qu'elle ne pouvait entendre les volatiles, le juge se leva et posa la main sur son épaule nue. Lorsqu'elle leva ses grands yeux vers lui, il fut frappé par leur éclat de sauvagerie et de légère démence. Il dessina prestement un canard sur la table et traça à côté le mot « faim ». Portant vivement les mains à sa bouche, elle courut vers le fourneau. Le juge Ti examina les dalles devant l'entrée et découvrit un espace propre sur le sol crasseux et poussiéreux. Apparemment, c'est là qu'avait dû se trouver le cadavre puisque les militaires avaient balayé le sol à cet endroit. Il se rappela non sans quelques remords les pensées peu aimables qu'il avait eues à leur égard.

Les coups secs d'un tranchoir le firent se retourner. La jeune fille était en train de couper des gâteaux de riz rassis sur une planche de fortune. Le juge la regarda avec inquiétude manier adroitement le grand couteau de cuisine. Puis elle planta brutalement le long couteau effilé dans la planche et versa les morceaux de gâteaux de riz dans la casserole placée sur le fourneau en souriant gaiement au juge par-dessus son épaule. Il lui fit un petit signe de tête et quitta la pièce.

La pluie avait cessé, une brume légère s'amassait au-dessus des marais. Tout en dénouant les rênes, le juge dit aux bruyants volatiles :

— Ne vous inquiétez pas, vous allez avoir à manger !

Le juge mit son cheval au pas. La brume venait du fleuve. Des nuages aux formes étranges flottaient au-dessus des roseaux élancés, se défaisant çà et là en longues traînées qui évoquaient les tentacules de quelque monstre marin. Il regretta d'être si peu au fait des superstitions ancestrales profondément ancrées dans la population de cette région. En nombre d'endroits, les gens vénéraient encore la divinité du fleuve, et les paysans comme les pêcheurs lui déposaient des offrandes au bord de l'eau. De toute évidence, ces croyances s'étaient imprimées dans l'esprit fragile de la sourde-muette, continuellement ballottée entre la réalité et la fiction, incapable de maîtriser les élans de son corps en plein épanouissement. Le juge Ti lança son cheval au galop.

De retour à la Porte du Nord, il demanda au caporal de le conduire chez le prêteur sur gages. En arrivant devant la grande officine, à l'air prospère, le caporal expliqua que la demeure particulière de Tchong se trouvait juste derrière la boutique et indiqua au juge la petite allée menant directement à l'entrée principale. Après avoir pris congé du caporal, le juge Ti frappa à la porte laquée de noir.

Un homme grand et mince, en élégante robe brune à ceinture et galons noirs, lui ouvrit. Gratifiant d'un rapide coup d'œil ce visiteur barbu trempé de la tête aux pieds, il déclara :

— Vous cherchez la boutique, je suppose. Je vous y conduis, j'y allais justement.

— Je suis le magistrat, répondit le juge avec impatience. Je rentre à l'instant des marais ; je suis allé voir les lieux où votre associé a été assassiné. Entrons, je voudrais vous remettre ce que l'on a trouvé sur la victime.

97

Monsieur Lin salua profondément le magistrat et conduisit son hôte distingué dans un petit salon, exigu mais confortable, meublé sans originalité. Il fit cérémonieusement asseoir le juge sur un large banc au fond de la pièce. Tandis que Lin demandait au domestique d'apporter du thé et des gâteaux, le juge examina avec curiosité la grande volière au grillage de cuivre, posée sur la table murale. Une douzaine d'oiseaux de rizière voletaient en tous sens dans la cage.

— C'était une des passions de mon associé, remarqua Monsieur Lin avec un sourire indulgent. Il adorait les oiseaux et s'en occupait personnellement.

Avec sa barbiche bien taillée et sa petite moustache grise, Monsieur Lin présentait tout d'abord la physionomie typique du petit boutiquier. Mais à le regarder plus attentivement, les profondes rides autour d'une bouche fine et les grands yeux sombres dénotaient un individu à la personnalité moins ordinaire. Le juge Ti reposa sa tasse à thé et exprima selon l'usage sa sympathie pour la perte que venait d'éprouver la firme commerciale. Puis il sortit l'enveloppe de sa manche et en laissa glisser les cartes de visite, la monnaie, le reçu de mise en gage et les deux clés.

— C'est tout ce que l'on a trouvé, Monsieur Lin. Votre associé avait-il l'habitude d'avoir beaucoup d'argent sur lui ?

Lin fixa en silence les quelques objets tout en se caressant la barbiche.

— Non, Votre Excellence. S'étant retiré des affaires depuis deux ans, il n'avait aucun besoin de se déplacer avec d'importantes sommes d'argent.

Mais il n'avait certainement pas que ces quelques sapèques sur lui quand il est parti hier soir.

— Quelle heure était-il ?

— Huit heures environ, Votre Excellence ; après que nous avons eu dîné ensemble ici en bas. Il voulait aller faire un tour sur le quai, à ce qu'il a dit.

— Cela lui arrivait-il souvent ?

— Oh oui, Excellence ! Il a toujours été un homme très solitaire et, depuis la mort de son épouse, il y a deux ans de cela, il partait faire de longues promenades presque tous les soirs et toujours seul. Il se faisait systématiquement servir ses repas dans sa petite bibliothèque, au premier, malgré ma présence dans l'aile gauche de cette même maison. Hier soir, toutefois, comme nous avions à discuter affaires, il est descendu dîner en ma compagnie.

— Vous avez de la famille, Monsieur Lin ?

— Non, Votre Excellence. Je n'ai jamais eu le temps de fonder un foyer ! Mon associé avait fourni le capital, mais le travail à l'officine m'incombait principalement. Et depuis qu'il est à la retraite, il n'y a pratiquement plus mis les pieds.

— Je vois. Revenons à hier soir. Monsieur Tchong vous a-t-il dit quand il serait de retour ?

— Non, Votre Excellence. Le domestique avait reçu une bonne fois pour toutes l'ordre de ne pas attendre son retour. Mon associé était un pêcheur des plus mordus, voyez-vous. Si le temps lui semblait propice à une bonne pêche, il louait un bateau sur le quai et passait la nuit sur le fleuve.

Le juge hocha lentement la tête.

— La police militaire a dû vous dire qu'un jeune

pêcheur du nom de Wang San-lang avait été arrêté. Votre associé lui louait-il souvent sa barque ?

— Je ne peux répondre à votre question, Excellence. Il y a des dizaines de pêcheurs sur le quai prêts à se faire quelques sapèques de plus en louant leurs barques. Mais si mon associé a loué celle de Wang, il n'y a rien d'étonnant à ce qu'il ait eu des ennuis : Wang est un jeune voyou très violent. Je le connais bien ; étant moi-même pêcheur à l'occasion, je sais ce que l'on dit de lui. C'est quelqu'un de peu sociable, assurément. « Lin poussa un soupir. « J'aurais bien aimé aller pêcher aussi souvent que Monsieur Tchong, mais je n'en avais pas autant le loisir... Eh bien, c'est très aimable à vous de m'avoir rapporté ces clés, Votre Excellence. Encore heureux que Wang ne s'en soit pas débarrassé ! La grande est celle de la bibliothèque du défunt, l'autre celle du coffre où il rangeait ses papiers importants. »

Monsieur Lin tendit la main pour prendre les clés, mais le juge Ti s'en saisit prestement et les glissa dans sa manche.

— Pendant que j'y suis, Monsieur Lin, déclara-t-il, je vais en profiter pour aller jeter un coup d'œil aux papiers de Monsieur Tchong. Il s'agit d'un meurtre et jusqu'à la découverte du coupable, tous les papiers de la victime sont à la disposition des autorités, au cas où il serait possible d'y découvrir des indices. Conduisez-moi à la bibliothèque, je vous prie.

— Mais certainement, Votre Excellence.

Après avoir pris le grand escalier qui menait au premier étage, Lin désigna une porte au fond d'un couloir. Le juge l'ouvrit avec la plus grande des deux clés.

— Je vous remercie infiniment, Monsieur Lin. Je vous rejoins en bas dans un instant.

Le juge pénétra dans la petite pièce, referma la porte derrière lui et alla ouvrir en grand la large fenêtre basse. Les toits des maisons environnantes luisaient dans la brume grise. Puis il alla s'asseoir dans le profond fauteuil disposé devant le bureau en bois de rose, face à la fenêtre. Après un rapide coup d'œil sur le coffre en fer posé auprès de son siège, il s'enfonça dans son fauteuil et examina pensivement le décor alentour. La petite bibliothèque, meublée avec goût et simplicité, était parfaitement en ordre. Deux rouleaux représentant des paysages étaient accrochés aux murs blancs, et un élégant vase de porcelaine blanche contenant quelques roses presque fanées était posé sur la console d'ébène massive. Des livres aux couvertures de brocart étaient parfaitement rangés sur les étagères en bambou tacheté.

Croisant les bras, le juge se demanda quel rapport il pouvait bien y avoir entre cette bibliothèque aménagée avec goût, qui ressemblait plus à celle d'un érudit raffiné qu'à celle d'un prêteur sur gages, et la pièce triste et sombre de l'ancienne tour de guet, où tout sentait la décomposition, la désolation et la pauvreté extrême. Il secoua la tête au bout d'un moment et se pencha en avant pour ouvrir le coffre. Son contenu ne déparait en rien l'ordre méticuleux de la pièce : des liasses de documents, toutes attachées par un ruban vert et portant une étiquette identificatrice. Le juge sortit les dossiers marqués « Correspondance personnelle » et « Recettes et Dépenses ». Le premier ne contenait que des lettres sans intérêt concernant des investissements, ainsi que quelques autres de ses enfants, portant essentiellement sur les affaires familiales, au sujet desquelles ils demandaient conseil à leur père. En parcourant le second dossier, le juge Ti s'aperçut très vite que le défunt avait mené une vie d'une parcimonie qui confinait à l'austérité. Quand brusquement il fronça les sourcils. Il venait de tomber sur un reçu rose, portant le cachet d'une maison de rendez-vous et daté d'un an et demi plus tôt. Feuilletant hâtivement le reste du dossier, il découvrit une demi-douzaine de reçus similaires, dont le dernier remontait à six mois. Apparemment Monsieur Tchong avait espéré, après la mort de son épouse, trouver un réconfort dans l'amour vénal, mais n'avait pas tardé à revenir de son illusion. Poussant un soupir, il ouvrit la grande enveloppe qui se trouvait au fond du coffre. Elle portait l'inscription : « Dernières volontés et Testament. » Daté d'un an auparavant, le document attestait que les biens fonciers de Monsieur Tchong, qui formaient un ensemble considérable, reviendraient à ses deux fils, ainsi que les deux tiers de son capital. Le dernier tiers et l'officine seraient légués à Monsieur Lin, « en témoignage de reconnaissance pour ses bons et loyaux services ».

Le juge remit les papiers à leur place. Il se leva pour aller regarder les livres. A part deux dictionnaires fatigués, il n'y avait que des ouvrages poétiques, les œuvres complètes des poètes lyriques les plus représentatifs du passé. Il ouvrit l'un des volumes. Chaque mot difficile avait été annoté à l'encre rouge d'une écriture plutôt maladroite. Hochant lentement la tête, il replaça le livre sur l'étagère. Il commençait à comprendre. Monsieur Tchong avait embrassé une carrière, celle de prêteur sur gages, qui ne lui avait laissé aucune latitude pour développer sa sensibilité personnelle. Quant à sa laideur, elle rendait inenvisageable quelque attachement sentimental. Pourtant, au fond de lui-même, c'était un romantique, aspirant à une vie plus idéale, mais très timoré et réservé quant à ses penchants. En tant que commerçant, il n'avait bien sûr reçu qu'une éducation rudimentaire ; il s'était donc efforcé d'élargir le champ de ses connaissances littéraires en lisant la poésie ancienne avec l'aide d'un dictionnaire, dans le secret de sa petite bibliothèque.

Le juge Ti se rassit et sortit son éventail de sa manche. Tout en l'agitant énergiquement, il concentra toute son attention sur ce curieux prêteur sur gages. La seule indication que les gens pouvaient avoir sur la nature sensible de cet homme était son amour des oiseaux, que manifestait sa volière. Le juge se leva enfin. Il était sur le point de remettre l'éventail dans sa manche, lorsqu'il se ravisa brusquement. Après avoir fixé un instant l'objet d'un air absent, il le posa sur le bureau. Jetant un dernier coup d'œil circulaire à la pièce, il redescendit au rez-de-chaussée.

Comme son hôte lui offrait une nouvelle tasse de thé, le juge refusa d'un geste et, lui tendant les deux clés, déclara :

— Il faut que je rentre au tribunal. Je n'ai rien trouvé dans les papiers de votre associé qui puisse laisser croire qu'il ait eu quelque ennemi ; en conséquence, je pense que ce meurtre n'est autre que ce qu'il paraît au premier abord : un crime crapuleux. Aux yeux d'un pauvre, trois pièces d'argent représentent une fortune. Qu'ont donc ces oiseaux à voleter ainsi ? demanda-t-il en s'approchant de la cage. Ah ! leur eau n'est pas propre. Vous devriez dire au domestique de la changer, Monsieur Lin.

Lin marmonna quelque chose et frappa dans ses mains, tandis que le juge Ti fouillait dans sa manche.

— Oh, quel étourdi ! s'exclama-t-il. J'ai oublié mon éventail là-haut, sur le bureau. Pourriez-vous aller me le chercher, Monsieur Lin ?

Au moment où celui-ci disparaissait vers l'escalier, le vieux domestique entra. Comme le juge Ti lui expliquait qu'il fallait changer tous les jours l'eau des oiseaux, le vieillard répondit en secouant la tête :

— C'est exactement ce que j'ai dit à Monsieur Lin, mais il ne m'a pas écouté. Les oiseaux ne l'intéressent pas. Mon maître en revanche, il les aimait, lui...

— Oui, Monsieur Lin m'a confié avoir eu quelques mots avec votre maître hier soir au sujet de ces oiseaux.

— En effet, Votre Excellence, ils se sont emportés tous les deux. De quoi s'agissait-il exactement ? Mystère ! Je n'ai saisi que quelques phrases à propos des oiseaux en apportant le riz

— Cela n'a aucune importance, s'empressa de répondre le juge Ti en entendant redescendre Monsieur Lin. Eh bien, Monsieur Lin, je vous remercie pour le thé. Présentez-vous au greffe dans, disons, une heure, avec les documents les plus importants concernant les possessions de votre associé. Le premier secrétaire vous aidera à remplir les papiers administratifs et enregistrera le testament de Monsieur Tchong.

Lin remercia chaleureusement le magistrat et le reconduisit à la porte.

Après avoir demandé aux gardes en faction à

l'entrée du tribunal de reconduire son cheval chez le forgeron, le juge Ti se rendit directement dans ses appartements particuliers. Le vieil intendant l'informa que le serpent Hong l'attendait dans son cabinet.

— Préviens le domestique que je désire prendre un bain immédiatement.

Dans le vestiaire au sol carrelé, contigu à la salle de bains, le magistrat se débarrassa vivement de sa robe trempée de pluie et de sueur. Il se sentait sale, physiquement et moralement. Le domestique l'aspergea d'eau froide et lui frotta vigoureusement le dos. Mais ce ne fut qu'après avoir passé un long moment dans le bassin d'eau chaude que le juge commença à se sentir un peu mieux. Ensuite, il se fit masser les épaules et, une fois séché, il enfila une robe fraîche de coton bleu et se coiffa d'un bonnet de fine gaze noire. Ainsi vêtu, il se dirigea vers les appartements de ses épouses.

Comme il s'apprêtait à entrer dans le jardin d'hiver, pièce où ses épouses passaient en général la matinée, il s'arrêta un instant, ému par le tableau serein qu'elles offraient. Ses deux épouses, en robes de soie à fleurs, étaient assises en compagnie de Mademoiselle Tsao à la table de laque rouge, face aux portes coulissantes ouvertes en grand. Le jardin de rocaille clos de murs, planté de fougères et de hauts bambous bruissants, dégageait une impression de bienfaisante fraîcheur. C'était un domaine réservé, sorte de havre de paix et refuge contre la violence et la cruauté du monde extérieur, contre la déchéance repoussante qui représentait le lot quotidien de sa vie professionnelle. Il prit à ce moment la ferme résolution de préserver à jamais l'harmonie de sa vie de famille.

Sa Première Epouse posa son ouvrage de broderie et se porta vivement à sa rencontre.

— Nous vous avons attendu près d'une heure pour le petit déjeuner ! lui reprocha-t-elle.

— Je suis désolé. Il y a eu quelque problème à la Porte du Nord, dont j'ai eu à m'occuper sur-le-champ. A présent il faut que j'aille au greffe, mais je vous rejoindrai pour le riz de midi. Comme elle le raccompagnait à la porte, et le saluait respectueusement, il lui dit à voix basse : « A propos, j'ai décidé de suivre vos conseils pour ce dont nous avons discuté hier soir. Prenez, je vous prie, les dispositions nécessaires. »

La jeune femme le salua de nouveau en souriant, et le magistrat disparut dans le corridor qui menait au greffe.

Le sergent Hong l'attendait dans son cabinet particulier. Le vieux conseiller se leva pour l'accueillir et lui souhaita le bonjour. Brandissant les feuillets qu'il tenait à la main, il s'exclama :

— J'ai été bien soulagé de voir arriver ce rapport, Votre Excellence, car votre longue absence commençait à nous inquiéter ! J'ai fait enfermer le prisonnier et déposer le corps à la morgue. Après que je l'ai eu examiné avec le contrôleur des décès, vos deux lieutenants, Ma Jong et Tsiao Taï, sont partis à cheval à la Porte du Nord pour voir si vous n'aviez pas besoin d'eux.

Le juge Ti prit place à son bureau. Considérant du coin de l'œil la pile de dossiers, il demanda :

— Y a-t-il quelque chose d'important dans tout ce qui vient d'arriver, Hong ?

106

— Non, Votre Excellence. Rien que des affaires courantes.

— Parfait, nous allons donc consacrer l'audience de midi au meurtre du prêteur sur gages, Tchong.

Le sergent Hong hocha la tête d'un air satisfait.

— D'après le rapport du capitaine, l'affaire m'a l'air limpide, Votre Excellence. Et puisque le suspect numéro un est sous les verrous...

Le juge Ti secoua la tête.

— Non, Hong, je ne dirais pas que c'est une affaire limpide. Mais grâce aux promptes initiatives de la police militaire, et grâce aussi à l'heureux hasard qui m'a transporté au cœur du problème, je commence à y voir un peu plus clair.

Il frappa dans ses mains. Quand le chef des sbires fut entré et eut salué le magistrat, ce dernier lui ordonna de lui amener le prisonnier Wang.

— Je sais bien, Hong, qu'un juge n'est censé interroger un accusé que publiquement, à l'audience. Mais il ne s'agit pas d'un véritable interrogatoire ; plutôt d'une conversation d'ordre général, pour ma gouverne.

Le sergent Hong eut l'air sceptique, mais le juge s'en tint là et entreprit de feuilleter le premier dossier de la pile. Il releva les yeux en entendant entrer le chef des sbires et le prisonnier. On lui avait ôté ses chaînes, mais son visage tanné était toujours aussi rébarbatif. Le chef des sbires le fit mettre à genoux et se plaça derrière lui, le fouet à la main.

— Ta présence n'est pas nécessaire, lui dit sèchement le juge.

Le chef des sbires jeta un coup d'œil embarrassé au sergent Hong.

— Il est très violent, Votre Excellence, commença-t-il avec quelque hésitation. Il pourrait...

— Tu m'as entendu ! répliqua le juge.

Après le départ du chef des sbires, interloqué, le juge Ti se renversa dans son fauteuil et demanda au jeune pêcheur sur le ton de la conversation ordinaire :

— Depuis quand vis-tu au bord de l'eau, Wang ?

— Depuis toujours, autant que je me souvienne, maugréa le garçon.

— C'est une drôle de région, fit lentement remarquer le juge à l'adresse du sergent Hong. Ce matin, en traversant le marais à cheval, j'ai vu passer des nuages aux formes étranges et des lambeaux de brume qui avaient l'air de tendre leurs longs bras hors de l'eau, comme pour...

Le jeune homme avait écouté le juge avec une attention extrême.

— Mieux vaut ne pas parler de tout ça ! fit-il en coupant la parole au magistrat.

— Oui, tu connais bien toutes ces choses, Wang. Les nuits d'orage, il doit s'en passer bien plus que nous autres, habitants des villes, pouvons l'imaginer.

Wang hocha énergiquement la tête.

— J'ai vu beaucoup de choses, dit-il à voix basse, de mes propres yeux. Toutes sortaient de l'eau. Certaines vous font du mal, d'autres vous sauvent de la noyade ; mais de toute façon, il vaut mieux s'en tenir à l'écart.

— Exactement ! Pourtant tu as osé t'en mêler, Wang, et tu vois où ça t'a mené ! Tu as été arrêté, battu et maintenant te voilà prisonnier et accusé d'un meurtre !

— Je vous ai dit que je ne l'avais pas tué !

— Oui, mais sais-tu qui ou ce qui l'a tué ? Tu l'as pourtant frappé, une fois mort, à plusieurs reprises...

— J'ai vu rouge... murmura Wang. Si je l'avais su plus tôt, je lui aurais coupé la gorge. Je le connaissais de vue, le rat, le...

— Tiens ta langue ! repartit le juge d'un ton sec. Tu t'es acharné sur un cadavre, et il n'y a rien de plus vil ni de plus lâche ! Cependant, reprit le juge plus calmement, puisque en dépit de ta rage aveugle tu as réussi à épargner Fauvette, je suis prêt à te pardonner ton acte. Depuis quand es-tu avec elle ?

— Un an. Elle est douce, et intelligente aussi. Je ne crois pas qu'elle soit demeurée ! Elle sait écrire plus de cent caractères, et moi je n'en lis qu'une douzaine environ.

Le juge Ti sortit de sa manche les trois pièces d'argent et les posa sur le bureau.

— Prends cet argent, il est à elle, aussi bien qu'à toi. Achète-toi une barque et épouse-la. Elle a besoin de toi, Wang.

Le jeune homme s'empara des pièces et les glissa dans sa ceinture.

— Tu vas devoir retourner en prison pour quelques heures, reprit le juge, car je ne pourrais te libérer que lorsque tu auras été lavé de tout soupçon. Alors je te remettrai en liberté. Tâche d'apprendre à te maîtriser, Wang !

Le juge frappa dans ses mains. Le chef des sbires surgit aussitôt. Il avait attendu devant la porte, prêt à intervenir au premier incident.

— Reconduis le prisonnier dans sa cellule et va me chercher Monsieur Lin. Tu le trouveras au greffe.

Le sergent Hong, qui avait assisté à toute la scène avec un étonnement croissant, se hasarda à demander d'un air perplexe :

— De quoi parliez-vous avec ce jeune homme, Votre Excellence ? Je n'ai pas saisi un traître mot. Vous avez réellement l'intention de le remettre en liberté ?

Le juge Ti se leva et se dirigea vers la fenêtre. Contemplant la cour lugubre sous la pluie, il dit :

— Il recommence à pleuvoir ! De quoi je parlais, Hong ? Je voulais simplement savoir si Wang croyait à ces étranges superstitions. Un de ces jours, Hong, tu iras faire un tour à la bibliothèque du tribunal pour voir si tu n'y trouverais pas un ouvrage sur le folklore local.

— Mais vous ne croyez pas à ces fadaises, Votre Excellence ?

— Non, du moins pas à toutes. Mais j'estime que je devrais m'y intéresser, car ces croyances jouent un grand rôle dans la vie quotidienne des petites gens de ce district. Sers-moi une tasse de thé, veux-tu ?

Pendant que le sergent préparait le thé, le juge Ti retourna s'asseoir et se plongea dans la lecture des documents posés sur son bureau. Il terminait sa seconde tasse de thé lorsqu'on frappa à la porte. Le chef des sbires introduisit Monsieur Lin et se retira discrètement.

— Asseyez-vous, Monsieur Lin ! dit le juge d'un ton affable. J'imagine que mon premier secrétaire vous a fourni tous les renseignements dont vous aviez besoin ?

— Oui, en effet, Votre Excellence. Nous étions justement en train de vérifier sur le registre quels étaient les biens fonciers de Monsieur Tchong et...

110

— D'après le testament rédigé il y a un an, intervint le juge, Monsieur Tchong léguait toutes les terres à ses deux fils ainsi que les deux tiers de son capital, comme vous le savez. Il vous laissait le troisième tiers ainsi que le fonds de commerce. Avez-vous l'intention de prendre la suite de ses affaires ?

— Non, Votre Excellence, répondit Monsieur Lin avec un fin sourire. Il y a plus de trente ans que je travaille dans cette officine, du matin au soir. Je vais la vendre et vivre sur les intérêts de mon capital.

— Très bien. Mais si Monsieur Tchong avait fait un autre testament ? Avec une nouvelle clause, stipulant qu'il ne vous laissait plus que la boutique ? Comme Monsieur Lin blêmissait, il s'empressa de poursuivre : « C'est une affaire prospère, mais vous seriez obligé d'attendre quatre ou cinq ans pour réunir les fonds nécessaires à votre départ. Et vous n'êtes plus tout jeune, Monsieur Lin... »

— Impossible ! Comment... comment aurait-il pu... bégaya-t-il. Avez-vous découvert un nouveau testament dans son coffre ? demanda-t-il d'une voix plus assurée.

Au lieu de répondre à cette question, le juge Ti déclara froidement :

— Votre associé avait une maîtresse, Monsieur Lin. L'amour de cette femme a fini par compter plus que tout dans sa vie.

Lin bondit sur ses pieds.

— Voulez-vous dire que ce vieux fou a légué toute sa fortune à cette salope de sourde-muette ?

— Oui, vous savez tout de cette histoire, Monsieur Lin ; depuis hier soir, lorsque votre associé vous a mis au courant. Vous vous êtes disputés violemment. Non, inutile de nier ! Votre domestique a surpris votre discussion et il en témoignera devant le tribunal.

Lin se rassit. Il essuya son front moite. Puis il avoua d'une voix plus calme :

— Oui, Votre Excellence, je reconnais m'être mis très en colère lorsque mon associé m'a appris hier soir qu'il aimait cette fille. Il voulait partir avec elle et l'épouser. J'ai essayé de lui faire comprendre combien ce serait extravagant, mais il m'a répondu de m'occuper de mes affaires et il a quitté la maison de fort méchante humeur. Je ne pouvais pas me douter qu'il irait à la tour. Tout le monde sait que le jeune voyou, Wang, sort avec la folle. Wang les a surpris ensemble et a tué mon associé. Je vous prie de m'excuser d'avoir omis de vous confier ces faits ce matin, Votre Excellence. Je ne pouvais me résoudre à compromettre mon associé... Et comme vous aviez arrêté le meurtrier, la vérité serait apparue de toute façon à l'audience... « Lin secoua la tête. « J'ai une part de responsabilité, Excellence. J'aurais dû lui courir après hier soir, j'aurais dû... »

— Mais vous lui avez effectivement couru après, Monsieur Lin, répliqua le juge en l'interrompant. Vous êtes pêcheur, vous aussi, vous connaissez les marais aussi bien que votre associé. D'habitude, on ne peut les traverser, mais après de grosses pluies, l'eau monte et quelqu'un d'expérimenté peut, avec une embarcation à fond plat, se frayer un chemin à travers les mares et les ruisseaux gonflés par les pluies.

— Impossible ! La route est patrouillée toute la nuit par la police militaire !

— Un homme tapi au fond d'un esquif pouvait

profiter du couvert des grands roseaux, Monsieur Lin. C'est pourquoi votre associé ne pouvait se rendre à la tour qu'après de fortes pluies. Et c'est pourquoi la pauvre fille le prenait pour un être surnaturel, un esprit de la pluie. Car il venait avec la pluie.

Le juge poussa un soupir. Soudain, il regarda fixement Lin et dit avec sévérité :

— Quand Monsieur Tchong vous a révélé ses projets hier soir, Lin, vous avez vu partir en fumée tous vos beaux rêves de luxe et d'oisiveté. Vous avez donc suivi Tchong et l'avez assassiné dans la tour en lui plantant un couteau dans le dos.

— Quelle histoire insensée ! fit Lin en levant les bras au ciel. Comment vous proposez-vous de prouver cette accusation calomnieuse ?

— Entre autres, avec le reçu de mise en gage trouvé sur les lieux du crime par la police militaire. Or Monsieur Tchong s'était complètement retiré des affaires, c'est ce que vous m'avez dit, n'est-ce pas ? Pourquoi alors aurait-il eu sur lui un reçu du jour même ? Comme Lin gardait le silence, le juge Ti poursuivit : « Sous l'inspiration du moment, vous avez décidé de tuer Tchong et avez couru après lui. Il était une heure après le riz du soir, les boutiquiers étaient donc en train de guetter leurs dernières pratiques. De même sur le quai, lorsque vous êtes monté dans votre petit esquif, il y avait plus de monde que d'habitude, car un gros orage semblait se préparer. »

La lueur d'effroi qui traversa le regard de Lin était la dernière preuve de sa culpabilité, celle qu'attendait le juge. Il conclut d'un ton impassible :

— Si vous avouez votre crime, Monsieur Lin,

m'épargnant la peine de passer au crible tous les témoignages, je suis prêt à joindre une demande de clémence à votre condamnation à mort, arguant du fait qu'il n'y a pas eu préméditation.

Lin regardait fixement droit devant lui, les yeux vides de toute expression. Quand soudain, une crispation de rage déforma son visage livide.

— Ce vieux cochon répugnant ! Il m'a fait trimer comme une bête toutes ces années... et maintenant il allait gaspiller tout ce bel argent pour une traînée de rien du tout, une demeurée ! Tout l'argent que j'avais gagné pour lui. « Lin regarda le juge droit dans les yeux et ajouta d'un ton ferme : « Oui, je l'ai tué. C'est tout ce qu'il méritait. »

Le juge fit signe au sergent. Comme Hong se dirigeait vers la porte, le juge dit au prêteur sur gages :

— J'entendrai vos aveux complets à l'audience de midi.

Ils attendirent en silence le retour du sergent Hong accompagné du chef des sbires et de deux séides. Ils enchaînèrent Lin et l'emmenèrent.

— C'est sordide, Votre Excellence, remarqua Hong avec dégoût.

Le juge but une gorgée de thé et tendit sa tasse pour que le sergent la lui remplît de nouveau.

— Pathétique, plutôt. J'aurais qualifié le personnage de Lin de pathétique, n'eût été sa détermination à incriminer Wang.

— Quel a été le rôle de Wang dans toute cette affaire, Votre Excellence ? Ne lui avez-vous pas demandé ce qu'il a fait ce matin ?

— Ce n'était pas nécessaire, car ce qui s'est passé est clair comme de l'eau de roche. Fauvette a dit à

Wang qu'un esprit de la pluie venait lui rendre visite la nuit et lui donnait parfois de l'argent. Wang considérait comme un honneur insigne ces relations avec un esprit de la pluie. Souviens-toi qu'il n'y a pas un demi-siècle de cela, dans la plupart des districts fluviaux de l'Empire, les gens immolaient tous les ans un jeune homme ou une jeune fille à la divinité du fleuve local — jusqu'au jour où les autorités s'en sont mêlées. Lorsque ce matin Wang est venu à la tour apporter sa pêche à Fauvette, il a découvert dans sa chambre un cadavre gisant face contre terre. Fauvette, en larmes, lui a fait comprendre comme elle a pu que les gnômes avaient tué l'esprit de la pluie et l'avaient métamorphosé en un affreux vieillard. Quand Wang eut retourné le cadavre et reconnu le vieux monsieur, il comprit soudain que Fauvette et lui avaient été trompes, et de rage il larda le vieillard de coups de couteau. Puis il réalisa qu'il s'agissait d'un meurtre et qu'il pouvait être soupçonné. Il s'enfuit donc. La police militaire l'a surpris en train de laver son pantalon taché du sang de Tchong.

Le sergent Hong hocha la tête.

— Comment avez-vous fait pour découvrir tout cela en l'espace de quelques heures, Votre Excellence ?

— Tout d'abord, j'ai cru que le capitaine avait vu juste. La seule chose qui me tracassait, c'était le long laps de temps entre le meurtre et les coups de couteau portés à la victime. Le reçu de mise en gage m'importait peu, car il n'y avait rien d'étonnant à ce qu'un prêteur sur gages ait ce genre de bon sur lui. Ensuite, en interrogeant Wang, je fus frappé par sa façon de le traiter de voleur. C'était un lapsus, car

Wang était bien décidé à se tenir, avec Fauvette, à l'écart de tout cela, afin de ne pas avoir à avouer qu'ils avaient été trompés. Lorsque j'ai fait parler Fauvette, elle a affirmé que les gnomes avaient tué et métamorphosé son esprit de la pluie. Je n'ai absolument pas compris de quoi il s'agissait. Ce ne fut que lors de ma visite à Lin que je fus enfin mis sur la bonne piste. Lin était inquiet, donc volubile, et il s'est répandu en long et en large sur l'absence d'intérêt de son associé pour son commerce. Je me suis alors souvenu du reçu de mise en gage trouvé sur les lieux du crime et j'ai commencé à soupçonner Lin. Mais ce ne fut qu'après avoir fait le tour de la bibliothèque du défunt et m'être fait une idée claire de sa personnalité que je découvris le fin mot de l'énigme. Je mis ma théorie à l'épreuve en faisant avouer au domestique que Lin et Tchong s'étaient querellés la veille au sujet de Fauvette. Ce prénom de Fauvette ne signifiait évidemment rien pour ce domestique, mais il m'a dit que les deux hommes avaient eu une prise de bec au sujet des oiseaux. La suite n'était plus que simple routine.

Le juge reposa sa tasse.

— Cette affaire m'a appris combien il est important d'étudier de près nos anciens manuels d'investigation, Hong. Il y est dit et répété que la première étape d'une enquête sur un meurtre consiste à connaître le caractère, la vie et les habitudes de la victime. Et dans cette affaire-là, ce fut effectivement la personnalité de la victime qui me fournit la clé de l'énigme.

Le sergent Hong caressa sa moustache grise en souriant d'un air satisfait.

— Cette fille et ce garçon ont véritablement eu de

la chance de vous avoir pour magistrat chargé de l'enquête, Votre Excellence ! Tout accusait Wang, et il aurait été inculpé et condamné à mort. Car la fille est sourde-muette et Wang n'est pas bavard non plus !

Le juge Ti acquiesça. Se renversant dans son fauteuil, il déclara avec un léger sourire :

— Cela m'amène à évoquer la principale satisfaction que je puis tirer de cette affaire, Hong. Satisfaction très personnelle et très importante. Je dois t'avouer que ce matin je me suis senti un peu abattu, et j'ai réellement douté un instant que cette carrière fût vraiment celle qui me convenait. J'étais stupide. C'est une fonction magnifique, Hong ! Ne serait-ce que parce qu'elle nous permet de parler pour ceux qui n'en ont pas les moyens.

MEURTRE
SUR L'ÉTANG DE LOTUS

Cette affaire a eu lieu en l'an 667 à Han-yuan, petite ville ancienne bâtie au bord d'un lac, non loin de là capitale. Le juge Ti doit cette fois élucider le meurtre d'un poète d'un certain âge, retiré dans sa modeste propriété derrière le Quartier des Saules, séjour d'élection des courtisanes et des chanteuses. Le poète a été assassiné alors qu'il contemplait paisiblement la lune dans le pavillon de repos de son jardin, au milieu de l'étang de lotus. Il n'y a eu aucun témoin — à ce qu'il semble tout du moins.

Du petit pavillon, au centre de l'étang de lotus, il pouvait surveiller tout le jardin, baigné du clair de lune. Il prêta attentivement l'oreille. Tout était tranquille. Il regarda avec un sourire satisfait le cadavre dans le fauteuil de bambou et le manche du couteau qui dépassait de sa poitrine. Seules quelques gouttes de sang avaient taché sa robe grise. L'homme prit l'une des coupes de porcelaine posées à côté du pichet de vin en étain, sur la table ronde. Il la vida d'un trait puis murmura à l'adresse du mort :
— Repose en paix ! Si tu n'avais été qu'un imbé-

cile, je t'aurais probablement épargné. Mais puisque tu as été un imbécile encombrant...

Il haussa les épaules. Tout s'était bien passé. Il était plus de minuit ; personne ne viendrait dans cette maison de campagne isolée, aux abords de la ville. Et tout était silencieux dans la maison obscure, à l'autre bout du jardin. Il regarda ses mains : elles ne portaient aucune trace de sang. Puis il examina le sol du pavillon et la chaise où il était assis, en face du mort. Non, il n'avait laissé aucun indice derrière lui. Il pouvait partir tranquille à présent.

Soudain, il entendit un bruit derrière lui. Il se retourna, aux aguets. Puis il poussa un soupir de soulagement ; ce n'était qu'une grosse grenouille verte. Elle avait sauté de l'étang sur les degrés de marbre du pavillon et le regardait gravement, fixant sur lui ses gros yeux protubérants.

— Tu ne peux pas parler, toi, sale bête ! railla l'homme. Mais deux précautions valent mieux qu'une !

Sur ces mots, l'homme envoya d'un violent coup de pied la grenouille s'écraser contre celui de la table. Les longues pattes de l'animal se contractèrent avant de s'immobiliser complètement. L'homme saisit la seconde coupe de vin, celle de sa victime et l'examina un moment avant de la glisser dans sa manche. Il pouvait partir maintenant. Comme il faisait demi-tour, son regard s'arrêta sur la grenouille morte.

— Va rejoindre tes petites camarades ! dit-il avec mépris en la poussant du pied dans l'eau.

L'animal tomba en faisant une gerbe d'eau parmi les lotus. Aussitôt les coassements de centaines de batraciens affolés déchirèrent le silence de la nuit.

· L'homme poussa un juron et traversa à grands pas le pont voûté qui franchissait l'étang de lotus. Dès qu'il se fut glissé hors du jardin et en eut refermé le portail, les grenouilles se turent de nouveau.

Quelques heures plus tard, trois cavaliers pénétraient dans la ville par la route du lac. La lueur rose de l'aube se reflétait sur leurs robes de chasse brunes et leurs bonnets noirs. Une fraîche brise matinale troublait la surface du lac, mais il n'allait pas tarder à faire chaud, car on était au cœur de l'été.

Le barbu, aux larges épaules, dit en souriant à son compagnon, homme mince et plus âgé :

— Cette chasse au canard me donne une idée pour attraper les criminels les plus rusés ! On installe un leurre et l'on se cache avec le filet prêt à être déployé. Quand notre oiseau se montre, on le lui rabat dessus !

Quatre paysans qui arrivaient en sens inverse déposèrent précipitamment à terre leurs ballots de légumes et s'agenouillèrent au bord de la route. Ils avaient reconnu le barbu ; il s'agissait du juge Ti, le magistrat du district de Han-yuan.

— On a fait un sacré battage dans les roseaux, remarqua en grimaçant l'homme robuste qui chevauchait en queue. Mais on n'a attrapé que des plantes aquatiques !

— Peu importe, ce fut un excellent exercice, Ma Jong ! répondit par-dessus son épaule le juge Ti à son lieutenant. Puis il poursuivit en s'adressant à l'homme mince qui chevauchait à ses côtés : Si nous faisions cela tous les matins, Monsieur Yuan, nous n'aurions plus aucun besoin de vos poudres ni de vos pilules !

L'homme mince eut un pâle sourire. Il s'appelait Yuan Kaï et était propriétaire de la plus grande pharmacie du district. La chasse au canard était son activité favorite.

Le juge Ti talonna son cheval et ils ne tardèrent pas à pénétrer dans la ville de Han-yuan, construite à flanc de montagne. Sur la place du marché, devant le temple de Confucius, les trois hommes descendirent de cheval ; puis ils gravirent les degrés de pierre qui conduisaient à la rue du tribunal, dominant la ville et le lac.

Ma Jong montra du doigt l'homme trapu qui se tenait devant l'entrée monumentale du Yamen.

— Grands dieux ! grommela-t-il. Je n'avais jamais vu notre chef des sbires debout de si bonne heure ! Je crains qu'il ne soit très malade.

Le chef des sbires courut à leur rencontre et déclara précipitamment en saluant le juge :

— Le poète Meng Lan a été assassiné, Votre Excellence ! Son domestique est venu nous avertir il y a une demi-heure qu'il avait découvert son maître mort dans le pavillon du jardin.

— Meng Lan ? Poète ? répéta le juge en fronçant les sourcils. Depuis un an que je suis à Han-yuan je n'ai jamais entendu prononcer ce nom-là.

— Il habite une vieille maison de campagne, près du marais, à l'est de la ville, Votre Excellence, précisa l'apothicaire. Il n'est pas très connu par ici, car il vient rarement en ville. Mais j'ai entendu dire que ses poèmes étaient très prisés par les connaisseurs.

— Autant y aller tout de suite, décida le juge. Le sergent Hong et mes deux lieutenants sont-ils déjà rentrés ?

— Non, Votre Excellence, répondit le chef des

sbires. Ils sont toujours dans le village à la frontière ouest du district. Juste après le départ de Votre Excellence, ce matin, un individu a apporté un message du sergent Hong, disant qu'ils n'avaient encore rien découvert d'intéressant sur les hommes qui ont dévalisé le convoyeur du Trésor.

Le juge Ti tirailla sa longue barbe.

— Cette affaire de vol est très irritante ! dit-il avec exaspération. Le convoyeur transportait une douzaine de lingots d'or. Et voilà qu'à présent nous avons un meurtre sur les bras ! Bon, on s'en sortira bien, Ma Jong. Savez-vous comment on se rend à la maison de campagne de ce poète ?

— Je connais un raccourci par le quartier est, Votre Excellence, répondit Yuan Kaï. Si vous me permettez...

— Mais comment donc ! Suis-nous également, ajouta-t-il en s'adressant au chef des sbires. Je suppose que tu as fait raccompagner le domestique de Meng par deux de tes hommes, pour veiller à ce qu'on ne touche à rien, n'est-ce pas ?

— Oui, absolument, Votre Excellence ! s'exclama le chef des sbires en se rengorgeant.

— Tu fais des progrès, observa le juge. Surprenant un sourire satisfait sur les lèvres du chef des sbires, il ajouta d'un ton sec : « Dommage qu'ils soient si lents, ces progrès. Sors quatre chevaux des écuries ! »

L'apothicaire chevauchait en tête et guidait le groupe de cavaliers le long d'étroits sentiers qui serpentaient jusqu'aux berges du lac. Ils ne tardèrent pas à arriver dans une allée bordée de saules. Ces derniers avaient donné son nom à ce quartier qui s'étendait à l'est de la ville et où vivaient les danseuses et les courtisanes.

— Parlez-moi un peu de Meng Lan, demanda le juge à l'apothicaire.

— Je ne le connaissais pas très bien, Votre Excellence. Je suis allé le voir deux ou trois fois seulement, mais il m'a paru quelqu'un d'aimable et de modeste. Il s'est installé par ici il y a deux ans, dans une vieille maison de campagne derrière le Quartier des Saules. Il n'y a que trois ou quatre pièces, mais un jardin splendide avec un étang de lotus.

— A-t-il de la famille?

— Non, Votre Excellence. Il était veuf en arrivant ici. Ses deux grands fils vivent à la capitale. L'année dernière, il a fait la connaissance d'une courtisane du Quartier des Saules. Il l'a achetée et épousée. Elle n'a pas grand-chose pour elle, à part sa beauté — elle ne sait ni lire ni écrire, ni chanter ni danser. C'est pourquoi Meng a pu l'acheter bon marché, mais elle lui a quand même coûté toutes ses économies. Il subsistait grâce à la rente annuelle que lui avait faite un de ses admirateurs de la capitale. Le couple était heureux, à ce que je sais, quoiqu'il y ait eu évidemment une grande différence d'âge.

— On imaginerait un poète choisissant plutôt une femme cultivée, capable de partager ses goûts littéraires, remarqua le juge.

— C'est une femme calme, douce, Votre Excellence, repartit l'apothicaire en haussant les épaules. Et elle s'est fort bien occupée de lui.

— Meng Lan était un homme qui savait vivre, bien que poète, grommela Ma Jong. Une fille jolie et tranquille, qui s'occupe gentiment de vous, on ne peut rien rêver de mieux !

L'allée de saules s'était transformée en un sentier qui traversait un bouquet de grands chênes. Un épais taillis indiquait la proximité du marais qui se trouvait derrière le Quartier des Saules.

Les quatre hommes mirent pied à terre devant un rustique portail en bambou. Les deux sbires en faction les saluèrent puis leur ouvrirent la porte. Avant d'entrer, le juge survola du regard le grand jardin. Il n'était pas très bien entretenu. Les arbustes fleuris et les buissons qui poussaient à leur guise tout autour de l'étang de lotus conféraient au lieu une sorte de beauté sauvage. Quelques papillons voletaient paresseusement au-dessus des grandes feuilles des lotus qui recouvraient l'étang.

— Meng Lan aimait beaucoup son jardin, remarqua Yuan Kaï.

Le juge hocha la tête. Ses regards se tournèrent vers le pont de bois laqué de rouge qui menait au pavillon octogonal, ouvert de tous côtés. Des colonnes élancées soutenaient le toit pointu, chargé de tuiles vertes. Au-delà de l'étang, au fond du jardin, il découvrit une étrange construction en bois, basse. Son toit de chaume était à demi recouvert par les feuillages des grands chênes qui l'entouraient.

Il commençait à faire très chaud. Le juge essuya son front en sueur et traversa le pont étroit, suivi de ses trois autres compagnons. Le petit pavillon les contenait à peine tous les quatre. Le juge Ti observa un moment le cadavre de l'homme maigre, en robe d'intérieur grise, qui gisait dans un fauteuil de bambou. Puis il palpa ses épaules et ses bras inertes.

— Il est à peine raide, remarqua-t-il en se redressant. Par ce temps humide et chaud, il est difficile de fixer l'heure du décès. En tout cas, ce doit être après minuit, à mon avis.

Le juge ôta délicatement le couteau de la poitrine du mort et en examina la longue lame effilée et le manche d'ivoire.

— Ça ne va pas nous être d'un grand secours, dit Ma Jong en pinçant les lèvres. N'importe quel quincaillier de la ville en a en stock des tonnes du même genre.

Le juge Ti lui tendit le couteau sans un mot. Ma Jong l'enveloppa dans une feuille de papier qu'il avait sortie de sa manche. Le magistrat se pencha sur le visage émacié de la victime, figé en un rictus inquiétant. Le poète avait une longue moustache maigre et une barbiche grise ; le juge lui donna une soixantaine d'années. Il prit le grand pichet de vin sur la table et le secoua. Il ne restait que quelques gouttes de vin. Puis il saisit la coupe posée à côté et l'examina, avant de la glisser dans sa manche d'un air perplexe.

— Demande à tes hommes de fabriquer un brancard avec des branches et d'emporter le corps au tribunal pour l'autopsie, dit-il en se retournant vers le chef des sbires. Et à l'adresse de Yuan Kaï : Vous devriez aller vous asseoir un moment sur ce banc de pierre, là-bas, près de la palissade, Monsieur Yuan. Je n'en ai pas pour longtemps.

Et il fit signe à Ma Jong de le suivre.

Comme ils retraversaient le pont, les planches minces craquèrent sous le poids des deux hommes. Ils contournèrent l'étang de lotus jusqu'à la maison. Le juge inspira une bouffée d'air frais en arrivant à l'ombre du porche tandis que Ma Jong frappait à la porte.

Un jeune homme assez beau mais à l'air peu avenant leur ouvrit. Ma Jong lui expliqua que le magistrat désirait voir Madame Meng. Comme le garçon disparaissait précipitamment, le juge Ti s'assit à la table de bambou branlante au centre d'une pièce meublée pauvrement. Ma Jong se plaça les bras croisés derrière le siège de son maître. Constatant la vétusté du mobilier et le mauvais état des murs, le juge remarqua :

— Le vol n'a apparemment pas été le mobile du crime.

— Le mobile... le voilà qui arrive, Votre Excellence ! chuchota Ma Jong. Un vieux mari, une jolie jeune femme, on connaît la suite !

Le juge se retourna et découvrit dans l'encadrement de la porte une svelte jeune femme de vingt-cinq ans environ. Elle n'était pas maquillée et ses joues portaient des traces de larmes. Mais ses grands yeux limpides, ses sourcils à l'arc gracieux, ses lèvres vermeilles et charnues et son teint lisse la dotaient d'un charme exceptionnel. Sa robe bleu passé ne dissimulait rien de la beauté de son corps. Après avoir jeté un regard affolé au juge, elle le salua puis resta sans bouger, les yeux baissés, attendant respectueusement qu'il lui adressât la parole.

— Je suis véritablement navré, Madame, déclara le juge d'une voix douce, de vous importuner si tôt après le malheur qui vous a frappé. Vous comprendrez, je pense, qu'il me faut toutefois agir vite afin de traduire en justice l'infâme meurtrier de votre époux. Comme la jeune femme acquiesçait, il poursuivit : « Quand avez-vous vu votre mari pour la dernière fois ? »

— Nous avons pris ensemble notre riz du soir, ici même, répondit Madame Meng d'une voix douce et mélodieuse. Ensuite, quand j'eus débarrassé la table, mon époux est resté à lire quelques heures puis, devant la beauté du clair de lune, il a décidé de se rendre dans le pavillon pour y vider quelques coupes de vin.

— Cela lui arrivait-il souvent ?

— Oh oui, il y allait pratiquement tous les soirs pour y jouir de la fraîcheur de la nuit et y chanter des chansons.

— Y recevait-il souvent des visiteurs ?

— Jamais, Votre Excellence. Il aimait à y rester seul et ne recherchait pas la compagnie. Les rares invités étaient en général reçus dans l'après-midi et ici même dans cette pièce, pour y prendre une tasse de thé. J'aimais cette vie paisible, mon époux était si prévenant, il...

Ses yeux s'embuèrent de larmes et ses lèvres se crispèrent. Mais elle ne tarda pas à se ressaisir et reprit :

— J'ai préparé un grand pichet de vin et le lui ai apporté au pavillon. Mon époux m'a dit de ne pas l'attendre pour me coucher car il avait l'intention de veiller tard. Alors je suis allée dormir. C'est le domestique qui m'a réveillée tôt ce matin en frappant comme un forcené à ma porte. Je me suis aperçue seulement alors que mon époux n'était pas auprès de moi. Le garçon m'a dit qu'il l'avait trouvé dans le pavillon...

— Ce garçon habite-t-il dans la maison ? demanda le juge.

— Non, Votre Excellence. Il vit avec son père, le jardinier de la plus grande demeure du Quartier des Saules. Il ne vient que pour la journée et rentre chez lui lorsque j'ai préparé le riz du soir.

— N'avez-vous rien entendu de suspect au cours de la nuit ?

Madame Meng fronça les sourcils avant de répondre :

— Je me suis réveillée une seule fois. Ce devait être un peu après minuit. Les grenouilles de l'étang faisaient un vacarme épouvantable. On ne les entend jamais dans la journée, elles restent sous l'eau. Même lorsque j'entre dans l'eau pour y cueillir des fleurs de lotus, elles ne font aucun bruit. Mais c'est la nuit qu'elles sortent, et un rien les effraie. C'est pourquoi j'ai pensé que mon mari, en quittant le pavillon, avait fait tomber un caillou dans l'étang par exemple. Et je me suis rendormie.

— Je vois, fit le juge. Il réfléchit un moment en caressant ses longs favoris. « Le visage de votre mari ne présentait aucune expression d'effroi ni de surprise ; il a dû être agressé très soudainement. Il est mort avant d'avoir compris ce qu'il lui arrivait. Cela prouve qu'il connaissait son meurtrier ; ils ont dû vider quelques coupes de vin ensemble. Le grand pichet était pratiquement vide, mais il n'y avait qu'une seule coupe. Je suppose qu'il est difficile de savoir s'il en manque une ? »

— Absolument pas, repartit Madame Meng avec un léger sourire. Nous n'avons que sept coupes, six identiques, de porcelaine verte, et une autre, plus grande, de porcelaine blanche, réservée à mon époux.

Le juge leva les sourcils. La coupe qu'il avait trouvée sur la table était en porcelaine verte.

— Votre époux avait-il des ennemis ?

— Pas un seul, Noble Juge ! s'exclama la jeune femme. Je n'arrive pas à comprendre qui...

— Et vous ? En avez-vous ? demanda le juge en lui coupant la parole.

Madame Meng rougit et se mordit la lèvre. Puis elle répondit d'un air contrit :

— Votre Excellence n'ignore naturellement pas qu'il y a un an je travaillais encore dans le Quartier des Saules. Il m'est parfois arrivé de refuser mes faveurs, mais je suis persuadée que personne n'aurait... Et depuis tout ce temps... Elle ne termina pas sa phrase.

Le juge se leva. Il remercia Madame Meng en lui exprimant toute sa sympathie et prit congé.

Comme les deux hommes redescendaient l'allée du jardin, Ma Jong remarqua :

— Vous auriez dû également lui poser des questions sur ses amis à elle, Votre Excellence.

— Je m'en remets à toi pour ces recherches-là. Ma Jong. Es-tu resté en relation avec cette fille du Quartier ? Fleur-de-Pommier, tel était son nom, si je me souviens bien.

— Fleur-de-Pêcher. Votre Excellence. Mais oui, bien sûr !

— Parfait. Tu vas aller la voir immédiatement et lui faire dire tout ce qu'elle sait sur l'époque où Madame Meng travaillait encore là-bas. Surtout sur les hommes qu'elle fréquentait.

— Il est très tôt, Votre Excellence, observa Ma

Jong d'un air indécis. Elle doit être encore en train de dormir.

— Eh bien, tu la réveilleras ! Dépêche-toi !

Ma Jong fit une moue contrariée mais courut néanmoins vers le portail du jardin. Le juge Ti se dit que s'il envoyait assez souvent son galant lieutenant interroger ses amies avant l'heure du petit déjeuner, il réussirait peut-être à lui faire passer son faible pour le sexe réputé tel. En règle générale, ces femmes-là ne sont pas au mieux de leur beauté au petit matin, après une nuit blanche.

Yuan Kaï était en grande discussion, au bord de l'étang de lotus, avec un inconnu au visage énergique et plutôt austère. L'apothicaire présenta au magistrat Monsieur Wen Chou-fang, le nouveau maître de la guilde des marchands de thé.

Le maître de la guilde salua profondément le juge Ti et se lança dans des excuses emberlificotées pour ne pas être encore venu lui présenter ses respects. Le juge l'interrompit par une question :

— Qu'est-ce qui vous amène ici de si bon matin, Monsieur Wen ?

Wen eut l'air consterné par cette question.

— Je... bégaya-t-il, je voulais exprimer ma sympathie à Madame Meng et... lui demander si je pouvais lui être de quelque utilité...

— Vous connaissiez donc bien les Meng ? demanda le juge Ti.

— C'est précisément ce dont nous étions en train de parler, Votre Excellence, repartit vivement Yuan Kaï. Nous avons décidé de faire savoir à Votre Excellence que Wen et moi-même avions tous deux recherché les faveurs de Madame Meng, à l'époque où elle était courtisane, et que ni l'un ni l'autre n'y

130

étions parvenus. Nous tenons à ajouter que nous comprenons parfaitement qu'une courtisane soit libre d'accorder ou de refuser ses faveurs et qu'aucun de nous ne lui en a le moins du monde tenu rigueur. Nous avions également une grande estime pour Meng Lan, et nous nous sommes réjouis qu'il ait fait un mariage aussi heureux. C'est pourquoi...

— Pour que tout soit bien clair, dites-moi, coupa le juge, vous pouvez prouver tous deux que vous n'étiez pas dans les environs, hier soir, n'est-ce pas ?

L'apothicaire jeta un coup d'œil embarrassé à son ami.

— Il se trouve justement, Votre Excellence, répondit Wen Chou-fang avec circonspection, que nous avons tous deux été conviés à un banquet hier soir, dans la plus grande maison du Quartier des Saules. Un peu plus tard, nous... euh, nous nous sommes retirés à l'étage avec... euh, de la compagnie. Nous sommes rentrés chez nous quelques heures après minuit.

— J'ai fait un petit somme à la maison, précisa Yuan Kaï, puis j'ai mis ma tenue de chasse et suis passé chercher Votre Excellence au tribunal pour aller à la chasse au canard.

— Je vois, dit le juge Ti. Je suis ravi que vous m'ayez prévenu, cela m'épargnera des démarches inutiles.

— Cet étang est vraiment charmant, commenta Wen d'un air soulagé. Comme ils raccompagnaient le juge jusqu'au portail, il ajouta : « Malheureusement, ces étangs-là sont souvent infestés de grenouilles. »

— Elles font parfois un vacarme épouvantable, souligna Yuan Kaï en ouvrant le portail.

Le juge Ti monta à cheval et prit le chemin du Yamen.

Le chef des sbires vint à sa rencontre dans la cour et l'informa que tout était prêt pour l'autopsie. Le juge se rendit tout d'abord dans son cabinet particulier. Pendant que le commis lui servait une tasse de thé chaud, il écrivit un mot rapide à Ma Jong pour le prier d'interroger les deux courtisanes avec lesquelles Yuan Kaï et Wen Chou-fang avaient passé une partie de la nuit. Il réfléchit un instant avant d'ajouter : Vérifie également si le domestique des Meng a passé la nuit dernière chez son père. Après avoir scellé le mot, il ordonna au commis du tribunal de le faire porter immédiatement à Ma Jong. Puis le juge mangea hâtivement quelques gâteaux secs et se rendit dans la petite salle où l'attendaient le contrôleur des décès et ses deux assistants.

L'autopsie n'apporta aucun élément nouveau : le poète était en bonne santé ; la mort avait été causée par un coup de couteau dans le cœur. Le juge ordonna au chef des sbires de faire placer le corps dans un cercueil provisoire, en attendant de connaître la date et le lieu des funérailles. Il retourna dans son bureau et étudia avec le premier secrétaire du tribunal les documents administratifs récemment arrivés.

Il était près de midi lorsque Ma Jong revint. Quand le juge eut congédié le secrétaire, Ma Jong prit place devant le bureau de son maître, tortilla sa courte moustache et commença en souriant béatement :

— Fleur-de-Pêcher était déjà levée, Votre Excellence ! Elle était en train de faire sa toilette quand j'ai frappé à sa porte. C'était son jour de repos hier et elle s'était couchée tôt. Elle était plus jolie que jamais, je…

— D'accord, d'accord, viens-en aux faits! le pressa le juge avec humeur (son stratagème avait apparemment échoué). Elle a dû avoir beaucoup de choses à te raconter, reprit-il, à en juger par le temps que tu as mis.

Ma Jong lui jeta un regard lourd de reproches et répondit avec le plus grand sérieux :

— Il faut s'y prendre très délicatement avec ces filles-là, Excellence. Nous avons pris le petit déjeuner ensemble et je l'ai amenée progressivement à parler de Madame Meng. Son nom de courtisane était Agate, et son vrai nom, Chih Mei-lan ; elle est la fille d'un paysan du Nord. Il y a trois ans, quand la grande sécheresse a provoqué une terrible famine et que les gens mouraient comme des mouches, son père l'a vendue à un rabatteur qui à son tour l'a vendue à la maison où travaille Fleur-de-Pêcher. C'était une fille gaie et agréable. Le propriétaire de la maison a confirmé le fait que Yuan Kaï avait recherché les faveurs d'Agate, et qu'elle avait refusé. Il a pensé qu'elle n'agissait ainsi qu'afin de faire monter les enchères car elle a eu l'air plutôt déçue de voir que l'apothicaire n'insistait pas et se rabattait sur une de ses compagnes. Avec Wen Chou-fang, cela se passa un peu différemment. Wen est quelqu'un de plutôt timide ; comme Agate ne répondit pas à ses avances, il n'insista pas et se contenta de l'adorer de loin. Puis elle a fait la connaissance de Meng Lan qui l'a rachetée sur-le-champ. Mais d'après Fleur-de-Pêcher, Wen serait encore très amoureux d'Agate, car il en parle souvent avec les autres filles ; il aurait même dit récemment qu'Agate méritait mieux pour mari qu'un vieux rimailleur grincheux. J'ai également appris qu'Agate a un jeune frère, Chih Ming, un mauvais sujet. Il boit, joue et a suivi sa sœur jusqu'ici pour pouvoir vivre à ses crochets. Il a disparu il y a un an environ, juste avant son mariage avec Meng Lan. Mais il a refait une apparition dans le quartier la semaine dernière et demandé après sa sœur. En apprenant du propriétaire que Meng Lan l'avait rachetée et épousée, il s'est rendu tout droit chez elle. Le domestique de Meng a ensuite raconté que Chih Ming s'était disputé avec le poète ; il n'a pas saisi de quoi il retournait, mais il était question d'argent. Madame Meng a beaucoup pleuré et Chih Ming est reparti fou de rage. Personne ne l'a revu depuis.

Ma Jong fit une pause, mais le juge Ti s'abstint de tout commentaire. Il dégusta lentement son thé, ses épais sourcils profondément froncés. Quand soudain, il demanda :

— Le domestique de Meng s'est-il absenté cette nuit ?

— Non, Votre Excellence. J'ai interrogé son père, le vieux jardinier, et leurs voisins également. Le garçon est rentré directement chez lui après dîner, s'est écroulé sur le lit qu'il partage avec ses deux frères et a pioncé jusqu'au petit matin. Et ça me rappelle ce que vous m'avez demandé, Votre Excellence. J'ai appris que Yuan Kaï avait passé une partie de la nuit avec Pivoine, une amie de Fleur-de-Pêcher. Ils sont montés dans sa chambre à minuit, et Yuan l'a quittée deux heures plus tard ; il est parti à pied pour jouir du clair de lune, à ce qu'il a dit.

Quant à Wen Chou-fang, il est resté avec Œillet, une fille très avenante, ma foi, bien que plutôt maussade ce matin. Il semble que Wen ait trop bu au cours du banquet et qu'à peine arrivé dans la chambre d'Œillet il se soit couché et endormi aussi sec. Œillet a essayé en vain de le réveiller, puis elle est allée retrouver les autres filles dans la pièce à côté pour jouer aux cartes. Il a refait surface trois heures plus tard, mais au grand dam d'Œillet, il avait une telle gueule de bois qu'il est rentré directement chez lui, à pied également. Il préférait marcher plutôt que prendre une chaise à porteurs, prétendant que l'air frais lui éclaircirait les idées. Voilà tout ce que j'ai appris, Votre Excellence. J'ai l'impression que Chih Ming est notre homme. En épousant sa sœur, Meng Lan a privé Chih Ming de la poule aux œufs d'or, si vous me passez l'expression. Dois-je demander au chef des sbires d'engager des recherches ? J'ai une assez bonne description du lascar.

— Oui, vas-y, répondit le juge. Tu peux aller manger ton riz de midi à présent, je n'aurai pas besoin de toi d'ici ce soir.

— Alors je vais faire une petite sieste, dit Ma Jong d'un air ravi. J'ai eu une matinée exténuante ; la chasse au canard, sans parler du reste…

— Je n'en doute pas ! répliqua sèchement le juge.

Après le départ de Ma Jong, le juge Ti se rendit sur la terrasse de marbre qui dominait le lac. Il s'assit dans un vaste fauteuil et se fit servir sur place son riz de midi. Il ne se sentait pas d'humeur à rejoindre ses appartements particuliers ; préoccupé comme il l'était, il aurait été d'une piètre compagnie pour sa famille. Son repas achevé, il tira son siège vers un coin ombragé de la terrasse. Mais alors qu'il s'apprêtait à faire un somme, un messager apparut et lui remit un épais rapport de la part du sergent Hong. Son vieux conseiller lui écrivait que l'enquête menée dans l'ouest du district avait révélé que l'agression contre le convoyeur du Trésor avait été perpétrée par une bande de six malfaiteurs. Après avoir assommé l'homme et lui avoir dérobé les lingots d'or, ils s'étaient rendus tranquillement dans une auberge proche de la frontière du district pour y faire un bon repas. Puis un étranger était arrivé ; il dissimulait le bas de son visage sous un foulard et les gens de l'auberge ne l'avaient jamais vu auparavant. Le chef des bandits lui avait remis un paquet et ils étaient tous partis en direction des forêts du district voisin. Par la suite, on avait retrouvé le cadavre de l'étranger dans un fossé, non loin de l'auberge. On l'avait identifié grâce à ses vêtements ; son visage avait été réduit en bouillie. Le contrôleur des décès du lieu, ayant, en homme avisé, examiné le contenu de l'estomac de la victime, y découvrit des traces de drogue puissante. Le paquet contenant les lingots avait évidemment disparu. « L'agression contre l'envoyé du Trésor a donc été soigneusement préparée, concluait le sergent Hong, et par quelqu'un qui est resté dans l'ombre. Il a fait louer les services des bandits par son complice, pour qu'ils exécutent la sale besogne, puis a envoyé ce même complice à l'auberge pour récupérer le butin. Il a suivi l'homme, l'a drogué et battu jusqu'à ce que mort s'ensuive, soit parce qu'il désirait éliminer un témoin gênant, soit parce qu'il ne voulait pas lui payer sa part. Afin de retrouver le criminel qui se trouve derrière toute cette affaire, nous allons devoir requérir la collaboration du collègue de Votre Excellence, en poste dans le district voisin. Je demande respectueusement à Votre Excellence de bien vouloir se rendre sur les lieux afin de procéder personnellement à l'enquête. »

Le juge Ti roula lentement le rapport. Le sergent avait raison, il devait partir sur-le-champ. Or le meurtre du poète exigeait également sa présence à Han-yuan. Aussi bien Yuan Kaï que Wen Chou-fang avaient eu la possibilité de commettre ce crime, pourtant ni l'un ni l'autre ne semblaient avoir de mobile. En revanche, le frère de Madame Meng en avait un, mais au cas où il serait effectivement le coupable, il aurait quitté la ville depuis longtemps. Poussant un soupir, le juge se renversa dans son fauteuil et se caressa pensivement la barbe. Quelques instants plus tard, il dormait profondément.

Lorsque le juge Ti s'éveilla, il s'aperçut avec contrariété qu'il avait beaucoup trop dormi ; le crépuscule tombait. Ma Jong et le chef des sbires se tenaient près de la balustrade. Ce dernier informa le magistrat que tout avait été mis en œuvre pour retrouver Chih Ming, mais sans résultat pour le moment.

Le juge Ti tendit à Ma Jong le rapport du sergent Hong en disant :

— Tu vas lire ça attentivement, puis tu feras les préparatifs nécessaires pour que nous nous rendions à la frontière occidentale du district, car nous nous mettrons en route demain matin à l'aube. Au dernier courrier, il y avait une lettre du Trésor en provenance de la capitale, m'ordonnant de faire mon rapport sur ce vol dans les plus brefs délais. La disparition d'une ligature de sapèques les empêche de dormir, alors tu imagines, une douzaine de lingots d'or!

Le juge redescendit dans son cabinet particulier où il rédigea un rapport préliminaire au Trésor. Puis il se fit servir le repas du soir dans son bureau. Il mangea sans appétit, trop soucieux pour apprécier ce qu'on lui servait. Reposant ses baguettes, il pensa en soupirant qu'il était vraiment malheureux que les deux meurtres fussent survenus à peu près en même temps. Soudain, il reposa sa tasse de thé, se leva et commença à arpenter la pièce. Il croyait avoir découvert l'explication de la disparition de la coupe à vin. Il fallait qu'il aille vérifier sa thèse sans plus attendre. Il se dirigea vers la fenêtre et inspecta la cour. Comme elle était déserte, il sortit rapidement et quitta discrètement le Yamen par la petite porte de service.

Arrivé dans la rue, il remonta son foulard sur le bas de son visage et loua les services de porteurs dont il régla la course quand ils l'eurent déposé devant la plus grande maison du Quartier des Saules. Des chants et des éclats de rire fusaient des fenêtres brillamment éclairées; un joyeux festin était visiblement en train. Le juge Ti passa rapidement son chemin et s'engagea dans l'allée qui menait à la maison de campagne de Meng Lan.

En approchant du portail du jardin, il remarqua que le lieu était parfaitement silencieux; les arbres étouffaient les sons en provenance du Quartier des Saules. Il ouvrit doucement la porte et inspecta le jardin. Si la lune éclairait l'étang de lotus, la maison située au fond du jardin était plongée dans l'obscurité. Le juge longea l'étang et s'arrêta pour ramasser un caillou. Il le lança dans l'eau. Les grenouilles se mirent aussitôt à coasser en chœur. Avec un sourire satisfait, le juge se dirigea vers la porte, relevant de nouveau son foulard sur le bas de son visage. Tapi dans l'ombre du porche, il frappa un coup sec.

Une lumière apparut à la fenêtre et la porte s'ouvrit. Il entendit Madame Meng chuchoter : « Entre vite ! »

Elle se tenait dans l'encadrement de la porte, les seins nus. Un léger tissu lui ceignait les reins et ses cheveux étaient défaits. Lorsque le juge laissa retomber son foulard, elle poussa un cri étouffé.

— Je ne suis pas celui que vous attendiez, remarqua-t-il froidement, mais je vais entrer tout de même. (Il franchit le seuil, referma la porte derrière lui et demanda d'un ton ferme à la femme terrorisée :) Qui attendiez-vous ?

Ses lèvres remuèrent sans qu'aucun son n'en sortît.

— Parlez ! hurla le juge.

Retenant le linge qui lui cachait les reins, elle balbutia :

— Je n'attendais personne. J'ai été réveillée par les grenouilles et j'ai eu peur que quelqu'un ne soit entré, alors je suis allée voir et...

— Et vous avez dit à ce quelqu'un d'entrer vite chez vous ! Quitte à mentir, faites-le plus habilement ! Montrez-moi la chambre où vous attendiez votre amant.

Elle prit en silence la chandelle posée sur la table et conduisit le juge dans une petite pièce latérale. Il n'y avait qu'un lit de planches, recouvert d'une natte de roseau. Le juge s'en approcha vivement et tâta la natte : elle était encore tiède de la chaleur de son corps.

Elle se tenait dans l'encadrement de la porte, les seins nus.

— Dormez-vous toujours ici ? demanda-t-il avec brusquerie.

— Non, Votre Excellence, c'est la chambre du domestique ; il vient y faire la sieste l'après-midi. Ma chambre se trouve de l'autre côté du vestibule.

— Conduisez-m'y !

Une fois dans la grande chambre, le juge lui prit la chandelle des mains et inspecta rapidement les lieux. Il y avait une table de toilette avec une chaise de bambou, quatre coffres à vêtements et un grand lit dont le juge tira les rideaux. L'épais matelas avait été roulé et les oreillers rangés dans une niche du mur. Puis, se retournant vers la jeune femme, il dit avec humeur :

— Peu m'importe où vous aviez l'intention de dormir avec votre amant, tout ce qui m'intéresse c'est son nom. Parlez !

Madame Meng restait silencieuse en le regardant de biais. Puis son linge glissa à terre ; elle était nue de la tête aux pieds. Se couvrant de ses mains, elle regarda timidement le juge.

Le magistrat se détourna.

— Ces petits procédés grotesques me fatiguent, dit-il froidement. Rhabillez-vous immédiatement, vous allez me suivre au tribunal et passer la nuit en prison. Demain je vous interrogerai à l'audience, sous la torture si nécessaire.

La jeune femme ouvrit sans mot dire un coffre à vêtements et commença à s'habiller. Le juge alla l'attendre dans le vestibule. Il se dit qu'elle était prête à tout pour protéger son amant. Puis il haussa les épaules. Etant donné son passé de courtisane, prête à tout ne devait pas signifier grand-chose.

Lorsqu'elle réapparut, tout habillée, il lui fit signe de le suivre.

A l'entrée du Quartier des Saules, ils rencontrèrent les veilleurs de nuit. Le juge demanda à leur chef de conduire Madame Meng en chaise à porteurs au tribunal et de la remettre au gardien de la prison. Il devait également envoyer quatre de ses hommes chez le poète ; ils se cacheraient dans le vestibule et arrêteraient quiconque frapperait à la porte. Puis le juge rentra d'un pas lent, plongé dans ses pensées.

En passant devant le corps de garde, le juge Ti aperçut Ma Jong qui discutait avec les soldats. Il emmena son lieutenant dans son cabinet particulier. Après qu'il lui eut raconté ce qui s'était passé chez le poète, Ma Jong secoua tristement la tête et dit :

— Donc elle avait un amant, et c'est lui qui a tué son mari. Eh bien, autrement dit, l'affaire est pratiquement résolue. Avec un peu de persuasion, on arrivera à lui faire avouer le nom du type.

Le juge but une gorgée de thé puis déclara avec lenteur :

— Il y a encore quelques points qui me tracassent. Il existe un rapport précis entre le meurtre de Meng et l'agression contre le convoyeur du Trésor, mais je ne vois absolument pas de quoi il retourne. Toutefois, j'aimerais connaître ton opinion sur deux autres points. Premièrement, comment Madame Meng a-t-elle pu mener une intrigue clandestine ? Son époux et elle ne sortaient pratiquement jamais, et les rares personnes à être reçues chez eux venaient dans la journée. Deuxièmement, j'ai pu constater qu'elle dormait ce soir dans la chambre du domestique, sur un petit lit de planches. Pourquoi ne s'est-elle pas préparée à recevoir son amant dans sa chambre, pourvue d'un grand lit confortable ? Le respect dû à la mémoire de son époux défunt ne peut avoir suffi à l'en empêcher, alors qu'elle le trompait déjà joyeusement de son vivant derrière son dos. Je sais bien sûr que les amants se soucient peu de confort, mais tout de même, ce lit de planches dur, étroit...

— Eh bien, répondit Ma Jong avec un sourire, en ce qui concerne le premier point, lorsqu'une femme est bien décidée à se passer ses petits caprices, vous pouvez être certain qu'elle en trouvera le moyen. Peut-être d'ailleurs tournait-elle autour de leur domestique, auquel cas ces plaisirs clandestins n'auraient rien à voir avec le meurtre. Pour ce qui est du second point, j'ai souvent dormi sur un lit de planches, mais je dois avouer que je n'ai jamais songé à le partager avec quelqu'un. J'irai avec joie me renseigner au Quartier des Saules sur ses avantages éventuels, conclut-il en jetant un regard plein d'espoir au juge Ti.

L'air absent, le magistrat ne l'avait pas quitté des yeux. Tiraillant lentement sa moustache, il resta silencieux un moment puis sourit brusquement.

— Oui, dit-il, on pourrait tenter cela.

Ma Jong eut l'air enchanté, mais se rembrunit dès que le juge eut ajouté vivement :

— File tout de suite à l'Auberge de la Carpe Rouge, derrière le marché aux poissons et demande au chef des mendiants d'aller te chercher une demi-douzaine de gueux fréquentant les abords du Quartier des Saules. Ramène-les-moi. Tu lui diras que je désire les interroger à propos d'éléments nouveaux et décisifs dans l'affaire du meurtre du poète Meng

Lan. N'en fais surtout point mystère. Au contraire, arrange-toi pour que tout le monde sache que je convoque ces mendiants et pourquoi. Allez, file !

Comme Ma Jong restait rivé sur son siège, et regardait le juge d'un air interloqué, ce dernier ajouta :

— Si mon plan réussit, tu auras élucidé du même coup le meurtre de Meng et le vol des lingots d'or. Fais de ton mieux !

Ma Jong se leva et disparut en hâte.

Lorsque Ma Jong réapparut dans le cabinet du juge Ti, flanqué de quatre mendiants en haillons, il découvrit, disposés sur la petite table, de grands plats de gâteaux et de sucreries ainsi que des pichets de vin.

Le juge mit à l'aise les hommes effarés en les accueillant avec cordialité, puis il les pria de se restaurer et de boire une coupe de vin. Comme les mendiants stupéfaits se glissaient vers la table en dévorant les plats des yeux, le juge Ti prit Ma Jong à part et lui dit tout bas :

— Va au corps de garde et choisis trois des meilleurs sbires. Attends avec eux à l'entrée principale. D'ici une heure environ, je renverrai les mendiants. Il faudra tous les suivre discrètement. Arrêtez tout individu qui abordera l'un d'entre eux et amenez-le-moi avec le mendiant en question !

Puis il retourna vers les mendiants et les encouragea à se restaurer à leur guise. Les vagabonds médusés hésitèrent un long moment avant de se décider, puis les plats et les coupes se retrouvèrent vides comme par enchantement. Leur chef, un borgne, s'essuya les mains sur sa barbe graisseuse et murmura d'un ton fataliste à ses compagnons :

— Maintenant qu'on a le ventre plein, il va nous faire couper la tête. Mais je dois reconnaître que ce fut un dernier repas somptueux.

A leur grande stupéfaction, le juge Ti les fit asseoir sur des tabourets devant son bureau. Il posa à chacun d'eux diverses questions sur l'endroit d'où il venait, sur son âge, sur sa famille et sur une foule de détails sans importance. Quand les mendiants eurent constaté qu'il n'abordait aucun sujet épineux, ils se mirent à parler plus librement et bientôt une heure s'était écoulée.

Le juge Ti se leva, les remercia pour leur collaboration et leur dit qu'ils pouvaient repartir. Puis il se mit à arpenter son cabinet, les mains derrière le dos.

On frappa à la porte plus tôt qu'il ne s'y était attendu. Ma Jong entra dans le cabinet, suivi du mendiant borgne.

— Il m'a donné la pièce d'argent sans que je comprenne ce qui m'arrivait, Votre Excellence ! gémit le vieillard. Je vous jure que je ne lui ai pas fait les manches !

— Je sais, répondit le juge. Ne t'inquiète pas, tu peux garder cette pièce. Dis-moi seulement ce qu'il t'a raconté.

— Il m'a abordé comme je tournais le coin de la rue, Votre Excellence, et m'a glissé cette pièce d'argent dans la main en disant : « Suis-moi, tu en auras une autre si tu me dis ce que le juge vous a demandé à toi et à tes amis. » Je vous jure que c'est la vérité, Noble Juge !

— Parfait, tu peux t'en aller. Ne gaspille pas cet argent à boire et à jouer ! Comme le mendiant s'empressait de disparaître, le juge ordonna à Ma Jong : « Fais entrer le prisonnier ! »

L'apothicaire Yuan Kaï, à peine introduit, se mit à protester énergiquement :

— Un citoyen respectable, arrêté comme un vulgaire criminel ! J'exige de savoir...

— Et moi, j'exige de savoir, reprit le juge en lui coupant froidement la parole, pourquoi vous avez guetté ce mendiant et pourquoi vous l'avez questionné.

— Je suis naturellement très intéressé par les progrès de l'enquête, Votre Excellence ! J'étais impatient de savoir si...

— Si j'avais découvert un indice vous accusant qui vous aurait échappé, dit le juge en terminant sa phrase. Yuan Kaï, vous avez assassiné le poète Meng Lan, ainsi que Chih Ming, qui vous avait servi d'intermédiaire avec les bandits qui ont agressé le convoyeur du Trésor. Avouez vos crimes !

Yuan Kaï avait blêmi, mais il parvint à se ressaisir suffisamment pour demander d'une voix ferme :

— Je suppose que Votre Excellence a de sérieuses raisons pour formuler d'aussi graves accusations ?

— En effet. Madame Meng a affirmé qu'elle et son époux ne recevaient aucun visiteur le soir. Elle a dit également que les grenouilles de l'étang de lotus ne coassaient jamais durant la journée. Pourtant, vous avez remarqué le vacarme qu'elles étaient capables de faire à l'occasion. Ce qui donne à penser que vous vous êtes rendu en ces lieux la nuit. Par ailleurs, Meng a bu du vin avec son meurtrier, qui a laissé sa coupe sur la table, mais a emporté celle qui était réservée au vieux poète, bien reconnaissable.

Tout cela, joint à la sérénité du visage de Meng, m'a fait soupçonné qu'il avait été drogué avant d'être assassiné et que le meurtrier avait emporté la coupe de peur que l'on y décelât l'odeur du narcotique, même s'il la rinçait dans l'étang. Enfin, le complice du criminel qui a organisé l'agression du convoyeur du Trésor a également été drogué avant d'être tué. Cela laisse donc à penser que les deux crimes ont été commis par une seule et même personne. Et j'en suis venu à vous soupçonner, tout d'abord parce qu'en tant qu'apothicaire vous connaissez bien les drogues, ensuite parce que vous avez eu la possibilité matérielle de tuer Meng Lan en quittant le Quartier des Saules. Je me suis également rappelé que notre chasse au canard n'avait pas été très brillante ce matin : en fait nous n'avons rien pris, bien que nous ayons été guidé par un chasseur aussi expérimenté que vous. Vous n'étiez pas en bonne forme car vous aviez passé une nuit épouvantable. Mais en m'apprenant à chasser au filet, vous m'avez donné l'idée d'un moyen très simple pour vérifier mes soupçons : ce soir, je me suis servi des mendiants comme leurre, et je vous ai attrapé.

— Et mon mobile ? demanda lentement Yuan Kaï.

— J'ai découvert par des moyens qui ne vous concernent pas que Madame Meng s'attendait à recevoir nuitamment une visite secrète de son frère ; ce qui prouvait qu'elle le savait coupable de quelque crime. Lorsque Chih Ming est venu voir sa sœur et son beau-frère la semaine dernière pour leur demander de l'argent et qu'ils ont refusé, il s'est mis en colère et s'est vanté auprès d'eux d'avoir été engagé par vous pour une affaire qui allait lui rapporter beaucoup d'argent. Meng et son épouse savaient que Chih Ming était un voyou, de sorte que lorsqu'ils ont entendu parler de l'agression contre le convoyeur du Trésor, ne voyant pas réapparaître Chih Ming, ils en ont conclu qu'il devait s'agir de l'affaire à laquelle il avait fait allusion. Meng Lan était un honnête homme, et il vous a accusé de vol — voilà votre mobile. Madame Meng désirait protéger son frère, mais dès qu'elle apprendra que c'est vous qui avez tué son époux et son frère, elle parlera, et son témoignage achèvera de vous confondre, Yuan Kaï.

L'apothicaire baissa les yeux ; il respirait avec difficulté. Le juge poursuivit :

— Je présenterai des excuses à Madame Meng. Le dégradant métier qui fut le sien n'a pas corrompu sa belle âme. Elle était véritablement éprise de son époux, et tout en sachant que son frère était un vaurien, elle était prête à se laisser fouetter en pleine audience, plutôt que de le dénoncer. Enfin, elle sera bientôt riche car la moitié de vos biens vont lui revenir, comme prix du sang pour le meurtre de son époux. Et je ne doute pas qu'en temps voulu Wen Chou-fang ne la demande en mariage, car il est encore très amoureux d'elle. Quant à vous, Yuan Kaï, vous êtes un vil criminel et serez condamné à avoir la tête tranchée.

Yuan Kaï releva brusquement la tête.

— C'est la faute de cette maudite grenouille ! J'ai tué la bête et l'ai envoyée dans l'étang, c'est ce qui a réveillé les autres. Et, ajouta-t-il amèrement, imbécile que j'étais, j'ai même dit que les grenouilles ne pouvaient pas parler !

— Si, elles le peuvent, répondit laconiquement le juge, et elles ne s'en sont pas privé.

LES DEUX MENDIANTS

Ce récit nous apprend les raisons du retard du juge Ti lors du dîner familial de la Fête des Lanternes. Cette fête clôt la série des célébrations du Nouvel An; un dîner est organisé dans l'intimité familiale, et les dames de la maison consultent l'oracle pour savoir ce que leur réserve la nouvelle année. Cette histoire se déroule à Pou-yang, ville bien connue des lecteurs du Squelette sous cloche (1). *Au chapitre IX de ce livre, il est question du magistrat Lo, le volage collègue du juge Ti exerçant sa haute charge dans le district voisin de Tchin-houa; nous allons le retrouver dans cette nouvelle où il est question du triste sort qui fut celui de deux mendiants.*

Une fois le dernier visiteur parti, le juge Ti se renversa dans son fauteuil en poussant un soupir de soulagement. Il contempla d'un œil las son jardin privé où ses trois jeunes fils jouaient dans la lumière crépusculaire. Ils suspendaient aux branches des lanternes allumées, peintes aux images des huit génies.

C'était le quinzième jour du premier mois, celui

(1) *Le Squelette sous cloche*, coll. 10/18, n° 1621.

de la Fête des Lanternes. Les gens accrochaient aux façades de leurs maisons comme à l'intérieur de leurs logis des lanternes multicolores de toutes tailles et de toutes formes, transformant ainsi la ville entière en un décor éclatant de couleurs et de lumières. Au-delà du mur du jardin, le juge pouvait entendre les rires des promeneurs dans le parc.

Tout au long de l'après-midi, les notables de Pou-yang, le district prospère dont le juge Ti était le magistrat depuis un an, avaient défilé dans sa résidence particulière, située à l'arrière du Yamen, pour lui présenter leurs respects en ce jour exceptionnel. Il releva de son front son bonnet officiel à ailes noires et se passa la main sur le visage. Il n'avait pas l'habitude de boire autant de vin dans la journée et se sentait vaguement nauséeux. Se penchant en avant, il prit une grande rose blanche dans le vase posé sur la table à thé ; son parfum était censé dissiper les effets de l'alcool. Tout en humant profondément la fraîche fragrance de la fleur, le juge se dit que son dernier visiteur, Ling, Maître de la Guilde des orfèvres, avait largement abusé de son hospitalité, au point d'avoir l'air littéralement vissé à son siège. Il devait à présent aller se changer et se rafraîchir avant de se rendre dans les appartements de ses trois épouses où ces dernières veillaient aux préparatifs du dîner de fête.

Les voix excitées des enfants lui parvinrent du jardin. Se retournant, il découvrit que ses deux fils aînés se battaient pour s'approprier une grande lanterne colorée.

— Vous feriez mieux de rentrer et d'aller prendre votre bain ! leur cria le juge.

— Ah-kouei veut garder pour lui tout seul cette

jolie lanterne que j'ai faite avec grande sœur ! s'écria son fils aîné avec indignation.

Le juge était sur le point de réitérer son ordre lorsqu'il aperçut du coin de l'œil la porte du fond s'ouvrir. Le sergent Hong, son conseiller particulier, entra en traînant les pieds. Remarquant le teint blême et l'air fatigué du vieillard, le juge s'empressa de dire :

— Assieds-toi et prends une tasse de thé, Hong ! Je suis navré d'avoir dû te confier toutes les tâches administratives du tribunal aujourd'hui. Je devais faire un tour au greffe pour y travailler un peu après le départ de mes invités, mais Maître Ling s'est montré plus bavard que jamais. Il vient tout juste de se retirer.

— Il n'y avait rien de particulièrement important, Votre Excellence, répondit le sergent Hong en se versant, ainsi qu'au juge, une tasse de thé. Le plus dur a été d'empêcher les secrétaires de relever le nez de leur travail. L'esprit de la fête a visiblement pris possession d'eux tous !

Hong s'assit et but une gorgée de thé en relevant délicatement sa moustache grise avec son pouce gauche.

— Eh oui, c'est la Fête des Lanternes, remarqua le juge en reposant la rose blanche sur la table. Tant qu'aucune affaire pressante ne s'impose à notre attention, nous pouvons nous permettre une légère détente, pour une fois.

Le sergent Hong hocha la tête.

— Le surveillant du quartier nord est venu juste avant midi signaler un accident au greffe, Votre Excellence. Un vieux mendiant est tombé dans un fossé, dans une petite rue non loin de la demeure de

Maître Ling. Sa tête a heurté une pierre et il est mort. Notre contrôleur des décès a procédé à une autopsie et signé le certificat de mort accidentelle. Le pauvre bougre ne portait qu'une robe en haillons et pas de bonnet ; ses cheveux grisonnants étaient défaits. C'était un infirme. Il a dû trébucher et tomber dans le fossé en partant à l'aube faire sa tournée matinale. Cheng Pa, le chef des mendiants, n'a pas réussi à l'identifier. Le malheureux est probablement descendu en ville, dans l'espoir d'y faire quelques gains appréciables en ce jour de fête. Si personne ne vient réclamer le corps, nous le ferons incinérer demain.

Le juge Ti se retourna vers son fils aîné qui traînait un fauteuil entre les colonnes qui bordaient le côté ouvert de la salle.

— Laisse ce siège tranquille, et faites ce que je vous ai dit, vous trois ! ordonna-t-il.

— Oui, Père ! s'écrièrent en chœur les enfants.

Comme ils se dépêchaient de disparaître, le juge Ti dit à Hong :

— Demande au surveillant de quartier de faire convenablement recouvrir ce fossé et passe-lui un sérieux savon ! Ces gaillards sont censés veiller au bon entretien des rues de leur quartier. A propos, nous souhaiterions que tu te joignes à notre petite fête de famille, ce soir, Hong !

Le vieil homme s'inclina avec un sourire de gratitude.

— Je vais de ce pas fermer le greffe, Votre Excellence, et je serai de retour à la résidence de Votre Excellence d'ici une demi-heure.

Après le départ du sergent, le juge Ti se dit qu'il devrait aller lui aussi se changer, et troquer sa robe de cérémonie de brocart vert pour un vêtement d'intérieur plus confortable. Mais il ne se sentait pas le goût d'abandonner l'atmosphère paisible de la salle à présent déserte ; il préféra donc reprendre une tasse de thé. Tout était calme maintenant, dans le parc également ; les gens étaient rentrés chez eux pour le riz du soir. Un peu plus tard, ils envahiraient à nouveau les rues pour admirer les multiples lanternes et s'offrir quelques libations dans les gargotes. Reposant sa tasse, le juge pensa qu'il n'aurait peut-être pas dû laisser quartier libre à Ma Jong et à ses deux autres lieutenants, car dans la soirée, il se pourrait qu'il y ait du grabuge dans le quartier réservé. Il fallait qu'il pense à demander au chef des sbires de doubler les rondes de nuit.

Il tendit de nouveau la main vers sa tasse, mais se ravisa brusquement. Il regarda fixement les ombres qui se découpaient au fond de la salle. Un grand vieillard était entré. On aurait dit qu'il portait une robe en haillons ; sa tête, à la longue chevelure en bataille, était nue. Il traversa la salle en claudiquant sans un bruit, s'appuyant sur un bâton. Ignorant apparemment la présence du juge, il passa devant lui, la tête baissée.

Le juge s'apprêtait à lui demander de quel droit il était entré sans se faire annoncer, mais les mots ne franchirent point ses lèvres. Il se figea, horrifié : on eût dit que le vieillard passait à travers le grand buffet. Puis il descendit dans le jardin, toujours sans faire le moindre bruit.

Le juge bondit sur ses pieds et courut vers les marches menant au jardin.

— Hé ! Revenez ! s'écria-t-il avec colère.

Personne ne répondit.

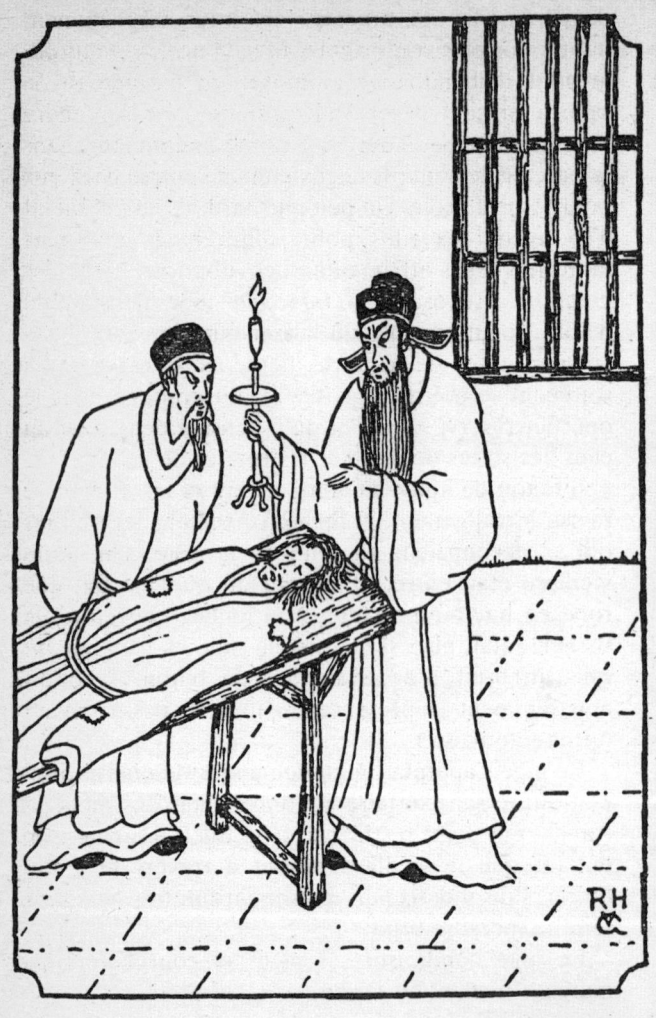

Levant la chandelle, le magistrat contempla le visage sans vie.

Le juge Ti descendit dans le jardin éclairé par la lune. Il n'y avait pas âme qui vive. Il fouilla précipitamment les buissons bas qui longeaient le mur, mais ses recherches furent vaines. Quant à la petite porte donnant sur le parc, elle était comme de coutume fermée à clé et pourvue de sa barre.

Le juge resta immobile. Frissonnant malgré lui, il serra sa robe autour de son torse. Cette apparition était le fantôme du mendiant mort.

Au bout d'un moment, il parvint à se ressaisir. Faisant brusquement volte-face, il remonta dans la salle et s'engagea dans le corridor obscur qui menait à ses appartements privés. Il rendit machinalement son salut au portier occupé à allumer les lanternes multicolores du portail, puis traversa la cour centrale du Yamen et se dirigea droit vers le greffe.

Les secrétaires étaient déjà rentrés chez eux ; seul restait le sergent Hong, occupé à classer une pile de papiers à la lueur d'une unique chandelle. Il releva la tête avec stupeur en voyant entrer le juge.

— Je me suis dit que je ferais peut-être bien après tout de jeter un coup d'œil sur ce mendiant, fit le juge d'un ton détaché.

Hong alluma aussitôt une deuxième chandelle et conduisit le juge par les corridors sombres et déserts jusqu'à la prison, à l'arrière de la salle d'audience. Dans la petite pièce contiguë, une forme recouverte d'une natte gisait sur une table en bois blanc.

Le juge Ti prit la chandelle des mains de Hong et lui fit signe de retirer la natte. Levant la chandelle, le magistrat contempla le visage sans vie. Il était marqué de profondes rides, les joues étaient creuses, mais les traits dépourvus de la grossièreté que l'on aurait à priori prêtée à ceux d'un mendiant. Il avait apparemment une cinquantaine d'années ; ses cheveux longs et emmêlés étaient parsemés de gris. Les lèvres fines, sous la courte moustache, étaient tordues en un horrible rictus macabre. Il ne portait pas de barbe.

Le juge ouvrit le bas de la robe rapiécée. Montrant la jambe gauche difforme, il remarqua :

— Il a dû se casser le genou et on le lui a mal remis en place. Il devait boiter de façon très prononcée.

Prenant un long bâton posé dans un coin, le sergent Hong déclara :

— Comme il était plutôt grand, il s'aidait avec cette béquille. On l'a trouvée à côté de lui, au fond du fossé.

Le juge Ti hocha la tête. Il essaya de soulever le bras gauche du mort, mais il était déjà très raide. Puis il examina la main et dit en se redressant :

— Regarde ça, Hong ! Ces mains douces, sans la moindre callosité, et ces ongles longs et bien soignés ! Retourne le corps !

Quand le sergent eut roulé le cadavre sur le ventre, le juge Ti se pencha sur la blessure béante qui se trouvait sur le crâne. Au bout d'un moment, il tendit la chandelle à Hong et, sortant de sa manche un mouchoir en papier, il s'en servit pour écarter délicatement l'amas de cheveux collés par le sang. Puis il observa le mouchoir à la lueur de la chandelle. Le montrant à Hong, il remarqua d'un ton sec :

— Tu vois ce sable fin et blanc ? Voilà qui est plutôt inattendu au fond d'un fossé, n'est-ce pas ?

Le sergent Hong acquiesça d'un air perplexe.

— En effet, Votre Excellence, répondit-il en

prenant son temps. On s'attendrait plutôt à trouver de la vase et de la boue.

Le juge Ti passa à l'autre bout de la table et examina les pieds nus. Ils étaient blancs et la plante en était douce et lisse. Se tournant vers le sergent, il déclara gravement :

— Je crains que notre contrôleur des décès n'ait été plus préoccupé par les festivités de ce soir que par son travail lorsqu'il a procédé à l'autopsie. Cet homme n'était pas un mendiant, et il n'est pas tombé accidentellement dans ce fossé. Il y a été jeté alors qu'il était déjà mort. Et par son assassin.

Le sergent Hong hocha la tête d'un air sinistre tout en tiraillant sa courte barbe grise.

— Effectivement, le meurtrier a dû le déshabiller et lui passer cette robe de mendiant. J'aurais dû m'apercevoir tout de suite qu'il était nu sous ses guenilles. Le plus pauvre des mendiants aurait néanmoins porté quelque chose dessous ; les soirées sont encore très fraîches.

Examinant à nouveau la plaie, il demanda :

— Croyez-vous qu'on lui ait fracassé la tête avec un gourdin, Votre Excellence ?

— C'est possible, répliqua le juge en lissant sa longue barbe noire. Quelqu'un a-t-il été porté disparu ces temps-ci ?

— Oui, Votre Excellence ! Le Maître de la Guilde des orfèvres, Ling, nous a envoyé un mot hier nous notifiant que Monsieur Wang, le précepteur particulier de ses enfants, n'était pas rentré depuis son congé hebdomadaire, il y a deux jours de cela.

— Il est étrange que Ling ne m'en ait rien dit lorsqu'il est venu me voir tout à l'heure ! maugréa le juge. Demande au chef des sbires de me faire préparer mon palanquin, et dit à l'intendant de prévenir ma Première Epouse de ne pas m'attendre pour dîner !

Après le départ du sergent Hong, le juge resta encore un moment dans la pièce, les yeux fixés sur ce vieillard dont le fantôme venait de lui apparaître.

Le vieux maître de guilde se précipita à la rencontre du juge Ti lorsque les porteurs posèrent à terre le grand palanquin officiel dans l'avant-cour de sa demeure. Tout en aidant le magistrat à en descendre, Ling demanda avec empressement :

— Eh bien, eh bien, à quel heureux événement dois-je l'honneur inespéré d'une telle visite ?

Visiblement Ling sortait tout juste du dîner de fête en famille, car il empestait le vin et éprouvait quelques difficultés d'élocution.

— Rien de très heureux, je le crains, répondit le juge comme Ling le conduisait ainsi que le sergent Hong dans la salle de réception. Pourriez-vous me décrire le précepteur de vos enfants, l'homme qui a disparu ?

— Ciel, j'espère que le lascar ne s'est pas attiré d'ennuis au moins ! Eh bien, il ne ressemblait à rien de particulier ; grand et maigre, avec une petite moustache, pas de barbe. Il boitait, sa jambe gauche était très déformée.

— Il est mort d'un accident, annonça le juge Ti d'un ton neutre.

Ling lui jeta un rapide coup d'œil puis fit signe à son hôte de s'asseoir à la place d'honneur à la table, sous l'immense lanterne de soie colorée accrochée à l'occasion de la fête. Lui-même prit place en face du juge. Hong resta debout derrière son maître.

Comme le majordome servait le thé, le maître de guilde dit avec lenteur :

— Alors c'est pour cela que Wang n'est pas rentré depuis deux jours, après son congé hebdomadaire !

La nouvelle brutale semblait l'avoir à peu près dégrisé.

— Où est-il allé ? demanda le juge.

— Le Ciel seul le sait ! Je ne suis pas homme à me mêler de la vie privée de mon personnel. Wang pouvait disposer de tous ses jeudis ; il partait d'ici le mercredi soir avant dîner et rentrait le jeudi soir, à l'heure du dîner également. C'est tout ce que je sais et je ne veux rien savoir de plus, si je puis m'exprimer ainsi, Votre Excellence !

— Depuis quand était-il à votre service ?

— Un an environ. Il est venu de la capitale avec une lettre de recommandation d'un orfèvre qui jouit d'une bonne réputation. Comme il me fallait un précepteur pour mes petits-fils, je l'ai engagé. C'était un garçon correct et tranquille. Très compétent aussi.

— Savez-vous pourquoi il a choisi de quitter la capitale pour venir chercher du travail à Pou-yang ? Avait-il de la famille ici ?

— Je l'ignore, repartit Ling avec irritation. Il n'était pas dans mes habitudes de m'entretenir avec lui d'autres choses que des progrès de mes petits-enfants.

— Faites venir votre majordome !

Le maître de guilde se retourna sur son siège et fit un signe au majordome qui s'affairait au fond de la vaste pièce.

Lorsqu'il se fut approché de la table et eut salué

respectueusement le magistrat, celui-ci s'adressa à lui :

— Monsieur Wang a eu un accident et le tribunal doit en informer ses proches. Vous connaissez probablement l'adresse de ses parents ici, n'est-ce pas ?

Le majordome jeta un regard embarrassé à son maître.

— Il... balbutia-t-il... autant que je sache, Monsieur Wang n'avait pas de famille à Pou-yang, Noble Juge.

— Où passait-il son jour de repos ?

— Il ne me l'a jamais dit, Noble Juge. J'imagine qu'il allait voir un ami ou je ne sais qui.

Devant l'air sceptique du magistrat, il s'empressa d'ajouter :

— Monsieur Wang était quelqu'un de taciturne, Noble Juge, qui éludait toujours les questions personnelles. Il aimait la solitude et passait son temps libre dans la petite chambre qu'il avait dans l'arrière-cour de cette demeure. Sa seule détente était de petites promenades dans notre jardin.

— N'a-t-il pas reçu ou envoyé de lettres ?

— Pas à ma connaissance, Noble Juge.

Le majordome hésita un instant avant de poursuivre :

— D'après certaines remarques qu'il lui arriva de faire sur sa vie antérieure à la capitale, j'ai conclu que son épouse l'avait quitté. Elle était, semble-t-il, d'une nature extrêmement jalouse.

Il jeta à son maître un regard anxieux. Comme Ling regardait droit devant lui et n'avait pas l'air de prêter attention à ses propos, il reprit d'un ton plus confiant :

160

— Monsieur Wang n'avait aucune fortune personnelle, Noble Juge, et il était très économe. Il entamait le moins possible son salaire, évitant même de prendre une chaise à porteurs lorsqu'il sortait, son jour de repos. Mais il avait dû être riche dans le temps, je m'en suis rendu compte à certaines de ses manies. Je crois même qu'il avait dû être fonctionnaire, car il lui arrivait parfois, sans y prendre garde, de me parler sur un ton plutôt autoritaire. J'ai cru comprendre qu'il avait tout perdu, argent et emploi. Ça n'avait pas l'air de l'affecter outre mesure, cependant. Un jour, il m'a dit : « L'argent n'a aucune valeur, si l'on n'a aucun plaisir à le dépenser ; et quand il est dépensé, la vie de fonctionnaire perd tout son charme. » C'était une réflexion plutôt futile de la part d'un monsieur aussi cultivé, Noble Juge, si je puis me permettre de vous faire part de mon opinion.

Ling le foudroya du regard et railla :

— On dirait vraiment que tu as du temps à perdre dans cette maison ! Bavarder au lieu de surveiller les domestiques !

— Laissez-le parler ! interrompit sèchement le juge. Et, à l'adresse du majordome : « N'avez-vous réellement aucune idée de l'endroit où pouvait se rendre Monsieur Wang ses jours de congé ? Réfléchissez, vous l'avez pourtant vu sortir et entrer, n'est-ce pas ? »

Le majordome fronça les sourcils puis répondit :

— Eh bien, j'ai été effectivement frappé par le fait que Monsieur Wang avait toujours l'air heureux en partant, mais en général plutôt abattu en rentrant. Il était parfois d'humeur mélancolique. Mais cela ne compromettait en rien la qualité de son enseignement, Noble Juge. Il était toujours prêt à répondre à toutes les questions délicates, à ce que m'a dit la jeune demoiselle, l'autre jour.

— Vous avez dit que Monsieur Wang s'occupait seulement de l'éducation de vos petits-enfants, fit remarquer le juge d'un ton tranchant à Ling. Or j'apprends qu'il était également chargé de celle de votre fille !

Le maître de Guilde jeta un regard furieux à son majordome. Il se passa la langue sur les lèvres, puis répliqua sèchement :

— C'est exact. Il s'est occupé d'elle jusqu'à son mariage, il y a deux mois de cela.

— Je vois.

Le juge Ti se leva et dit au majordome :

— Montrez-moi la chambre de Monsieur Wang !

Le magistrat fit signe au sergent Hong de le suivre. Comme Ling faisait mine de se joindre à eux, il précisa :

— Votre présence n'est pas nécessaire.

Le majordome guida le juge et le sergent Hong à travers un dédale de corridors, jusqu'à l'arrière-cour de la vaste demeure. Il ouvrit une petite porte fermée à clé et leva la chandelle pour éclairer une modeste chambre pauvrement meublée. Il n'y avait qu'une couche de bambou, un simple bureau avec une chaise à dossier droit, une bibliothèque en bambou contenant quelques livres et un coffre à vêtements en cuir noir. Les murs étaient recouverts de longues bandes de papier sur lesquelles des orchidées étaient dessinées à l'encre avec un talent remarquable. Suivant le regard du juge, le majordome remarqua :

— C'était l'unique passion de Monsieur Wang,

162

Noble Juge. Il adorait les orchidées et n'ignorait rien de leur culture.

— N'en avait-il pas quelques-unes en pots par hasard ? s'enquit le juge.

— Non, Noble Juge. Je ne crois pas qu'il aurait pu se les offrir — ce sont des fleurs très chères !

Le juge Ti acquiesça. Choisissant au hasard quelques livres cornés dans la bibliothèque, il les parcourut hâtivement. Il s'agissait d'éditions bon marché de poésie classique. Puis il ouvrit le coffre à vêtements. Il était rempli d'effets masculins, usés jusqu'à la trame, mais de bonne qualité. Au fond du coffre, une petite cassette ne contenait que de la menue monnaie. Le juge se dirigea vers le bureau. Le tiroir ne comportait pas de serrure. Il contenait le nécessaire à écrire habituel, mais pas d'argent ni la moindre note manuscrite, pas même une facture. Refermant brutalement le tiroir, il demanda avec humeur au majordome :

— Qui a débarrassé cette chambre en l'absence de Monsieur Wang ?

— Personne n'est entré ici, Noble Juge ! bégaya le majordome affolé. Monsieur Wang fermait toujours sa porte à clé en partant et l'unique double est en ma possession.

— Vous m'avez bien dit que Wang ne dépensait pas la moindre sapèque, n'est-ce pas ? Que sont donc devenues ses économies de l'année dernière ? Il ne reste que quelques piécettes ici !

Le majordome interloqué ne put que secouer la tête.

— Je ne peux vous répondre, Noble Juge ! Je suis sûr que personne n'est entré ici. Tous les domestiques sont à notre service depuis des années. Il n'y a

163

jamais eu de chapardage dans la maison, je peux vous l'assurer, Noble Juge !

Le magistrat resta un moment auprès du bureau. Il contempla les peintures en tiraillant lentement sa moustache. Puis il se retourna et dit :

— Raccompagnez-nous dans la salle !

Comme le majordome les reconduisait en sens inverse, le juge Ti remarqua en passant :

— Cette demeure est située dans un quartier charmant et tranquille.

— Oh oui, absolument, Noble Juge ! Très tranquille et respectable !

— C'est précisément dans de tels quartiers, cossus et respectables, que se trouvent les meilleures maisons de rendez-vous, observa sèchement le juge. Y en a-t-il par ici ?

Le majordome eut l'air médusé par cette question surprenante. Il s'éclaircit la gorge et répondit avec méfiance :

— Une seule, Noble Juge, à deux rues d'ici. Elle est tenue par une certaine Madame Kouang — c'est une maison très huppée, fréquentée uniquement par les gens du meilleur monde. Il n'y a jamais eu le moindre incident ou quelque problème que ce soit, Noble Juge.

— Je suis ravi de l'apprendre, repartit le juge.

Arrivé dans la salle de réception, il annonça au Maître de Guilde qu'il devait l'accompagner au tribunal pour y identifier le défunt. Pendant le trajet de retour dans le palanquin du juge Ti, le Maître de Guilde observa un silence maussade.

Quand Ling eut attesté que le cadavre était bien celui de son précepteur et rempli les papiers nécessaires, le juge Ti le laissa repartir.

164

— Je vais aller passer une robe plus confortable, dit-il ensuite au sergent Hong. Pendant ce temps, va demander au chef des sbires de m'attendre dans la cour avec deux de ses hommes.

Le sergent Hong retrouva le juge Ti dans son cabinet particulier. Il avait revêtu une simple robe de coton gris foncé avec une large ceinture noire et s'était coiffé d'un petit bonnet noir.

Hong brûlait de lui demander où ils allaient, mais devant l'air préoccupé de son maître, il préféra s'abstenir et le suivit en silence dans la cour.

Le chef des sbires et ses deux hommes se mirent au garde-à-vous à l'arrivée du juge.

— Connais-tu une maison de rendez-vous dans le quartier nord, aux abords de la demeure du Maître de Guilde, Ling ? demanda le juge.

— Certainement Noble Juge ! répondit fièrement le chef des sbires. Il s'agit de l'établissement de Madame Kouang ; dûment enregistré, très huppé et tout ce qu'il y a de mieux...

— Je sais, je sais ! coupa le juge avec impatience. Nous y allons. Passe devant avec tes hommes !

Les rues étaient de nouveau pleines de monde. Les badauds s'agglutinaient sous les lanternes multicolores suspendues dans les rues, aux devantures de toutes les boutiques et restaurants. Les trois sbires se frayaient sans ménagement un passage dans la foule, ouvrant la voie au juge Ti et au sergent Hong.

Dans la rue latérale où se trouvait l'établissement de Madame Kouang, il y avait également beaucoup de monde. Lorsque le chef des sbires eut frappé à la porte et annoncé au portier l'arrivée du magistrat, le vieillard affolé introduisit le juge et son conseiller dans un salon luxueusement meublé.

Une servante d'un certain âge, vêtue avec sobriété, posa sur la table un service à thé de ravissante porcelaine ancienne. Puis une grande et belle femme d'une trentaine d'années apparut; après s'être profondément inclinée devant le magistrat, elle se présenta comme étant Madame veuve Kouang. Elle portait une robe à manches longues de coupe sobre, mais confectionnée dans un coûteux damas violet foncé. Elle servit elle-même une tasse de thé au juge, relevant d'un geste gracieux de la main gauche son ample manche droite. Elle resta debout devant le juge, attendant respectueusement qu'il lui adressât la parole. Le sergent Hong s'était placé derrière le fauteuil de son maître, les bras croisés dans ses vastes manches.

Savourant paresseusement le thé parfumé, le juge Ti fut frappé par le calme du lieu, tous les bruits étaient étouffés par les rideaux brodés et par les épaisses tentures murales de brocart. Le subtil parfum d'un encens rare et coûteux flottait dans la pièce. Tout était effectivement très distingué. Reposant sa tasse, il déclara :

— Quoique je désapprouve votre commerce, Madame Kouang, je reconnais qu'il s'agit d'un mal nécessaire. Tant que vous tiendrez convenablement votre maison et traiterez correctement les pensionnaires, je ne vous ferai aucun ennui. Dites-moi, Madame Kouang, combien de filles travaillent ici pour vous ?

— Huit, Noble Juge. Toutes achetées légalement, bien sûr, la plupart du temps directement à leurs familles. Tous les mois je transmets au tribunal les livres de comptes, pour le calcul de mes impôts. Je doute que...

— Non, je n'ai rien à vous reprocher là-dessus. Mais j'ai appris que l'une de vos pensionnaires avait été récemment achetée par un riche protecteur. Qui est l'heureuse élue ?

Madame Kouang manifesta poliment sa surprise.

— Il doit s'agir d'un malentendu, Noble Juge. Toutes mes pensionnaires sont encore très jeunes, la plus âgée a tout juste dix-neuf ans, et n'ont même pas achevé leurs études de danse et de musique. Elles font de leur mieux pour plaire, naturellement, mais aucune n'a pour l'instant réussi à s'attirer les faveurs d'un riche protecteur au point d'instaurer des... enfin, des relations plus durables.

Elle s'interrompit avant de reprendre sur un ton plus enjoué :

— Bien qu'une telle transaction représente bien entendu pour moi un gain financier des plus conséquents, je ne cherche nullement à l'encourager tant que la courtisane n'a pas au moins vingt ans et n'est pas à tous égards digne de parvenir au couronnement suprême de sa carrière.

— Je vois, répondit le juge.

Il songea avec amertume que cette information réduisait à néant la théorie qu'il s'était plu à échafauder. A présent que son hypothèse se révélait erronée, il allait devoir mener une enquête longue et fastidieuse, en commençant par retrouver l'orfèvre de la capitale qui avait recommandé Wang au Maître de Guilde, Ling. Mais soudain, une autre perspective lui traversa l'esprit. Oui, il devait tenter sa chance. Jetant un regard sévère à Madame Kouang, il déclara froidement :

— N'éludez pas ma question, Madame Kouang ! Outre les huit pensionnaires qui vivent sous votre toit, vous en avez installé une autre dans un logement indépendant. C'est extrêmement blâmable, car votre licence ne vaut que pour cette demeure.

Madame Kouang remit en place une mèche de sa coiffure élaborée. Son geste fit glisser la longue manche, découvrant son avant-bras blanc et rond. Puis elle répliqua posément :

— Cette information n'est que partiellement exacte, Noble Juge. Je suppose que vous faites allusion à Mademoiselle Liang, qui habite dans la rue d'à côté. C'est une courtisane accomplie de la capitale, que l'on appelle Rosée-de-Rose dans son métier. Etant très prisée des milieux élégants, elle a mis de côté un petit capital et s'est rachetée sans toutefois résilier sa licence. Elle désirait s'établir quelque part et est venue se reposer à Pou-yang dans l'espoir d'y rencontrer un jour un époux qui lui convînt. C'est une femme très intelligente, Noble Juge ; sachant que les beaux jeunes gens frivoles de la capitale ne recherchent aucunement des relations stables, elle préférait se lier avec un homme d'âge mûr, à la situation et à la fortune confortables. Elle n'a reçu que très rarement de tels clients dans mon établissement. Votre Excellence trouvera les écritures s'y rapportant dans un registre séparé, soumis lui aussi régulièrement au contrôle du tribunal. Dans la mesure où Mademoiselle Liang a conservé sa licence et où les impôts sur ses revenus sont dûment acquittés...

Elle laissa sa phrase en suspens. Le juge Ti était ravi en son for intérieur, car il savait à présent qu'il n'avait pas fait fausse route. Toutefois, il affecta une mine sombre, frappa du poing sur la table et s'exclama :

— Ainsi, l'homme qui est en train d'acheter Rosée-de-Rose pour l'épouser est grugé d'une manière infâme ! Car il n'y a en réalité aucun dédommagement à payer ! Pas une seule sapèque, ni à vous ni à son précédent propriétaire de la capitale ! Parlez ! N'alliez-vous pas toutes deux vous partager cette somme, abusivement extorquée à un protecteur confiant ?

A ces mots, Madame Kouang perdit enfin contenance. Elle tomba à genoux devant le fauteuil du juge Ti et frappa plusieurs fois le sol de son front. Relevant la tête, elle gémit :

— Je vous en supplie, Noble Juge, veuillez pardonner la misérable personne que je suis ! L'argent n'a pas encore été remis. Son protecteur est un homme passionné, Noble Juge, un collègue de Votre Excellence, d'ailleurs, magistrat d'un autre district de la région. S'il venait à apprendre cela, il...

Madame Kouang éclata en sanglots.

Le juge Ti se retourna et jeta un regard au sergent Hong. Il ne pouvait s'agir que de son collègue de Tchin-houa, l'éternel amoureux, le magistrat Lo !

— C'est effectivement le magistrat Lo qui m'a demandé de procéder à une enquête, dit-il avec rudesse. Dites-moi où habite exactement Mademoiselle Liang ; je vais aller l'interroger personnellement sur cette honteuse affaire !

Après quelques minutes de marche, le juge Ti et son escorte se présentèrent à l'adresse indiquée par Madame Kouang.

Avant de frapper à la porte, le chef des sbires jeta

un rapide coup d'œil aux deux extrémités de la rue et déclara :

— Si je ne me trompe, Votre Excellence, le fossé dans lequel on a retrouvé le mendiant se trouve juste derrière cette maison.

— Parfait ! s'exclama le juge Ti. Je vais frapper moi-même. Collez-vous bien tous les trois contre le mur pendant que j'entre avec le sergent Hong. Attendez ici jusqu'à ce que je vous appelle.

Après plusieurs coups répétés, le judas s'ouvrit et une voix de femme demanda :

— Qui est là ?

— J'ai un message pour Mademoiselle Rosée-de-Rose, de la part du magistrat Lo, répondit poliment le juge Ti.

La porte s'ouvrit aussitôt. Une petite femme en robe d'intérieur de soie blanche pria les deux hommes d'entrer. Comme elle les précédait vers la salle qui ouvrait sur l'avant-cour, le juge remarqua qu'en dépit de sa petite taille, elle avait une charmante silhouette.

Une fois dans la pièce, elle regarda ses visiteurs avec curiosité, puis les pria de s'asseoir sur la couche de bois de rose sculpté.

— Je suis Rosée-de-Rose, dit-elle en hésitant quelque peu. A qui ai-je l'honneur de...

— Nous n'allons pas vous déranger très long-temps, Mademoiselle Liang, s'empressa de répondre le juge en contemplant la jeune femme.

Elle avait un visage mobile finement dessiné, des yeux expressifs et une jolie petite bouche ; la jeune femme respirait l'intelligence et le charme. Cependant, quelque chose ne cadrait pas avec sa théorie, pensa le juge.

Parcourant des yeux la pièce meublée avec élégance, son regard s'arrêta sur trois hautes étagères en bambou devant la fenêtre latérale. Sur chacune étaient alignées des orchidées dans des pots de porcelaine blanche. Leur parfum délicat embaumait toute la pièce. Désignant les fleurs, le juge remarqua :

— Le magistrat Lo m'a parlé de votre étonnante collection d'orchidées, Mademoiselle Liang. J'en suis moi-même amateur. Regardez, quel dommage ! La deuxième fleur de l'étagère supérieure est fanée, il lui faudrait un traitement particulier, à mon avis. Pouvez-vous me la descendre ?

Rosée-de-Rose lui jeta un regard dubitatif, mais décida apparemment qu'il valait mieux ne pas contrarier l'étrange ami du magistrat Lo. Prenant une échelle de bambou dans un coin de la pièce, elle la plaça devant les rayons et y grimpa gracieusement, serrant d'un geste pudique sa robe légère autour de ses jambes galbées. Comme elle s'apprêtait à saisir le pot de fleurs, le juge Ti s'approcha de l'échelle et remarqua d'un air détaché :

— Monsieur Wang vous appelait Orchidée, n'est-ce pas, Mademoiselle Liang ? Cela vous va tellement mieux que Rosée-de-Rose !

Comme Mademoiselle Liang restait parfaitement immobile, posant sur le juge des yeux exorbités par la peur, il ajouta d'un ton sec :

— Monsieur Wang se trouvait exactement à ma place lorsque vous lui avez asséné le pot de fleurs sur la tête, n'est-ce pas ?

La jeune femme chancela. Etouffant un cri, elle chercha désespérément à se rattraper. Le juge retint promptement l'échelle. Tendant les bras jusqu'à elle, il la prit par la taille et la déposa à terre. Les mains serrées sur sa poitrine haletante, elle hoqueta :

— Je ne... Qui êtes-vous ?

— Je suis le magistrat de Pou-yang, répliqua froidement le juge. Après avoir tué Wang, vous avez remplacé le pot de fleurs cassé par un nouveau et transplanté l'orchidée. C'est pourquoi elle s'est flétrie, n'est-ce pas ?

— C'est un mensonge ! hurla-t-elle. Vil calomniateur ! Je vais...

— J'ai une preuve ! coupa le juge. Un domestique d'une maison voisine vous a vue traîner le cadavre jusqu'au fossé derrière chez vous. Et j'ai découvert dans la chambre de Wang un mot de sa main disant qu'il craignait que vous ne lui vouliez du mal maintenant que vous avez un riche protecteur prêt à vous épouser.

— Le traître ! s'écria-t-elle. Il m'avait juré qu'il n'avait pas gardé le moindre morceau de papier sur...

Elle se tut brusquement et se mordit rageusement la lèvre.

— Je sais tout, déclara le juge sans hausser le ton. Wang ne se contentait plus de ses visites hebdomadaires, compromettant ainsi votre intrigue avec le magistrat Lo, intrigue qui vous aurait rapporté une somme rondelette, ainsi qu'à Madame Kouang, mais vous aurait également assuré une position sociale. C'est pourquoi vous deviez tuer votre amant.

— Mon amant ? glapit la jeune femme. Vous croyez peut-être que je permettais à ce répugnant infirme de me toucher ? C'était bien assez pénible d'avoir à supporter ses odieuses étreintes lorsque nous étions encore à la capitale !

— Pourtant, vous lui permettiez de partager votre couche ici aussi, remarqua le juge avec dédain.

— Vous savez où il dormait ? Dans la cuisine ! Je ne lui aurais jamais permis de mettre les pieds ici s'il ne s'était pas rendu utile en répondant pour moi à mes lettres d'amour ; par ailleurs, il m'offrait des orchidées et s'en occupait pour que j'en aie toujours à mettre dans mes cheveux. Et il me servait également de portier, m'apportait le thé et les rafraîchissements lorsque je recevais un de mes amants. Pour quoi d'autre croyez-vous que je l'acceptais ici ?

— Dans la mesure où il avait dépensé toute sa fortune pour vous, j'ai cru que peut-être... commença froidement le juge.

— L'imbécile ! s'écria-t-elle de nouveau. Même après que je lui eus dit que j'en avais assez de lui, il ne m'a pas lâchée, prétendant qu'il ne pouvait pas vivre sans me voir de temps en temps — quelle bassesse ! Sa dévotion grotesque a nui à ma réputation. C'est à cause de lui que j'ai dû quitter la capitale et m'enterrer dans ce trou sinistre. Et moi, idiote que j'étais, j'ai fait confiance à ce lamentable débris ! Qui laisse un mot m'accusant de lui vouloir du mal ! Il m'a ruinée, le sale traître !

Son beau visage s'était désormais transformé en un masque diabolique. Elle frappa du pied en proie à une rage impuissante.

— Non, dit le juge d'un ton las, Wang ne vous a accusée de rien. Ce que je viens de vous dire à propos de cette note est faux. Hormis quelques peintures d'orchidées qu'il a exécutées en pensant à vous, il n'y avait chez lui aucun indice compromettant. Ce malheureux égaré vous est resté fidèle jusqu'au bout !

Le juge frappa dans ses mains. Les trois sbires se précipitèrent aussitôt dans la maison.

— Enchaînez cette femme, ordonna-t-il, et jetez-la en prison. Elle a avoué son ignoble forfait. Comme les deux séides lui saisissaient les bras et que leur chef commençait à l'enchaîner, le juge ajouta : « Puisqu'il n'y a aucune raison de faire preuve de clémence, vous serez décapitée sur le terrain d'exécution. »

Le magistrat se retourna et sortit, suivi du sergent Hong. Les cris déchirants de la jeune femme se perdirent dans le vacarme et les rires d'une joyeuse bande de jeunes qui surgissaient dans la rue en agitant des lanternes multicolores.

De retour au Yamen, le juge Ti conduisit directement Hong dans ses appartements privés.

— Allons prendre une tasse de thé avant d'aller dans les appartements de mes épouses nous joindre au dîner, proposa-t-il à son conseiller en se dirigeant vers la salle de réception.

Les deux hommes prirent place autour de la table ronde. La grande lanterne suspendue aux poutres ainsi que celles du jardin avaient été éteintes. Mais la pleine lune baignait la pièce de son étrange lueur.

Le juge vida promptement sa tasse, puis il se carra dans son fauteuil et commença sans autre forme de préliminaires :

— Avant d'aller voir le Maître de Guilde, Ling, je savais seulement que le mendiant n'en était pas un et qu'il avait été assassiné ailleurs, assommé probablement avec un pot de fleurs comme le suggérait le sable fin et le grés blanc. Puis lors de notre entretien avec Ling, j'ai cru un moment que ce dernier était impliqué dans ce meurtre. Il n'avait rien dit de la disparition de Wang lorsqu'il est venu me voir, et j'ai trouvé bizarre qu'il ne s'inquiète pas de ce qui était exactement arrivé à son précepteur. Mais je ne tardai pas à m'apercevoir que Ling n'est pas du genre à accorder la moindre attention à son personnel et qu'il était furieux que j'aie interrompu sa petite soirée familiale. Çe que m'a appris le majordome sur Wang m'a aidé à me faire une idée plus précise de la situation : la vie privée de Wang, brisée parce qu'il dilapidait sa fortune, et la jalousie de Madame Wang, qui a été évoquée, tout cela m'a amené à envisager la présence d'une autre femme. J'en ai déduit que Wang s'était fortement épris d'une célèbre courtisane.

— Et pourquoi pas d'une jeune fille ou d'une femme comme il faut, ou même d'une vulgaire prostituée ? objecta le sergent.

— S'il s'était agi d'une femme comme il faut, Wang n'aurait pas eu besoin de dilapider sa fortune pour elle ; il aurait pu divorcer et se remarier avec la dame de son cœur. Et s'il s'était agi d'une vulgaire prostituée, il aurait pu la racheter pour une somme modique et l'installer dans une petite maison à elle — tout cela sans avoir à sacrifier ni son bien ni sa situation. Non, j'étais convaincu que la maîtresse de Wang était une grande courtisane de la capitale, qui pouvait s'offrir le luxe de pressurer son amant jusqu'au bout, puis de le congédier et de passer à un autre. Mais j'ai supposé que Wang avait refusé de se laisser rejeter comme un vulgaire morceau de sorgho mâchonné, et qu'il s'était rendu insupportable ;

qu'elle s'était enfuie de la capitale pour s'installer à Pou-yang afin de recommencer son petit jeu avec d'autres. Car il est bien connu que nombre de riches marchands vivent dans ce district. J'ai encore supposé que Wang avait retrouvé sa trace et obtenu d'elle la permission de la voir régulièrement en la menaçant de révéler ses manigances si elle refusait. Enfin, qu'après qu'elle eut séduit mon insensé collègue Lo, Wang avait commencé à la faire chanter, et qu'elle l'avait tué pour cette raison.

Le juge Ti poussa un soupir et ajouta :

— Nous savons à présent que les choses ne se sont pas du tout passées comme cela. Wang lui a tout sacrifié y compris ses gains de précepteur qu'il consacrait à lui acheter des orchidées. Il était très heureux de pouvoir la voir et lui parler toutes les semaines, aussi frustrants et humiliants ces brefs moments fussent-ils. Il arrive parfois, Hong, que la folie d'un homme soit engendrée par une passion si profonde et inconsidérée qu'elle lui confère une sorte de pathétique grandeur.

Le sergent Hong tiralla pensivement sa maigre moustache grise, puis demanda au bout d'un moment :

— Il y a un grand nombre de courtisanes à Pou-yang. Comment Votre Excellence a-t-elle deviné que la maîtresse de Wang appartenait à l'établissement de Madame Kouang ? Et pourquoi ce devait être sa maîtresse qui l'eût tué et non un autre amant jaloux ?

— Wang se rendait à pied chez elle. Etant infirme, elle devait donc habiter non loin de la demeure du Maître de Guilde, et cela nous conduit directement chez Madame Kouang. J'ai demandé à

176

celle-ci quelle était la courtisane qui venait d'être rachetée, car c'est exactement le genre de situation qui constitue le mobile le plus vraisemblable, dans la mesure où la courtisane doit se débarrasser d'un ancien amant encombrant. Or nous savons que Wang l'encombrait véritablement, mais non à cause d'une éventuelle menace de chantage ou autre vil stratagème ; seule sa dévotion de chien fidèle l'a poussée à le haïr et à le mépriser. Quant aux autres possibilités auxquelles tu as fait allusion, je les avais évidemment envisagées. Mais si le meurtrier avait été un homme, il aurait transporté le cadavre beaucoup plus loin et se serait donné beaucoup plus de mal pour dissimuler l'identité de sa victime. Le fait que le coupable se soit contenté de mettre à sa victime une vieille robe de mendiant, de lui défaire son chignon et de lui emmêler les cheveux, accusait une personne de sexe féminin. Les femmes savent bien à quel point un vêtement et une coiffure différents peuvent modifier leur propre apparence. Mademoiselle Liang a appliqué cette méthode à un homme et ce fut là une grave erreur.

Le juge Ti but une gorgée du thé que venait de lui resservir le sergent Hong, puis reprit :

— Naturellement, il pouvait également s'agir d'un plan diabolique pour incriminer Mademoiselle Liang. Mais j'ai considéré cette hypothèse comme hautement improbable. Mademoiselle Liang était notre meilleure chance. Lorsque le chef des sbires m'eut appris que le cadavre du mendiant avait été découvert derrière sa maison, je sus que ma théorie était juste. Cependant, j'ai découvert en entrant qu'elle était plutôt petite et frêle, donc incapable de fracasser le crâne d'un homme de haute taille. C'est pourquoi j'ai tout de suite cherché quelle avait pu être l'arme du crime, et je l'ai découverte sous la forme des orchidées en pots de l'étagère du haut, où la fleur fanée m'a fourni la preuve définitive de sa culpabilité. Elle avait dû grimper à l'échelle, en demandant probablement à Wang de la lui tenir. Puis elle a fait une remarque quelconque pour qu'il tourne la tête et lui a asséné le pot de fleurs sur la tête. Nous connaîtrons tous les détails demain à l'audience lorsque j'interrogerai Mademoiselle Liang. En ce qui concerne le rôle de Madame Kouang, je ne pense pas qu'elle ait fait plus qu'aider Mademoiselle Liang à mettre au point le stratagème consistant à extorquer à Lo des droits de rachat fictifs. Notre charmante hôtesse sait s'arrêter avant le meurtre : son établissement est des plus huppés, ne l'oublions pas.

Le sergent Hong opina du bonnet.

— Votre Excellence a non seulement élucidé un meurtre sordide, mais a en même temps évité au magistrat Lo une alliance avec une femme à la détermination diabolique !

Le juge Ti sourit faiblement.

— La prochaine fois que je verrai Lo, dit-il, je lui parlerai de cette affaire, sans lui avouer naturellement que je connais l'identité du protecteur de Mademoiselle Liang. Mon joyeux ami a certainement dû séjourner dans mon district incognito. J'espère que cette histoire lui servira de leçon !

Avec tact, Hong se garda de tout commentaire supplémentaire sur l'un des collègues de son maître. Il remarqua avec un sourire satisfait :

— Enfin, tous les aspects de cette étrange affaire sont donc à présent éclaircis !

Le juge Ti but une longue gorgée de thé. Comme il reposait sa tasse, il secoua la tête et déclara d'un air triste :

— Non, Hong, pas tous.

Le magistrat se dit qu'il pourrait peut-être parler au sergent de l'apparition sans laquelle il aurait classé ce décès dans la rubrique des accidents. Mais au moment où il s'apprêtait à le faire, son fils aîné fit irruption dans la pièce. Devant l'air mécontent de son père, le jeune garçon s'empressa de déclarer après un salut hâtif :

— Mère a dit que nous pouvions emporter cette belle lanterne dans notre chambre, Père !

Comme son père acquiesçait, le petit bonhomme approcha un fauteuil d'une des colonnes. Grimpant sur le haut dossier, il tendit la main et décrocha de la poutre la grande lanterne de soie peinte. Après quoi il sauta à terre, alluma la lanterne à son briquet d'amadou et la brandit vers son père.

— Il nous a fallu deux jours pour la fabriquer avec grande sœur, Père, annonça-t-il fièrement. C'est pourquoi nous ne voulions pas que Ah-kouei l'abîme. Nous aimons bien l'Immortel Li, c'est un vilain vieux bonhomme tellement attendrissant !

Désignant le personnage que les enfants avaient peint sur la lanterne, le juge demanda :

— Tu connais son histoire ! Comme l'enfant secouait la tête, son père poursuivit : « Il y a très longtemps, Li était un jeune et séduisant alchimiste qui avait lu tous les livres et possédait à fond tous les arts de la magie. Il était capable de détacher son âme de son corps et donc de flotter à sa guise dans les nuages, laissant derrière lui son enveloppe corporelle, pour la retrouver en redescendant sur terre.

Or un jour que Li avait négligemment abandonné son corps dans un champ, des paysans le découvrirent. Croyant qu'il s'agissait d'un cadavre abandonné, ils le brûlèrent. Donc, lorsque Li redescendit sur terre, il s'aperçut que son beau corps avait disparu. En désespoir de cause, il dut entrer dans le corps d'un misérable mendiant infirme qui gisait justement sur le bas-côté de la route, et Li garda cette apparence repoussante jusqu'à la fin de ses jours. Bien que par la suite il ait découvert l'élixir de longue vie, il ne put réparer cette erreur, et ce fut sous cette forme qu'il entra dans les rangs des Huit Immortels : l'Immortel mendiant, Li à la béquille. »

L'enfant posa la lanterne par terre.

— Je ne l'aime plus ! déclara-t-il avec mépris. Je vais dire à grande sœur que Li était un imbécile qui n'a eu que ce qu'il méritait !

Puis il s'agenouilla, souhaita bonne nuit à son père et au vieux conseiller, et s'éclipsa.

Le juge Ti le regarda disparaître avec un sourire plein d'indulgence. Il leva la lanterne pour en souffler la bougie, mais se ravisa au dernier moment. Il contempla la haute silhouette de l'Immortel mendiant projetée sur le mur blanc. Puis il fit tourner la lanterne, comme sous l'effet d'un courant d'air. Il vit alors la silhouette fantomatique du vieil infirme se déplacer lentement le long du mur avant de disparaître vers le jardin.

Le juge souffla alors la bougie en poussant un profond soupir et reposa la lanterne par terre.

— Tu avais finalement raison, Hong ! déclara-t-il d'un ton grave. Tous nos doutes sont à présent levés, du moins en ce qui concerne le mendiant mortel.

C'était un imbécile. Pour ce qui est de l'Immortel, je n'en suis pas si sûr.

Le magistrat se leva et conclut avec un léger sourire :

— Si nous mesurons l'étendue de nos connaissances, non par ce que nous savons mais par ce que nous ne savons pas, nous ne sommes que des imbéciles ignares, Hong, tous autant que nous sommes ! Allons à présent rejoindre mes épouses.

LA FAUSSE ÉPÉE

*Cette affaire se déroule également à Pou-yang.
Comme les lecteurs du* Squelette sous cloche (1) *s'en
souviennent, Pou-yang se trouve entre le district de
Tchin-houa, placé sous l'autorité du magistrat Lo, et
celui de Wou-yi, administré par l'austère magistrat
Pan. Le meurtre décrit dans cette nouvelle fut commis
en l'absence du juge Ti, parti à Wou-yi pour y
discuter avec son collègue d'une affaire concernant les
deux districts. Le juge avait quitté Pou-yang trois
jours plus tôt, en compagnie du sergent Hong et de
Tao Gan, confiant le tribunal à la garde de Ma Jong
et de Tsiao Taï. Rien de notable ne vint troubler ces
trois jours ; ce ne fut que le dernier, le jour même du
retour du juge Ti que les choses se précipitèrent
soudain.*

— C'est à toi de payer la quatrième douzaine de
crabes farcis ! annonça d'un air ravi Ma Jong à Tsiao
Taï en rangeant les dés dans leur boîte.

— Ils valaient bien ça ! répondit Tsiao Taï en

(1) *Le Squelette sous cloche*, coll. 10/18, n° 1621.

claquant les lèvres. Puis il prit sa coupe de vin et la vida d'un trait.

Les deux solides lieutenants du juge Ti étaient assis à une petite table, près de la fenêtre, au premier étage de l'Auberge du Martin-pêcheur, un de leurs repaires favoris. L'établissement était situé sur le grand canal qui traverse Pou-yang du nord au sud, et l'on avait de la fenêtre du premier étage une vue splendide sur le coucher du soleil, derrière la muraille ouest de la ville.

Un vacarme d'applaudissements enthousiastes leur parvint de la rue. Sortant la tête par la fenêtre, Ma Jong survola des yeux la foule amassée sur la berge.

— C'est la troupe d'acteurs ambulants qui est arrivée il y a quatre jours, remarqua-t-il. L'après-midi, ils font des acrobaties dans la rue et le soir ils jouent des pièces historiques.

— Je sais, fit Tsiao Taï. Grâce à l'aide du marchand de riz, Lau, ils ont pu louer la cour du vieux temple taoïste, pour y installer leur théâtre. Lau est venu l'autre jour au tribunal demander l'autorisation. Bao, le chef de la troupe, l'accompagnait — il m'a fait bonne impression. Ils sont quatre en tout, lui, sa femme, son fils et sa fille. Tsiao Taï remplit de nouveau sa coupe avant d'ajouter : « J'avais bien envie d'aller faire un tour au temple ; j'aime ce genre de pièces où il y a plein de combats à l'épée. Mais comme le juge est absent, et que nous sommes responsables de tout ici, ça ne me dit rien de quitter le tribunal trop longtemps. »

— Eh bien, en tout cas, nous sommes ici aux premières loges pour assister à leurs acrobaties, répondit Ma Jong d'un air enchanté.

Il tourna sa chaise vers la fenêtre et croisa les bras sur le rebord, imité aussitôt par Tsiao Taï.

En bas, dans la rue, une foule de spectateurs avait pris place autour d'une natte carrée. Un petit garçon d'une huitaine d'années exécutait des sauts périlleux avec une étonnante agilité. Deux autres acteurs, un homme grand et mince et une femme plutôt forte se tenaient de part et d'autre de la natte, les bras croisés, et une jeune fille était accroupie près d'un coffre de bambou, renfermant visiblement leur matériel. Sur le coffre était installée une sorte d'étagère basse en bois, sur laquelle étaient posées deux épées aux lames étincelantes, l'une sur l'autre. Les quatre saltimbanques étaient vêtus de vestes noires et de pantalons larges ; ils portaient des ceintures rouges enroulées autour de la taille et des foulards rouges autour de la tête. Un vieil homme en robe bleue élimée, assis sur un tabouret, frappait énergiquement le tambour calé entre ses genoux osseux.

— J'aimerais bien voir le visage de cette fille, dit Ma Jong d'un air rêveur. Regarde, Lau est là ; on dirait qu'il a des ennuis !

Il montra du doigt un homme d'un certain âge, bien habillé, en bonnet de gaze noire, qui se tenait derrière le coffre de bambou. Il était en train de se quereller avec un grand ruffian aux cheveux hirsutes retenus par un bout de chiffon bleu. Il attrapa Lau par la manche, mais celui-ci le repoussa brutalement. Les deux hommes ne prêtaient pas la moindre attention au garçon qui à présent faisait le tour de la natte sur les mains, portant en équilibre un pichet de vin sur la plante des pieds.

— C'est la première fois que je vois ce coquin

dans le secteur, remarqua Tsiao Taï. Il ne doit pas être d'ici.

— Tiens, maintenant on va pouvoir voir les femmes ! s'exclama Ma Jong avec un large sourire.

Le petit garçon avait terminé son numéro. Le chef de la troupe s'était placé au centre de la natte, les jambes écartées et les genoux légèrement pliés. La femme forte posa son pied droit sur son genou et, d'un mouvement leste, lui grimpa sur les épaules. A un ordre de l'homme, la jeune fille se hissa à son tour, plaça un pied sur son épaule gauche, saisit d'une main le bras de la femme et tendit la jambe et le bras opposés. Le jeune garçon l'avait instantanément imitée et se tenait en équilibre sur l'épaule droite du chef de la troupe. Tandis que cette pyramide humaine tentait de garder son équilibre, le vieillard en robe bleue élimée battait frénétiquement du tambour. Des cris enthousiastes s'élevèrent de la foule.

Les visages du garçon, de la femme et de la fille ne se trouvaient qu'à une dizaine de pieds de Ma Jong et de Tsiao Taï. Ce dernier chuchota vivement :

— Regarde-moi un peu le corps de cette femme ! Et elle a un minois des plus avenants !

— Je préfère la fille ! renchérit Ma Jong avec conviction.

— Beaucoup trop jeune ! La femme a une trentaine d'années, l'âge idéal. Elle connaît la vie !

Le tambour s'arrêta ; la femme et ses deux enfants sautèrent des épaules de Bao. Les quatre acteurs firent un gracieux salut au public, puis la fille passa parmi les spectateurs pour récolter quelques sapèques dans un bol en bois. Ma Jong sortit de sa manche une ligature de sapèques qu'il lui lança. Elle l'attrapa adroitement et le gratifia d'un charmant sourire.

— C'est ce qui s'appelle littéralement jeter l'argent par les fenêtres ! fit sèchement remarquer Tsiao Taï.

— J'appellerais plutôt ça un placement judicieux ! repartit Ma Jong avec un sourire béat. Quel est le prochain numéro ?

Le garçon s'était avancé au centre de la natte, les mains derrière le dos et le menton levé. Tandis que le vieillard exécutait un roulement de tambour, Bao releva sa manche droite, saisit l'épée posée sur l'étagère et, d'un geste d'une rapidité stupéfiante, la plongea dans la poitrine du petit garçon. Le sang jaillit aussitôt ; l'enfant chancela tandis que son père retirait la lame. La foule poussa des cris d'effroi.

— J'ai déjà vu ce tour, dit Ma Jong. Le Ciel seul sait comment ils s'y prennent ! L'épée a pourtant l'air tout à fait authentique.

Le lieutenant du juge Ti se détourna de la fenêtre et saisit sa coupe de vin.

Le hurlement d'une femme se distingua de la rumeur confuse de la foule. Tsiao Taï, qui n'avait rien perdu de la scène, bondit brusquement sur ses pieds.

— Ce n'était pas du bidon, frère Ma ! C'est un meurtre pur et simple ! Viens vite !

Les deux hommes dévalèrent l'escalier et coururent dans la rue où ils se frayèrent un chemin jusqu'à la natte des acteurs. Le petit garçon gisait sur le dos, la poitrine en sang. Sa mère, agenouillée près de lui, sanglotait convulsivement en caressant son petit visage immobile. Bao et sa fille, blêmes et pétrifiés d'horreur, ne pouvaient détacher leurs regards du pauvre petit cadavre. Bao tenait toujours à la main l'épée ensanglantée.

Ma Jong la lui arracha et demanda avec colère :

— Pourquoi as-tu fait ça ?

L'acteur revint de sa stupeur. Jetant à Ma Jong un regard abasourdi, il balbutia :

— Ce n'était pas la bonne épée !

— Je vais vous expliquer, Monsieur Ma ! intervint le marchand de riz. C'est un accident !

Un individu trapu s'avança ; c'était le surveillant du quartier ouest. Tsiao Taï lui ordonna de rouler le cadavre dans la natte et de le faire transporter au tribunal afin qu'il soit examiné par le contrôleur des décès. Comme le surveillant de quartier aidait la mère à se relever, Tsiao Taï dit à Ma Jong :

— Faisons-les tous monter dans la salle à manger et essayons de régler cette histoire.

Ma Jong acquiesça. Glissant l'épée sous son bras, il dit au marchand de riz :

— Venez aussi, Monsieur Lau. Et que le vieux se charge du coffre et de l'autre épée.

Il chercha du regard le grand ruffian qui avait accosté Lau : il avait disparu.

Dans la salle de l'auberge, au premier étage, Ma Jong fit asseoir à une table de coin Bao, les deux femmes en larmes et le vieux joueur de tambour. Il leur servit du vin du pichet qu'il avait entamé avec Tsiao Taï, espérant que l'alcool les aiderait à se remettre de leurs émotions. Puis il se tourna vers le marchand de riz et lui ordonna d'expliquer ce qui s'était passé. Il savait que le théâtre était la passion de Lau qui ne manquait jamais les spectacles présentés par les troupes ambulantes. Son visage régulier,

orné d'une courte moustache noire et d'une barbiche, était pâle et tendu. Après avoir ajusté son
bonnet de gaze noire, il commença timidement :

— Comme vous le savez probablement, Monsieur
Ma, Bao est le chef de la troupe, excellent acteur et
acrobate.

Le marchand de riz se tut, se passa la main sur le
visage puis saisit la seconde épée que le vieux
musicien avait posée sur la table.

— Vous connaissez sans doute ces épées truquées, reprit-il. La lame est creuse et remplie de
sang de porc. Une fausse pointe de deux pouces de
long rentre dans la lame quand on l'appuie contre
quelque chose. On a ainsi l'impression qu'elle s'en-
fonce profondément, et l'illusion est parachevée par
le jet de sang de porc. Lorsqu'on retire l'épée, la
lame reprend sa position initiale grâce à un ressort
de rotin caché à l'intérieur. Voyez vous-même !

Ma Jong lui prit l'épée des mains et découvrit un
fin sillon autour de la lame à quelques pouces de la
pointe émoussée. Puis il l'appuya contre le plancher.
La pointe glissa dans la lame et du sang en jaillit
aussitôt. Madame Bao poussa un cri strident. Son
mari la prit dans ses bras. La jeune fille n'avait pas
bougé, figée comme une statue. Le vieillard maugréa quelque chose d'un air furieux en tiraillant sa
maigre barbe.

— Ce n'est pas très malin, frère Ma ! lança Tsiao
Taï.

— Il fallait bien que je vérifie, non ? répondit Ma
Jong d'un air piteux.

Se saisissant de la véritable épée, il les soupesa
toutes deux soigneusement.

— Elles font pratiquement le même poids, grommela-t-il, et sont en tout point semblables. C'est dangereux !

— L'épée truquée devait se trouver sur le dessus de l'étagère, dit Lau, et la vraie au-dessous. Après le numéro, le garçon devait se relever et son père exécuter une danse avec la véritable épée.

Bao s'était levé. S'approchant de Ma Jong, il demanda d'une voix rauque :

— Qui a interverti les épées ?

Comme Ma Jong se contentait de répondre par une moue ahurie, Bao l'attrapa par l'épaule et s'écria :

— Qui a fait ça, je vous demande ?

Ma Jong se dégagea doucement et le fit se rasseoir.

— C'est ce que nous allons découvrir, répondit-il. Etes-vous bien sûr d'avoir posé l'épée truquée sur le dessus ?

— Mais oui, naturellement ! Ne l'ai-je pas déjà fait des centaines et des centaines de fois ?

Ma Jong cria en bas qu'on leur monte davantage de vin puis fit signe à Tsiao Taï et à Lau de le suivre à la table placée devant la fenêtre. Une fois attablés, il dit tout bas à Lau :

— Mon camarade et moi-même regardions le spectacle de cette fenêtre. Nous vous avons vu avec un grand escogriffe près du coffre de bambou et de l'étagère aux épées. Qui y avait-il d'autre près de vous ?

— Je ne saurais vous le dire, répondit Lau en fronçant les sourcils. Au moment où le garçon faisait ses sauts périlleux, l'espèce d'énergumène qui se trouvait à côté de moi depuis un moment m'a tout à

coup demandé de l'argent. Je lui ai dit de filer.
Ensuite... c'est arrivé.

— Qui était-ce ? demanda Tsiao Taï.

— Je ne l'avais jamais vu auparavant. Peut-être
Bao le connaît-il ?

Tsiao Taï se leva pour aller interroger les acteurs.
Bao, sa femme et sa fille secouèrent la tête négative-
ment, mais le vieux tambour déclara en respirant
avec difficulté :

— Je sais très bien qui c'est, Monsieur ! Il est
venu tous les soirs voir notre spectacle au temple, ne
donnant chaque fois qu'une sapèque ! C'est un
vagabond, il s'appelle Hou Ta-ma.

— Avez-vous vu quelqu'un d'autre s'approcher
des deux épées ? demanda Tsiao Taï.

— Comment l'aurais-je pu ? Je ne quitte pas une
seconde le spectacle des yeux, répliqua le vieillard
indigné. J'ai remarqué uniquement Monsieur Lau et
Hou Ta-ma parce que je les connaissais tous deux.
Mais il y avait des tas de gens, tout près. Comment
aurais-je pu voir ce qui se passait par là-bas ?

— C'est impossible, convint Tsiao Taï d'un air
résigné. Et nous ne pouvions pas arrêter tout le
monde. Se tournant de nouveau vers Bao, il
demanda : « Avez-vous vu quelqu'un que vous
connaissiez, près de la natte ? »

— Je ne connais personne ici, répondit Bao d'une
voix blanche. Nous étions déjà allé à Wou-yi et à
Tchin-houa, mais c'est notre premier séjour ici. Je
ne connais que Monsieur Lau. Il s'est présenté à moi
alors que j'étais en train d'inspecter la cour du
temple pour y installer notre scène et il m'a aimable-
ment proposé son aide.

Tsiao Taï hocha la tête. L'air franc et intelligent

de Bao lui plaisait. Tournant le dos aux autres, il dit
à Lau :

— Vous feriez mieux de raccompagner les acteurs
chez eux, Monsieur Lau. Dites-leur que le magistrat
doit rentrer ce soir tard, et qu'il commencera
aussitôt son enquête sur ce meurtre. Ils devront se
présenter à l'audience de demain pour les formalités. On leur remettra alors le corps de l'enfant pour
qu'il soit enterré.

— Puis-je venir également, Monsieur Tsiao ? Bao
est un type bien, j'aimerais lui apporter tout mon
secours dans cette tragique épreuve.

— Non seulement vous pouvez être là, mais vous
le devez absolument ! répondit sèchement Ma Jong.
Vous êtes un témoin de première importance.

Les deux lieutenants du juge Ti se levèrent et
dirent quelques mots de réconfort à la famille
éplorée. Lorsque Lau les eut tous fait descendre, Ma
Jong et Tsiao Taï, restés seuls, reprirent leur place à
la table devant la fenêtre. Ils vidèrent en silence
leurs coupes de vin.

— Eh bien, j'espère que nous n'avons rien oublié,
déclara Ma Jong en remplissant leurs deux coupes.
Ce soir, nous exposerons l'affaire au magistrat. Ça
ne va pas être simple, à mon avis. Même pour lui !

Il regarda son compagnon d'un air pensif, mais ce
dernier ne fit aucun commentaire. Il observait
distraitement le serveur qui venait de monter avec
une grande lampe à huile. Après son départ, Tsiao
Taï reposa brutalement sa coupe et remarqua avec
amertume :

— Quel meurtre répugnant ! Tromper un père
pour lui faire assassiner son propre fils sous les yeux
de sa mère ! Tu veux que je te dise ? Il faut

absolument que l'on chope le fils de chien qui a fait ça ! Tout de suite !

— Je suis bien d'accord avec toi, répondit Ma Jong avec lenteur, mais un meurtre n'est pas une mince affaire. Je ne suis pas vraiment certain que le juge aimerait nous voir nous mêler de l'enquête. Un faux pas peut tout gâcher, tu sais !

— Si nous nous contentons de faire ce qu'il nous aurait de toute façon ordonné, je ne crois pas que nous fassions de bêtises.

Ma Jong acquiesça puis déclara soudain :

— D'accord, je te suis ! C'est une aubaine !

Après avoir vidé sa coupe, il ajouta avec un pâle sourire :

— C'est l'occasion ou jamais de faire nos preuves ! Quand les gros bonnets de la ville nous adressent la parole, ils sont tout miel. Mais derrière notre dos, ils ne se gênent pas pour dire que nous ne sommes que deux brutes, rien que des muscles et pas une once de cervelle !

— Dans une certaine mesure, remarqua finement Tsiao Taï, ils n'ont pas vraiment tort. Après tout, nous ne sommes pas des lettrés. C'est pourquoi je ne m'aventurerais pas à me lancer dans une enquête impliquant des gens de la haute. En revanche, ce meurtre est tout à fait ce qu'il nous faut, car les individus impliqués appartiennent à un milieu que nous connaissons bien.

— Dressons tout d'abord un plan de bataille ! grommela Ma Jong en remplissant leurs coupes.

— Notre maître commence toujours par envisager le mobile et l'occasion qui permet à l'assassin d'agir. Dans cette affaire, le mobile est clair comme de l'eau de roche : puisque personne ne pouvait en

192

vouloir au malheureux gamin, son meurtrier devait donc détester son père, Bao, comme la peste.

— Exact. Et puisque Bao met pour la première fois les pieds à Pou-yang, nos suspects se réduisent aux gens qui l'ont fréquenté, ainsi que sa troupe, ces trois derniers jours.

— Il est encore possible que Bao ait retrouvé un vieil ennemi ici, objecta Tsiao Taï.

— Si c'était le cas, Bao nous en aurait tout de suite parlé, repartit Ma Jong avant de réfléchir un moment. Je ne suis pas vraiment convaincu du fait que personne n'ait pu en vouloir à l'enfant, tu sais. Les gamins dans son genre ont le chic pour se trouver toujours là où ils n'ont rien à faire ; il se peut donc qu'il ait vu ou entendu quelque chose qui ne le regardait pas. On a voulu l'empêcher de parler et les épées truquées furent une aubaine pour l'assassin.

— Oui, reconnut Tsiao Taï. Juste Ciel ! Il y a beaucoup trop de possibilités !

Il but une gorgée de vin, fronça les sourcils et reposa sa coupe.

— Cette piquette a un drôle de goût ! s'étonna-t-il.

— C'est le même vin que tout à l'heure pourtant, et c'est vrai qu'il n'a plus le même goût. Tu veux que je te dise, frère Tsiao ? Le vin n'est bon que lorsqu'on est heureux et sans souci ! On ne peut pas boire sérieusement quand on n'a pas la tête à ça !

— Voilà pourquoi notre maître ne boit que du thé dans ces moments-là, le pauvre diable !

Tsiao Taï regarda de travers le pichet de vin, puis s'en saisit et le glissa sous la table. Croisant ses bras musclés dans ses manches, il reprit :

— Quant à l'occasion, Lau et Hou se trouvaient

Le juge Ti à l'œuvre. 7.

tous deux à côté des épées ; ils ont donc pu l'un et l'autre les intervertir. Mais leurs mobiles alors ?

Ma Jong se frotta le menton un long moment avant de répondre :

— En ce qui concerne Hou, je n'en vois qu'un seul ; ou plutôt deux. A savoir Madame Bao et sa fille. Grands dieux, cela ne me déplairait pas de m'occuper d'elles personnellement ! Pense un peu aux acrobaties qu'elles sont capables de faire ! Imagine que Hou ait désiré l'une ou l'autre, ou bien les deux, et que Bao lui ait dit bas les pattes et que Hou l'ait très mal pris ?

— Possible. Si Hou est un voyou du genre bête et méchant, il pouvait fort bien se venger ainsi de Bao. Et Lau ?

— Exclu ! Lui, il est plutôt du genre pincé et vieux jeu. S'il désire avoir une relation extra-conjugale, il se planquera dans un bordel bien discret. Et il n'oserait rien entreprendre avec une actrice.

— Je reconnais que Hou est notre meilleure chance, répliqua Tsiao Taï. Je vais essayer de le retrouver et de faire un brin de causette avec lui. Je passerai ensuite voir Lau, pour ne rien laisser au hasard. Tu devrais aller au temple, frère Ma, pour te faire une idée un peu plus précise de la situation. Notre maître voudra tout savoir de la famille Bao, bien sûr.

— D'accord, je vais aller cuisiner les deux femmes ; c'est la manière la plus douce de procéder, n'est-ce pas ? dit-il en se levant précipitamment.

— Peut-être pas si douce que tu le crois, railla Tsiao Taï en se levant à son tour. Elles sont acrobates, ne l'oublie pas ! Elles ne sont pas manchotes quand on les embête ! Bon, on se reverra tout à l'heure au tribunal !

Tsiao Taï se rendit directement dans la petite gargote de l'est de la ville où Cheng Pa, le chef des mendiants, avait son quartier général.

Le seul occupant de cet endroit misérable était une espèce de colosse qui ronflait bruyamment dans un fauteuil. Ses bras puissants étaient croisés sur son ventre nu qui débordait de sa veste noire usée jusqu'à la corde.

Tsiao Taï le secoua sans ménagement. L'homme se réveilla en sursaut. Jetant un regard mauvais à Tsiao Taï, il dit avec humeur :

— N'avez-vous pas honte d'effrayer ainsi un paisible vieillard ? Mais asseyez-vous et faites-moi l'immense plaisir de votre conversation.

— Je suis pressé. Tu connais un vaurien du nom de Hou Ta-ma ?

Cheng Pa secoua lentement sa grosse tête.

— Non, dit-il en pesant ses mots. Je ne le connais pas.

Tsiao Taï avait surpris la lueur rusée qui avait traversé le regard de l'homme.

— Tu ne l'as peut-être jamais vu, dit-il avec impatience, mais tu as certainement entendu parler de lui, espèce de gros coquin ! Il a été vu dans la cour du vieux temple taoïste.

— Ne m'insultez pas ! répondit Cheng Pa d'un air contrit, avant d'ajouter d'un ton rêveur : Ah, la cour du temple ! Mon ancien quartier général ! C'était le bon temps, frère Tsiao ! Gai et insouciant ! Regardez-moi à présent, Maître de la Guilde, croulant sous les tâches administratives ! Je...

— Il n'y a que ton ventre sous lequel tu croules, coupa Tsiao Taï. Allez, parle ! Où est-ce que je peux trouver Hou ?

— Eh bien, répliqua Cheng Pa avec résignation, si vous tenez vraiment à le savoir... j'ai entendu dire qu'on peut trouver un individu répondant à ce nom-là à la buvette située au pied de la muraille est de la ville, la cinquième vers le nord en partant de la Porte de l'Est pour être précis. Ce n'est qu'un on-dit, vous savez, je...

— Tous mes remerciements ! s'exclama Tsiao Taï en se précipitant dehors.

Une fois dans la rue, il fourra son bonnet dans sa manche et s'ébouriffa les cheveux. Une courte marche le conduisit jusqu'à une cabane en planches vermoulues dressée contre le pied de la muraille. Après avoir inspecté d'un rapide coup d'œil les alentours déserts et plongés dans l'obscurité, il ouvrit le rideau et entra.

La petite baraque était faiblement éclairée par une lampe à huile qui fumait ; elle empestait l'huile rance et l'alcool bon marché. Un vieillard aux yeux chassieux était en train de servir un infâme fond de pichet derrière un comptoir de bambou branlant. Trois hommes en robes déguenillées s'y tenaient, parmi lesquels dominait la haute stature de Hou Ta-ma.

Tsiao Taï vint se placer à côté de Hou. Les hommes lui jetèrent un regard indifférent ; visiblement, ils n'avaient pas reconnu l'officier du tribunal qui commandait à boire. Après avoir absorbé une gorgée d'alcool au bol de riz ébréché qui faisait office de coupe, il cracha par terre et maugréa à l'adresse de Hou :

— Quelle sale piquette ! Voilà à quoi on en est réduit avec ses dernières sapèques !

Un pâle sourire éclaira la large face bronzée de Hou. Tsiao Taï lui trouva un air plutôt fruste mais pas vraiment antipathique.

— Tu connaîtrais pas un boulot qui vaille le déplacement, par hasard ? reprit Tsiao Haï.

— Non, répondit Hou. Et ce n'est certainement pas à moi qu'il faut demander ce genre de choses, frère ! J'ai une de ces déveines ces derniers temps... Il y a une semaine, j'étais censé chouraver deux chars de riz sur la route, à Wou-yi. Un jeu d'enfant ! Je n'avais qu'à assommer les deux charretiers. L'affaire avait été parfaitement préparée — une route déserte dans la forêt. Mon manque de chance a tout gâché.

— Peut-être que tu vieillis, railla Tsiao Taï.

— Ferme-la et écoute un peu ! Au moment où j'estourbissais le premier charretier, un gamin est arrivé en courant. Il m'a reluqué des pieds à la tête et m'a demandé niaisement : « Pourquoi tu fais ça ? » J'ai entendu un bruit et j'ai sauté dans les buissons. De ma cachette j'ai vu arriver un chariot bâché avec des acteurs ambulants. Le deuxième charretier leur a raconté toute l'histoire, disant que j'avais pris la fuite. Ils sont tous repartis ensemble, avec les chars de riz !

— C'est pas de chance ! convint Tsiao Taï. Et les ennuis ne sont probablement pas finis. Figure-toi qu'hier j'ai vu une troupe qui exécutait des numéros dans une rue d'ici ; il y avait un petit garçon qui faisait des sauts périlleux. Si c'est le même gamin, tu devrais être prudent. Il pourrait te reconnaître.

— C'est déjà fait ! Il m'a encore pris la main dans

le sac, si j'ose dire, et avec sa sœur cette fois ! Tu peux imaginer pire déveine ? Mais lui non plus, il n'a pas eu de chance : il est mort.

Tsiao Taï resserra son ceinturon. Après tout, cette affaire ne présentait aucune difficulté.

— C'est sûr que t'as pas de chance, Hou, dit-il d'un ton bonhomme. Je suis officier du tribunal, et tu vas me suivre gentiment !

Hou jura comme un charretier puis hurla aux deux autres :

— Vous l'avez entendu, ce sale chien de fonctionnaire ! Réduisons-le en bouillie, ce rabatteur de la flicaille !

Les deux vagabonds secouèrent lentement la tête.

— Tu n'es pas de chez nous, frère, dit le plus âgé. Alors règle tes comptes tout seul !

— Pourrissez en enfer ! et à Tsiao Taï : « Allez sors, ce sera toi ou moi ! »

Un mendiant qui errait dans la ruelle obscure déguerpit en voyant sortir les deux hommes qui se mirent aussitôt en position de combat.

Hou envoya sans attendre un brusque direct dans la mâchoire de Tsiao Taï qui le para adroitement avant de lui envoyer un coup de coude en plein visage. Son adversaire esquiva et saisit Tsiao Taï à la taille, en le serrant dans l'étau de ses grands bras musclés. Le lieutenant du juge Ti se rendit compte que dans un corps à corps Hou était redoutable ; il était de la même taille, mais plus lourd, et il essayait de faire tomber Tsiao Taï en utilisant cet avantage. Les deux hommes ne tardèrent pas à être à bout de souffle. Mais Tsiao Taï maîtrisait mieux la technique du combat et il réussit à échapper à l'étreinte formidable de Hou. Il recula, puis lui envoya un

198

violent coup de poing dans le visage qui lui ferma l'œil gauche. Hou secoua la tête, puis s'avança de nouveau en rugissant de rage.

Tsiao Taï s'était mis en garde, mais visiblement Hou n'avait pas l'intention de le prendre en traître. Il fit une feinte et envoya à Tsiao Taï un coup de poing au creux de l'estomac qui l'aurait terrassé s'il ne l'avait esquivé en se reculant vivement. Hou lui envoya pour finir un direct dans la mâchoire, mais Tsiao Taï lui attrapa au passage le poignet des deux mains, plongea sous son bras, et le lui replia dans le dos. En se démettant, son épaule fit un craquement sec et le colosse s'effondra, heurtant brutalement une pierre de la tête. Il ne bougeait plus.

Tsiao Taï rentra dans la cabane demander une corde au vieillard puis ressortit et courut chercher le surveillant de quartier et ses hommes.

Après quoi il attacha solidement les deux jambes de Hou puis s'accroupit en attendant l'arrivée du surveillant. Hou fut transporté au tribunal sur un brancard de fortune. Tsiao Taï ordonna au geôlier de l'enfermer dans une cellule, de faire venir le contrôleur des décès pour qu'il ranimât l'homme toujours inconscient et lui remît l'épaule en place.

Une fois toutes ces opérations accomplies, Tsiao Taï se dirigea vers le greffe, perdu dans ses pensées. Quelque chose le tracassait. Après tout, cette affaire était peut-être moins simple qu'il n'y paraissait.

Pendant ce temps, Ma Jong avait quitté l'Auberge du Martin-pêcheur pour aller prendre un bain au Yamen. Après avoir revêtu une robe toute propre, il se mit en route pour le temple taoïste.

Une foule composite se tenait au pied de la scène

construite sur des perches de bambou, éclairée par deux grandes lanternes en papier. Le spectacle était déjà commencé, car Bao ne pouvait se permettre d'interrompre les représentations en raison de la mort de son fils. Tous trois vêtus de somptueux costumes, sa femme, sa fille et lui se tenaient devant deux tables superposées figurant un trône. Madame Bao chantait, accompagnée par les notes stridentes d'un violon.

Ma Jong se dirigea vers une sorte de cabine en bambou où le vieillard raclait vigoureusement son violon à deux cordes, tout en frappant un gong de cuivre avec le pied droit. Ma Jong attendit qu'il eût posé son violon pour se saisir d'une paire de claquets de bois. Le poussant du coude, il lui demanda avec un sourire entendu :

— Où puis-je voir les femmes ?

Le vieillard indiqua de la barbiche l'échelle qui se trouvait derrière lui, avant de se remettre à heurter ses claquets avec énergie.

Ma Jong grimpa dans le foyer de fortune séparé de la scène par des paravents de bambou. Il ne comportait qu'une pauvre table de toilette encombrée d'écuelles remplies de fard et de poudre, et un unique tabouret bas.

De vives clameurs d'approbation signalèrent à Ma Jong que les acteurs venaient de terminer une scène. Le rideau bleu sale se souleva et Mademoiselle Bao apparut.

Elle portait le costume de son rôle de princesse, une longue robe verte rehaussée de feuilles de cuivre brillantes, ainsi qu'une coiffure élaborée ornée de fleurs en papier multicolores. Deux longues tresses brunes et soyeuses encadraient son visage. Bien qu'elle fût outrageusement maquillée, Ma Jong trouva qu'elle n'en était pas moins extrêmement séduisante. Elle lui jeta un rapide coup d'œil puis s'assit sur le tabouret. Se penchant vers le miroir pour vérifier le maquillage de ses sourcils, elle demanda négligemment :

— Il y a du nouveau ?

— Rien de particulier ! repartit gaiement Ma Jong. Je suis seulement venu faire un brin de causette avec une fille charmante !

Elle tourna la tête et le regarda d'un air méprisant :

— Si vous croyez que vous allez arriver à quelque chose avec moi, lança-t-elle, vous vous trompez lourdement !

— J'aurais aimé parler un peu avec vous de vos parents ! répondit Ma Jong interloqué par cette rebuffade intempestive.

— De mes parents ? De ma mère, vous voulez dire ! Eh bien, en ce qui la concerne, vous n'avez besoin d'aucun intermédiaire ; elle est toujours disposée à considérer toutes les propositions honnêtes !

Brusquement, la jeune fille enfouit son visage dans les mains et se mit à sangloter. Ma Jong s'approcha d'elle et lui tapota amicalement le dos.

— Allez, calmez-vous, ma belle ! Bien sûr, ce qui est arrivé à votre frère vous a...

— Ce n'était pas mon frère ! interrompit-elle. Cette vie... je n'en peux plus ! Ma mère est une catin, mon père un imbécile qui est fou d'elle... Vous savez quel rôle je suis en train de jouer en ce moment ? Je suis la fille d'un noble roi et de sa chaste reine ! Elle est bien bonne, non ?

Elle secoua la tête avec colère puis entreprit de

« Je suis la fille d'un noble roi et de sa chaste reine !
Elle est bien bonne, non ? »

se tamponner le visage avec un mouchoir en papier.

— Imaginez un peu ! reprit-elle. Ma mère nous a sorti ce gamin il y a six mois comme par enchantement ! Elle a dit à mon père qu'elle avait fait une petite bêtise huit ans auparavant. Le type qui l'avait mise dans ce pétrin s'était occupé du gamin jusqu'alors et avait décidé un beau jour qu'il ne pouvait plus le garder. Mon père a cédé, comme d'habitude...

Elle se mordit la lèvre.

— Vous n'avez pas idée de qui a pu jouer ce tour diabolique à votre père, ce soir ? demanda Ma Jong. Peut-être a-t-il retrouvé un ancien ennemi à Pou-yang ?

— Pourquoi faudrait-il que ces épées aient été interverties intentionnellement ? répliqua-t-elle sèchement. Mon père a fort bien pu se tromper, non ? Elles sont rigoureusement identiques, vous savez. Il le faut, autrement, on n'y croirait pas.

— Votre père semble convaincu que quelqu'un les a échangées, insista Ma Jong.

La jeune fille frappa brusquement du pied et s'exclama :

— Quelle vie ! Je la hais. Que le Ciel soit loué, je vais pouvoir en commencer bientôt une nouvelle. J'ai enfin rencontré un type bien qui est prêt à verser à mon père une jolie dot pour me prendre comme concubine.

— La vie de concubine n'est pas toujours rose, vous savez !

— Je ne le resterai pas longtemps, mon ami ! Sa

femme est souffrante et d'après les médecins, elle n'en a plus que pour un an environ.

— Et qui est l'heureux élu ?

La jeune fille hésita un instant avant de répondre :

— Je vais vous le dire, mais c'est bien parce que vous êtes officier du tribunal. Surtout, n'en parlez pas pour le moment, voulez-vous ? C'est Lau, le marchand de riz. Il a fait de mauvaises affaires dernièrement et il ne veut rien dire à mon père avant de pouvoir lui mettre l'argent sur la table. Lau est un peu plus âgé que moi, c'est vrai, et il est légèrement vieux jeu, mais je vous assure que j'en ai par-dessus la tête des prétendus joyeux drilles qui ne veulent que passer une nuit avec vous, et hop, à la suivante !

— Comment avez-vous rencontré Lau ?

— Le premier jour de notre arrivée ici, il a proposé à mon père de l'aider à louer cette cour. Je lui ai plu tout de suite, il...

Sa phrase se perdit dans le vacarme des applaudissements du public. Elle se leva vivement, rétablit l'équilibre de sa coiffure et dit dans un souffle :

— Il faut que j'y aille. Au revoir !

Et elle disparut derrière le rideau.

Ma Jong découvrit son ami assis dans un coin tout seul dans le greffe désert.

— Notre affaire est pratiquement résolue, semble-t-il, frère Ma ! annonça Tsiao Taï en relevant la tête. J'ai fait boucler un suspect !

— Merveilleux !

Ma Jong approcha une chaise et écouta le récit de Tsiao Taï. Puis il lui raconta à son tour son entrevue avec Mademoiselle Bao.

— Si nous combinons nos informations, conclut-il, il en ressort que Mademoiselle Bao a eu une petite histoire avec Hou entre deux rendez-vous avec le dévoué Lau. Pour garder la forme, je suppose. Eh bien, qu'est-ce qui te vaut cet air soucieux ?

— J'ai oublié de te dire, répondit Tsiao Taï avec lenteur, que Hou Ta-ma n'a pas voulu me suivre gentiment, et que j'ai dû m'empoigner un peu avec lui. Le type se bat correctement, pas le moindre coup bas. Je peux bien l'imaginer en train de rompre le cou au gamin dans un accès de rage, lorsqu'il l'a surpris dans les bras de sa sœur, mais je ne le crois pas capable de sordides manigances comme d'échanger les épées, par exemple... Non, frère Ma, je t'assure que ce n'est pas du tout dans son caractère !

— Certaines personnes ont plusieurs caractères à la fois, répondit Ma Jong en haussant les épaules. Allons voir comment se porte le bougre.

Ils se levèrent et se dirigèrent vers la salle d'audience. Tsiao Taï demanda au geôlier d'aller chercher le chef des scribes pour qu'il serve de témoin et prenne note de l'interrogatoire.

Hou était assis sur la couche, dans sa petite cellule obscure, les pieds et les mains enchaînés au mur. Comme Tsiao Taï levait la chandelle, Hou le regarda en lui disant d'un ton aigre :

— Ça m'écorche d'avoir à le reconnaître, mais ce fut une superbe mise à terre !

— Y a pas de quoi me remercier ! Parle-moi encore un peu de ce vol que tu as loupé.

— Je vois pas pourquoi je vous en parlerais pas ! Voies de fait, c'est tout ce qu'il y a contre moi. J'ai seulement assommé un charretier, sans même toucher aux ballots de riz.

— Comment pensais-tu écouler ces deux chars ?
demanda Ma Jong avec curiosité. Tu ne peux
revendre une telle quantité de riz sans avoir affaire à
la Guilde des Marchands.

— Pas besoin de les vendre ! fit Hou avec un
sourire narquois. Je les aurais balancés dans le
fleuve, toute la cargaison ! Devant l'air stupéfait des
deux lieutenants, il expliqua : « Ce riz était avarié,
voyez-vous. Le gars qui l'avait vendu voulait qu'il
soit volé, comme ça, la Guilde l'aurait indemnisé.
Comme j'ai loupé le boulot, le riz a bel et bien été
livré, trouvé avarié et le vendeur a dû rembourser
intégralement l'acheteur. Déveine sur toute la ligne.
Je pensais cependant que le gars me devait bien une
pièce d'argent pour le dérangement. Quand je lui en
ai parlé, il a refusé de casquer ! »

— Qui est-ce ? demanda Tsiao Taï.

— Un de vos marchands de riz du coin, un
nommé Lau.

Tsiao Taï jeta un coup d'œil surpris à Ma Jong. Ce
dernier demanda :

— Comment as-tu rencontré Lau ? Tu es bien de
Wou-yi, non ?

— C'est un vieil ami ! Je le connais depuis des
années ; il vient souvent à Wou-yi. C'est un client
arrangeant, Lau, toujours prêt pour une petite
filouterie. Ce coquin de bigot a un nid d'amour à
Wou-yi ; la femme qu'il y entretient était une amie
de la fille avec qui je sortais — c'est comme ça que
j'ai connu Lau. Il y a vraiment des gens qui ont de
drôles de goûts. Ma gamine à moi, elle était plutôt
gironde, mais celle de Lau, c'était une vieille bique.
D'après ce que m'a dit ma fille, il paraît même qu'il

206

en a eu un garçon. Peut-être que la vieille bique était séduisante il y a huit ans, le Ciel seul le sait !

— En parlant de filles, intervint Ma Jong, comment es-tu parvenu à tes fins avec Mademoiselle Bao ?

— Enfantin ! Je l'ai vue par hasard sur scène le jour de leur arrivée et elle m'a tapé dans l'œil. J'ai essayé le soir même, et le suivant, de faire davantage connaissance, mais rien à faire ! Hier soir, j'ai encore essayé — je n'avais rien de mieux à faire en attendant que Lau arrive avec l'argent. C'était après la représentation, il était tard, elle avait l'air fatigué ; elle était à bout de nerfs. Mais quand j'ai tenté ma chance, elle m'a répondu : « D'accord. Mais tu as intérêt à être à la hauteur, parce que c'est la dernière fois que je prends du bon temps. » Alors on s'est glissés derrière l'étal vide d'un marchand, dans un coin tranquille de la cour, là-bas, mais on venait à peine de s'y mettre que le gamin a surgi en cherchant sa sœur. Je lui ai dit de filer, ce qu'il a fait. Est-ce cette interruption ou le manque d'entraînement, je n'en sais rien, toujours est-il que la suite n'a pas été brillante. Ça arrive, vous savez ; parfois, ça se passe beaucoup mieux qu'on ne s'y attendait, d'autres fois, c'est bien pire. En tout cas, ce que j'ai eu, je l'ai eu gratis, alors de quoi me plaindrais-je ?

— Je t'ai vu te disputer avec Lau dans la rue, dit Tsiao Taï. Vous étiez tous les deux à côté des épées. Tu n'as vu personne y toucher ?

Hou fronça son front ridé. Puis il secoua la tête et répondit :

— Je m'occupais à la fois de ce fils de chien de Lau et des deux femmes, vous comprenez. La fille était juste devant moi avant que le garçon ne commence ses sauts périlleux — j'aurais presque pu lui pincer les fesses. Mais elle avait déjà elle-même un air tellement pincé, que je me suis rabattu sur les fesses de sa mère, quand elle s'est approchée pour déplacer légèrement le coffre de bambou. Tout ce que j'y ai gagné, c'est un regard noir. Pendant ce temps, Lau essayait de m'échapper ; il a failli se casser la figure en trébuchant contre le coffre quand je l'ai rattrapé par la manche. N'importe qui aurait pu intervertir ces deux cure-dents.

— Toi y compris ! constata froidement Ma Jong.

Hou essaya de se jeter sur lui, mais ses chaînes le retinrent avec un fracas métallique. Il retomba brutalement sur sa couche en poussant un cri de douleur.

— Alors c'est donc ça que vous cherchez, sales chiens ! hurla-t-il. Me coller ce meurtre sur le dos, hein ? S'il y a bien une saloperie... Hou regarda Tsiao Taï droit dans les yeux et s'écria : « Vous ne pouvez pas me faire ça, Monsieur l'officier ! Je vous jure que je n'ai jamais tué un homme. J'en ai bien assommé quelques-uns, mais sans plus. Tuer un gamin, d'une façon aussi... »

— Tu ferais bien de réfléchir, conseilla Ma Jong d'un ton bourru. Nous avons les moyens de te faire parler !

— Allez au diable ! cria Hou.

De retour au greffe, Ma Jong et Tsiao Taï s'assirent au grand bureau, contre le mur du fond. Le scribe prit place en face d'eux, près de la chandelle. Les deux amis le regardèrent d'un air morose prendre quelques feuilles de papier dans le tiroir et humecter son pinceau à calligraphier pour rédiger son compte rendu de l'interrogatoire. Au bout d'un long silence, Ma Jong dit :

— Je suis d'accord avec toi ; Hou n'est probablement pas coupable. En tout cas, il est coupable d'avoir fichu une belle pagaille dans toute cette affaire !

Tsiao Taï hocha la tête d'un air catastrophé.

— Lau est un voleur et un débauché sous ses airs bien comme il faut. Il a une femme à Wou-yi et en prime il essaye de mettre la main sur Mademoiselle Bao. Cette demoiselle ne vit pas comme une nonne, c'est vrai, mais c'est encore un morceau de choix. Lau n'avait pas l'ombre d'une raison de tuer le gamin, ni d'en vouloir à Bao, mais on va quand même le boucler. Notre maître voudra certainement vérifier directement avec lui les déclarations de Hou.

— Pourquoi ne pas demander au chef des sbires de nous amener au tribunal les trois Bao et le vieux musicien ? Comme ça, notre juge aura tous les protagonistes sous la main, pour ainsi dire. Demain matin, au cours de l'audience, il pourra se mettre tout de suite au travail et régler cette affaire !

— Bonne idée !

Au retour de Ma Jong, le vieux scribe avait terminé la rédaction de ses notes. Après qu'il les eut lues à haute voix et soumises à l'approbation de Ma Jong et de Tsiao Taï, ce dernier dit :

— Puisque tu manies si joliment le pinceau, grand-père, tu pourrais également prendre note de nos rapports !

Le scribe sortit une liasse de feuilles blanches d'un air résigné. Ma Jong se carra dans son fauteuil, repoussa son bonnet en arrière et entama son récit en commençant par la façon dont ils s'étaient

trouvés témoins du meurtre, à l'Auberge du Martin-
pêcheur. Puis Tsiao Taï relata son arrestation de
Hou Ta-ma. Ce fut une tâche délicate, car ils
savaient que le juge avait horreur des rapports
verbeux, mais exigeait néanmoins qu'aucun détail ne
manque. Quand ils eurent enfin terminé, leurs
visages étaient luisants de sueur.

Le juge rentra une heure après minuit, et se
présenta à ses deux lieutenants et au scribe dans sa
robe de voyage brune. Il avait l'air fatigué et
soucieux. Comme les trois hommes se levaient
précipitamment pour l'accueillir, le juge leur
demanda sèchement :

— Qu'est-ce que c'est que cette histoire ? A peine
étais-je descendu de palanquin que le chef des sbires
m'a informé que vous aviez jeté en prison deux
individus soupçonnés de meurtre et convoqué quatre
témoins !

— Eh bien, Votre Excellence, commença Ma
Jong d'une voix hésitante, il s'agit d'un meurtre
plutôt sordide ; celui d'un petit garçon. Mon camarade et moi-même, on a fait une petite enquête ; tout
ce que nous avons entrepris est noté ici. Tout a
débuté par...

— Suivez-moi dans mon cabinet particulier,
coupa sèchement le juge Ti. Et apportez les papiers !

Après avoir ordonné au scribe de lui apporter une
grande théière de thé chaud dans son cabinet, il
sortit du greffe, suivi de ses deux lieutenants.

Installé dans le vaste fauteuil placé derrière son
bureau, le juge Ti déclara :

— L'affaire de Wou-yi a été rondement menée.
Mon collègue, le magistrat Pan, est une personne
efficace, avec qui il est agréable de travailler. Le

sergent Hong et Tao Gan vont y rester encore une journée pour régler quelques détails.

Le juge Ti but une gorgée de thé chaud, puis se carra confortablement dans son fauteuil pour parcourir la liasse de documents.

Ma Jong et Tsiao Taï se tenaient raides comme des bambous sur leurs tabourets, face au bureau. Ils avaient la gorge sèche et ne quittaient pas des yeux le magistrat, à l'affût de ses réactions.

Le juge commença par froncer profondément les sourcils, mais à mesure qu'il avançait dans sa lecture, son visage se détendait. Après avoir terminé la dernière page, il relut divers passages et demanda aux deux hommes de lui répéter textuellement certaines des conversations. Puis il jeta les papiers sur son bureau et, se redressant sur son siège, il dit en souriant :

— Félicitations ! Vous avez très bien agi tous les deux. Vous ne vous êtes pas contenté d'appliquer les mesures d'usage en de telles circonstances, vous avez également prouvé votre capacité à prendre des initiatives personnelles. Les deux arrestations sont amplement justifiées.

Un large sourire éclaira la face des deux lieutenants du magistrat. Ma Jong saisit la théière et se servit en hâte une tasse ainsi qu'à Tsiao Taï.

— Bon, à présent, voyons voir où nous en sommes, reprit le juge. En premier lieu, les faits dont nous disposons ne suffisent pas à prouver qu'il s'agit bien d'un meurtre. Bao était pressé, car après leur numéro acrobatique, ils devaient retourner rapidement au temple pour la représentation théâtrale. En outre, il commençait à faire nuit. Il n'est donc pas exclu que Bao ait lui-même placée par erreur la mauvaise épée au-dessus de l'autre. Il est vrai que c'est lui qui a laissé entendre qu'il pouvait s'agir d'une cruelle machination, mais peut-être a-t-il eu peur d'être accusé de négligence criminelle, et ces acteurs ambulants vivent dans la hantise des autorités. Le juge s'interrompit et caressa sa longue barbe. Par ailleurs, ce que vous avez appris sur les individus liés à ce drame nous indique que plusieurs d'entre eux, pour des raisons diverses, ont pu intervertir délibérément les deux épées, à commencer par Bao. »

— Pourquoi Bao aurait-il voulu tuer l'enfant ? s'exclama Ma Jong.

— Pour se venger de son épouse infidèle et de son amant, le marchand de riz, Lau.

Prévenant d'un geste toute réflexion de ses lieutenants interloqués, le juge continua :

— Vous ne doutez pas une seconde que le petit garçon qui vivait à Wou-yi soit le fils illégitime de Madame Bao, n'est-ce pas ? Lau s'intéresse au théâtre ; je suppose qu'il a rencontré Madame Bao, un jour où la troupe se produisait à Wou-yi. A la naissance de leur fils, ils l'ont confié à une vieille tenancière de maison de rendez-vous. Huit ans plus tard, Madame Bao décida de reprendre l'enfant, ce qui l'obligeait à avouer son infidélité à son époux. Mademoiselle Bao affirme que son père a pris la nouvelle très calmement, mais son indifférence a pu être feinte. Aujourd'hui, lorsque Bao vit Lau près des épées, il eut là l'occasion rêvée pour se venger de son épouse infidèle, en même temps que de se débarrasser de l'enfant illégitime, et de faire accuser Lau de meurtre. Car les présomptions contre Lau sont assez lourdes pour le faire inculper.

Ma Jong et Tsiao Taï voulurent de nouveau intervenir, mais le juge les fit taire encore une fois et poursuivit :

— Lau avait la possibilité matérielle d'intervertir les épées, la connaissance des accessoires de scène indispensable pour saisir cette occasion, et l'on peut lui supposer plus d'un mobile. Le chantage est le premier qui vient à l'esprit. Lorsque la troupe de Bao est arrivée à Pou-yang, Lau a offert ses services, peut-être dans le but de renouer avec Madame Bao. Mais Bao et sa femme ont essayé de le faire chanter — le petit garçon étant la preuve vivante des aventures extra-conjugales de Lau à Wou-yi. En échangeant les épées, Lau détruisait cette preuve, et pouvait réduire Bao au silence en le menaçant de l'accuser d'avoir tué par jalousie l'enfant illégitime de son épouse.

« Ensuite, nous avons également Madame Bao. Sa fille a laissé entendre à Ma Jong qu'elle ne valait guère mieux qu'une prostituée, et les réactions de ce genre de femmes sont difficiles à prévoir. Quand Madame Bao eut constaté que Lau, son ancien amant, reportait à présent toute son affection sur sa fille, elle a fort bien pu se venger en faisant tuer son propre fils. Toutefois, il ne faut pas attacher trop d'importance aux dires de Mademoiselle Bao, car elle a l'air plutôt déséquilibrée. Elle n'a pas hésité à traiter sa mère de catin et son père d'imbécile alors qu'elle-même n'a aucun scrupule à coucher avec un vagabond à la veille de conclure un arrangement plus durable avec Lau. Au passage, nous devons essayer d'apprendre si elle savait que Lau avait été l'amant de sa mère.

Le juge Ti fit une pause et observa ses deux lieutenants d'un air méditatif.

— Je ne fais que passer en revue toutes les hypothèses, voyez-vous. Il est inutile de nous perdre en conjectures avant d'en savoir davantage sur les relations affectives des personnes concernées.

Le juge Ti reprit les papiers et les feuilleta en revenant de temps à autre sur un passage. Puis il les reposa sur le bureau et dit pensivement :

— Nous ne devons pas oublier que ces acteurs ambulants vivent à la fois dans deux univers complètement différents. Sur scène, ils doivent s'identifier intégralement aux personnages illustres de notre histoire. Dans la vie de tous les jours, ce sont des marginaux qui ont à peine de quoi remplir leur bol de riz quotidien. Un tel dédoublement peut grandement perturber le caractère d'un individu.

Le juge Ti se tut. Il but une gorgée de thé puis se perdit dans ses pensées en se lissant lentement les favoris.

— Votre Excellence estime-t-elle que Hou est innocent ? demanda Tsiao Taï.

— Non. En tout cas, pas pour l'instant. Il est exact que Hou Ta-ma vous a fait bonne impression à tous deux, et pour autant que je sache, votre opinion n'est peut-être pas erronée. Cependant, ces vagabonds-là ont parfois des côtés très curieux. Hou a longuement insisté sur le fait que Mademoiselle Bao était responsable du fiasco de leur rendez-vous, et il a mentionné l'interruption provoquée par l'enfant comme une des causes possibles. Mais il est également envisageable que Hou soit personnellement responsable de cet échec. Il a pu craindre d'avoir perdu à tout jamais sa virilité, et une telle obsession a pu engendrer chez lui une haine violente envers ce malheureux enfant. J'ai trouvé curieux que Hou s'étende autant sur ses prouesses amoureuses devant deux officiers du tribunal venus l'interroger dans sa cellule. Cela tendrait à prouver qu'il est obsédé par ce problème au point de ne pouvoir s'empêcher d'en parler. Et comme Hou a discuté à plusieurs reprises avec le vieux musicien, il a eu lui aussi l'occasion d'apprendre ce qu'il en était du truquage de l'épée. D'autre part, cette manière d'étaler au grand jour sa vie amoureuse n'est peut-être simplement pour Hou qu'un désir innocent d'épater la galerie. Je vais m'entretenir avec toutes ces personnes, ajouta-t-il vivement en se levant. Dites au scribe d'aller chercher deux secrétaires pour que toutes les déclarations soient parfaitement retranscrites. Pendant que vous vous occuperez de cela, je vais aller prendre un bain rapide.

La vaste salle de réception était brillamment éclairée. Tous les chandeliers muraux avaient été allumés, et deux grands candélabres d'argent massif posés sur le bureau, au centre de la pièce. Bao, son épouse et sa fille, ainsi que le vieux musicien, étaient assis devant le bureau. Hou, flanqué de deux sbires, était debout sur la gauche. Lau lui faisait face sur la droite, entouré lui aussi de deux sbires. Le chef des scribes et ses deux aides étaient installés à une petite table. Acteurs et prisonniers s'ignoraient avec application ; tous regardaient droit devant eux. Un silence lugubre régnait dans la salle.

Soudain, la double porte fut ouverte en grand par le chef des sbires. Le juge Ti entra, suivi de Ma Jong et de Tsiao Taï. Le magistrat avait revêtu une robe gris foncé et portait un petit bonnet noir. Tout le monde s'inclina profondément tandis qu'il se dirigeait vers le bureau et s'installait dans le vaste fauteuil d'ébène sculptée. Les deux lieutenants se placèrent de part et d'autre de leur maître.

Le juge Ti commença par observer les deux prisonniers ; Hou, renfrogné, et Lau, pincé et presque outré. Il se dit que ses deux assistants lui en avaient fait une excellente description. Puis il dévisagea les trois acteurs. A leur mine épuisée, il songea à la longue et dure journée qu'ils avaient derrière eux et ressentit quelques scrupules à jouer sur leurs réactions, comme il en avait l'intention. Il poussa un soupir puis s'éclaircit la gorge et déclara d'une voix neutre :

— Avant d'interroger les deux prisonniers, je voudrais m'assurer des liens de parenté précis qui vous unissent au jeune défunt. Regardant fixement Madame Bao, il reprit : « Je sais, Madame Bao, que le garçon était votre enfant illégitime. Est-ce exact ? »

— Oui, Noble Juge, répondit-elle d'un ton très las.

— Pourquoi n'avez-vous repris cet enfant qu'à l'âge de huit ans ?

— Parce que j'hésitais à en parler à mon mari, et parce que son père m'avait promis d'en prendre soin. J'ai cru un moment que j'aimais cet homme, Noble Juge ; à cause de lui, j'ai quitté mon mari plus d'un an. Cet homme m'avait dit que son épouse était gravement malade, et qu'il m'épouserait à sa mort. Mais lorsque j'ai découvert combien c'était un être vil, j'ai rompu avec lui. Je ne l'ai plus jamais revu, jusqu'à il y a six mois, lorsque je l'ai rencontré par hasard alors que nous travaillions à la capitale. Il a

216

voulu renouer avec moi, et comme je m'y opposais, il a répondu que dans ces conditions il n'y avait plus de raisons pour qu'il entretienne encore l'enfant. Alors j'ai tout raconté à mon mari. Après avoir jeté un regard tendre à l'acteur, à ses côtés, elle reprit : « Compréhensif comme il est, il ne m'a nullement réprimandée. Il a dit qu'il nous fallait précisément un garçon pour compléter notre troupe et qu'il en ferait un bon acrobate. Et c'est ce qu'il a fait effectivement ! Les gens méprisent notre profession, Noble Juge, mais mon mari et moi en sommes très fiers. Mon époux aimait cet enfant comme son propre fils, il... »

Madame Bao se mordit la lèvre, réprimant un sanglot. Après un bref silence, le juge Ti demanda :

— Avez-vous dit à votre mari qui était votre amant ?

— Non, Noble Juge. Cet homme m'a traitée d'une manière infâme, mais je ne voyais aucune raison de nuire à sa réputation ; aujourd'hui non plus d'ailleurs. Et mon mari ne m'a jamais posé la question.

— Je vois, répondit le juge.

La déclaration franche et ouverte de la femme portait la marque de la vérité. Il savait à présent qui avait assassiné l'enfant et pourquoi : il fallait réduire le petit garçon au silence, ainsi que Ma Jong l'avait deviné dès le début. Mais par la suite, son lieutenant n'avait pas réussi à appliquer sa théorie aux faits mis en lumière. Tiraillant sa moustache, le juge pensa avec humeur que s'il savait qui avait interverti les épées, il n'en avait pas l'ombre d'une preuve. S'il n'agissait pas rapidement, il serait incapable de jamais confondre le coupable. Il fallait lui faire avouer son crime sur-le-champ, avant qu'il ait le temps de saisir toute la portée des dires de Madame Bao.

— Amenez l'accusé Lau devant moi ! ordonna-t-il brutalement au chef des sbires.

Quand le marchand de riz se fut approché du bureau, le juge Ti s'adressa à lui sans ménagement :

— Lau, vous vous êtes fait ici, à Pou-yang, une réputation d'honnête marchand de riz et d'homme à la moralité irréprochable, mais je sais tout de vos activités à Wou-yi. Vous avez essayé de gruger votre propre guilde et vous entretenez une maîtresse. Hou Ta-ma m'a fourni tous les détails. Je vous conseille de répondre la vérité à mes questions ! Parlez, reconnaissez-vous avoir eu une liaison avec Madame Bao il y a huit ans ?

— C'est exact, répondit Lau d'une voix mal assurée. Je supplie Votre Excellence de...

Il y eut un cri étouffé. Mademoiselle Bao s'était levée. Les poings serrés, elle foudroya Lau du regard. Ce dernier fit un pas en arrière, en marmonnant quelque chose, quand soudain la jeune fille s'écria :

— Espèce d'innommable fripouille ! Puissent le ciel et l'enfer me damner pour avoir inconsidérément avalé tous vos mensonges ! Vous avez fait le même coup à ma mère, hein ? Et quand je pense, naïve imbécile que j'étais, que de peur que le gosse ne vous parle du moment que j'avais passé avec Hou, j'ai posé la mauvaise épée au-dessus de l'autre ! Je vous tuerai, vous aussi, vous...

Elle se rua vers l'homme tremblant, les ongles en avant. Les deux sbires lui saisirent les bras et la maîtrisèrent. Sur un signe du magistrat, ils emmenèrent la jeune fille qui hurlait et se débattait comme un fauve. Les parents la suivirent du regard, éberlués, et la mère éclata en sanglots.

Le juge Ti frappa un coup sec sur la table.

— Demain j'entendrai les aveux complets de Mademoiselle Bao, à l'audience du matin. Quant à vous, Lau, je vais procéder à une enquête approfondie sur toutes vos affaires, et je veillerai à ce que vous soyez condamné à une longue peine de prison. Je hais les individus de votre espèce, Lau. Hou Ta-ma, vous serez condamné à un an de travaux forcés dans le régiment des sapeurs de l'Armée du Nord. Cela vous donnera l'occasion de montrer ce que vous valez ; vous pourrez peut-être vous enrôler par la suite dans l'armée régulière.

Se tournant vers le chef des sbires, il ajouta :

— Reconduis les deux prisonniers dans leurs cellules !

Le juge fixa un long moment en silence l'acteur et sa femme. Elle avait cessé de pleurer ; elle était à présent très calme, les yeux baissés. Bao la regardait d'un air soucieux, les traits expressifs de son visage de comédien s'étaient profondément creusés. Le juge s'adressa à eux avec douceur :

— Votre fille ne pouvait se faire à la dure existence que le destin lui avait réservée, et c'est ce qui l'a perdue. Je dois requérir contre elle la peine de mort. Vous perdez ainsi, en un seul et même jour, votre fils et votre fille. Mais le temps guérira cette cruelle blessure. Vous êtes tous deux dans la fleur de l'âge, vous vous aimez, tout comme vous aimez votre métier, et cette double passion vous sera un soutien durable. Bien que tout vous apparaisse aujourd'hui sous de sombres auspices, sachez que

219

derrière les plus profondes ténèbres de la nuit, la lune de l'aube luit toujours.

Ils se levèrent, saluèrent respectueusement le juge Ti et sortirent.

LES CERCUEILS DE L'EMPEREUR

Les événements décrits dans cette nouvelle se produisirent alors que le juge Ti occupait son quatrième poste de magistrat, à Lan-fang, district situé aux confins occidentaux du puissant empire T'ang. Comme il prenait ses fonctions, il dut élucider les affaires délicates décrites dans le Mystère du labyrinthe (1). *Il est question ici de la grave crise qui menaça l'Empire deux ans plus tard, au cours de l'hiver de l'an 672, et de la manière dont le juge Ti réussit à résoudre en une seule nuit deux problèmes épineux, l'un concernant le destin de la nation et l'autre celui de deux humbles citoyens.*

A peine le juge Ti eut-il pénétré dans la salle du restaurant, à l'étage, qu'il sut que le dîner ne serait pas des plus réjouissants. Deux grands chandeliers d'argent éclairaient les beaux meubles anciens, mais la vaste pièce n'était chauffée que par un seul brasero où se consumaient de rares morceaux de charbon. Les rideaux matelassés ne suffisaient pas à empêcher l'air froid de pénétrer dans la salle,

_____

(1) *Le Mystère du Labyrinthe*, coll. 10/18, n° 1673.

comme pour rappeler la présence des plaines enneigées qui s'étendaient sur des milles au-delà de la frontière occidentale de l'Empire fleuri.

Un homme était assis seul à la table ronde : le vieux magistrat de ce district reculé, Ta-chi-kou. Les deux jeunes femmes, debout derrière sa chaise, regardèrent le nouveau venu d'un air morne.

Le magistrat Kouang se leva précipitamment pour accueillir le juge Ti.

— Veuillez m'excuser pour cette piètre réception ! dit-il avec un pâle sourire. J'avais invité également deux colonels et deux maîtres de guilde, mais les premiers ont été soudainement convoqués au quartier général du maréchal et les maîtres de guilde par l'intendant général des armées. Cet état d'urgence... ajouta-t-il avec un geste d'impatience.

— Le principal est que je puisse à présent profiter de votre précieuse conversation, répondit courtoisement le juge Ti.

Son hôte le conduisit à la table et lui présenta les deux jeunes femmes, Rose-thé et Jasmin. Toutes deux étaient vêtues de manière voyante et portaient des parures bon marché ; c'était de vulgaires prostituées et non les courtisanes raffinées que l'on aurait été en droit de s'attendre à trouver à un tel dîner. Mais le juge Ti savait que toutes les courtisanes de Ta-chi-kou étaient réservées aux officiers gradés du quartier général du maréchal. Après que Jasmin eut rempli de vin la coupe du juge, le magistrat leva la sienne et déclara :

— Soyez le bienvenu, Ti, estimé collègue du district voisin et hôte honoré. Buvons à la victoire de notre armée impériale !

— A la victoire ! répéta le juge avant de vider sa coupe d'un trait.

On entendit en provenance de la rue le grondement des roues des charrettes sur le sol gelé.

— Ce doit être les troupes qui partent enfin lancer une contre-offensive, remarqua le juge avec satisfaction.

Kouang tendit l'oreille puis secoua la tête d'un air affligé.

— Non, répondit-il sèchement, ils avancent trop lentement. Ceux-là reviennent du champ de bataille.

Le juge Ti se leva, tira le rideau et ouvrit la fenêtre malgré le vent glacial. A la lueur inquiétante de la lune, il découvrit une longue file de charrettes tirées par des chevaux efflanqués. Elles étaient surchargées de soldats blessés et de corps recouverts de grosse toile. Il referma hâtivement la fenêtre.

— Dînons ! déclara Kouang en désignant de ses baguettes les bols et les plats d'argent disposés sur la table. Chacun contenait une maigre portion de légumes salés, quelques tranches de jambon sec et des haricots cuisinés.

— Des rations de coolie dans de la vaisselle en argent ! Voilà qui résume assez bien la situation, observa amèrement Kouang. Avant la guerre, mon district regorgeait de tout. A présent, les denrées se font rares. Si cela ne change pas rapidement, nous nous retrouverons avec une famine sur les bras.

Le juge allait répondre quelques mots de réconfort, quand une violente quinte de toux secoua sa puissante charpente. Lui jetant un regard inquiet, son collègue lui demanda :

— Cette satanée maladie des bronches a donc également atteint votre district ?

Le juge Ti attendit que sa toux se fût apaisée puis il vida précipitamment sa coupe et répondit d'une voix rauque :

— Quelques cas isolés seulement et rien de très grave pour l'instant. Il s'agit d'une forme bénigne de la maladie, comme dans mon cas.

— Vous avez de la chance, constata sèchement Kouang. Ici tous les malades se mettent à cracher du sang au bout d'un jour ou deux. Ils meurent comme des mouches. J'espère que vos appartements sont confortables, ajouta-t-il d'un ton inquiet.

— Oh oui, j'ai une chambre correcte dans une des plus grandes auberges de la ville, répondit le juge Ti.

En réalité, le juge avait été contraint de partager une mansarde glaciale avec trois officiers, mais il ne tenait pas à accabler davantage son hôte. Kouang n'avait pu le loger dans sa résidence qui avait été réquisitionnée par l'armée, le magistrat ayant été contraint de déménager avec toute sa famille dans une maison délabrée. C'était une situation curieuse ; en temps normal, le magistrat, autorité suprême du district, était pratiquement tout-puissant. Mais aujourd'hui, l'armée le supplantait.

— Je rentrerai demain matin à Lan-fang, reprit le juge. De nombreuses tâches m'y attendent car la nourriture commence à manquer là-bas aussi.

Kouang hocha la tête d'un air sombre avant de demander :

— Pourquoi le maréchal vous a-t-il convoqué ? Il y a deux bonnes journées de voyage depuis Lan-fang, et les routes sont en mauvais état.

— Les Ouigours ont leur campement de l'autre côté du fleuve qui longe mon district, repartit le juge. Le maréchal désirait savoir s'il y avait un risque qu'ils se joignent aux armées tartares. Je lui ai dit que...

Le juge se tut brusquement et regarda d'un air suspicieux les deux filles. Les espions tartares étaient infiltrés partout.

— Il n'y a rien à craindre, indiqua vivement Kouang.

— Eh bien, j'ai dit au maréchal que les Ouigours ne pouvaient fournir que deux mille hommes et que leur khan était parti pour une longue expédition de chasse en Asie centrale, juste avant que les émissaires tartares n'arrivent à son camp pour lui demander de joindre ses forces aux leurs. Le khan ouigour est un homme sage : nous retenons son fils préféré à la capitale.

— Deux mille hommes de plus ou de moins, cela ne changera pas grand-chose, remarqua Kouang. Ces maudits Tartares ont trois cent mille hommes massés à notre frontière, prêts à déferler. Notre front vacille sous leurs coups répétés, et le maréchal retient ici à ne rien faire ses deux cent mille hommes, au lieu de lancer comme prévu la contre-offensive.

Les deux hommes mangèrent un moment en silence, tandis que les jeunes femmes remplissaient leurs coupes au fur et à mesure qu'ils les vidaient. Une fois terminés les haricots et les légumes salés, le magistrat Kouang leva la tête et demanda avec impatience à Rose-thé :

— Où est le riz ?

— Le serveur a dit qu'ils n'en avaient pas, Votre Excellence, répliqua la femme.

— Balivernes ! s'exclama le magistrat en colère avant de se lever et de glisser au juge Ti : Excusez-

225

moi un instant, voulez-vous ? Je vais aller vérifier moi-même !

Dès qu'il fut descendu suivi de Rose-thé, l'autre femme dit à voix basse au juge Ti :

— Pourriez-vous me rendre un grand service, Noble Juge ?

Le magistrat leva les yeux vers elle. Elle devait avoir une vingtaine d'années et n'était point dépourvue de charme. Mais l'épaisse couche de fard ne parvenait pas à dissimuler sa mauvaise mine et ses joues creuses. Ses yeux étaient étrangement grands et brillaient d'un éclat fiévreux.

— De quoi s'agit-il ? demanda-t-il.

— Je ne me sens pas bien, Noble Juge. Si vous pouviez vous retirer de bonne heure et m'emmener avec vous, je vous recevrai volontiers après m'être reposée un moment.

Le juge Ti remarqua qu'elle flageolait d'épuisement.

— Volontiers, répondit le juge. Mais après vous avoir raccompagnée, je rentrerai chez moi. Je ne me sens pas très bien moi non plus, ajouta-t-il avec un fin sourire.

La jeune femme lui jeta un regard reconnaissant.

Quand le magistrat Kouang, suivi de Rose-thé, eut regagné la salle à manger, il dit d'un air contrit :

— Je suis navré, Ti, mais c'est la vérité. Il ne reste plus un grain de riz.

— Eh bien, déclara le juge, j'ai été ravi de vous voir. Mais je trouve également Jasmin très séduisante. Serait-il grossier de ma part de vous demander de bien vouloir m'excuser à présent ?

Kouang protesta qu'il était beaucoup trop tôt pour se séparer, mais il était évident que cette proposition lui convenait parfaitement. Il reconduisit le juge Ti au rez-de-chaussée et le quitta dans l'entrée. Jasmin aida le juge à revêtir son lourd manteau de fourrure et ils sortirent tous deux dans le froid. Il était impossible de trouver une chaise à porteurs, ces derniers ayant tous été enrôlés pour les transports de l'armée.

Les charrettes de morts et de blessés continuaient à défiler dans les rues. Plus d'une fois, le juge et sa compagne durent se plaquer contre le mur d'une maison pour laisser passer les estafettes qui faisaient avancer leurs chevaux éreintés en poussant des jurons obscènes.

Jasmin conduisit le juge dans une ruelle étroite jusqu'à une petite masure blottie contre un grand entrepôt abandonné. Deux pins dont les branches ployaient sous la neige gelée flanquaient la porte vermoulue.

Le juge Ti sortit une pièce d'argent de sa manche et la tendit à la jeune femme.

— Bon, je vais y aller maintenant, mon auberge... commença-t-il, aussitôt interrompu par une violente quinte de toux.

— Vous allez entrer et boire au moins quelque chose de chaud, déclara-t-elle avec autorité. Vous n'êtes pas en état de marcher par ce froid.

Elle ouvrit la porte et fit entrer le juge qui n'avait pas cessé de tousser.

La toux ne s'apaisa que lorsqu'elle lui eut retiré son manteau de fourrure et l'eut fait asseoir sur une chaise en bambou près d'une table à thé branlante. Il faisait très bon dans la petite pièce ; le brasero de cuivre était empli de charbons rougeoyants. Devant l'air surpris du magistrat, elle expliqua d'un ton quelque peu grinçant :

— C'est l'avantage d'être une prostituée par les temps qui courent. On a tout le charbon que l'on veut, grâce à ces charmants soldats !

Elle prit la bougie, l'alluma au brasero et la reposa sur la table. Puis elle disparut derrière un rideau, au fond de la pièce. Le juge Ti examina la chambre à la lueur de la bougie vacillante. Un grand lit occupait le mur du fond ; ses rideaux ouverts laissaient apparaître des couvertures en désordre et un gros oreiller sale.

Soudain, il entendit un bruit étrange. Il regarda autour de lui. Cela venait de l'autre côté d'un rideau bleu délavé, tendu non loin du mur. Il pensa une seconde qu'il était peut-être tombé dans un piège. La police militaire fouettait les voleurs à tous les coins de rue jusqu'à ce qu'il ne leur reste plus que les os, mais le brigandage était cependant monnaie courante en ville. Il se leva vivement et alla ouvrir en grand le rideau.

Il rougit malgré lui. Il y avait un berceau en bois contre le mur. La petite tête ronde d'un nouveau-né émergeait d'une grosse couverture rapiécée ; il fixait le magistrat de ses grands yeux très graves. Le juge referma en hâte le rideau et retourna s'asseoir.

La jeune femme revint avec une grande théière.

— Voilà, buvez ça, dit-elle en lui servant une tasse. C'est un thé spécial, il est censé soigner la toux.

Puis elle passa derrière le rideau et revint avec le bébé dans les bras. Se dirigeant vers le lit, elle remit d'une seule main les couvertures en place et retourna l'oreiller.

— Excusez le désordre, dit-elle en posant l'enfant sur le lit. J'avais un client juste avant que le magistrat ne me fasse appeler pour son dîner.

Avec la désinvolture propre aux femmes de sa profession, elle ôta sa robe. Vêtue de son seul pantalon, elle s'assit sur le lit et se carra contre l'oreiller en poussant un soupir de soulagement. Après quoi elle souleva l'enfant et le coucha contre son sein gauche. Il se mit aussitôt à téter avec avidité.

Le juge Ti but une gorgée du thé médicinal; il avait un arrière-goût amer qui n'était pas désagréable.

— Quel âge a votre enfant? demanda-t-il au bout d'un moment.

— Deux mois, répondit distraitement la femme. C'est un garçon.

Son regard tomba sur les longues cicatrices blanches qui striaient ses épaules; une large trace lui marquait profondément le sein droit. Relevant la tête, elle surprit son regard.

— Oh, ils ne l'ont pas fait exprès, dit-elle avec indifférence, c'était de ma faute. Tandis qu'ils me fouettaient, j'ai essayé de leur échapper et une des lanières du fouet s'est enroulée autour de mon épaule et m'a déchiré la poitrine.

— Pourquoi avez-vous été fouettée? s'enquit le juge.

— C'est une trop longue histoire! répliqua-t-elle d'un ton sec avant de reporter toute son attention sur l'enfant.

Le juge Ti finit son thé en silence. Il respirait déjà beaucoup plus librement, mais une atroce migraine le faisait toujours souffrir. Quand il eut terminé sa seconde tasse, Jasmin replaça le bébé dans son berceau et referma le rideau. Après quoi elle s'approcha de la table, s'étira et bâilla. Montrant son lit, elle demanda :

— Alors, qu'est-ce qu'on fait ? Je me suis un peu reposée et le thé est loin de valoir ce que vous m'avez payé.

— Votre thé est exquis, répondit le juge d'un ton las ; il vaut largement ce que je vous ai donné.

Pour ne pas la blesser il ajouta vivement :

— Je ne voudrais pas vous passer cette maudite bronchite... Je vais prendre encore une tasse avant de partir.

— Comme vous voudrez ! Je vais en boire une moi aussi, ajouta-t-elle en s'asseyant en face du magistrat, j'ai la gorge toute sèche.

Dans la rue, des pas crissèrent sur la neige gelée. C'était la ronde de nuit qui passait en sonnant minuit sur les claquets de bois. Jasmin se tassa sur son siège.

— Déjà minuit ? sursauta-t-elle en portant les mains à sa gorge.

— Oui, répondit le juge d'un air inquiet. Si nous ne lançons pas très vite notre contre-offensive, j'ai bien peur que les Tartares ne fassent une percée et n'envahissent la région. Nous les repousserons encore une fois, naturellement, mais avec un aussi joli enfant, ne serait-il pas plus prudent de faire vos paquets et de passer à l'est demain matin ?

La jeune femme regardait droit devant elle ; le désespoir se lisait dans ses yeux fiévreux. Enfin, comme se parlant à elle-même, elle dit :

— Plus que six heures ! Et, fixant le juge : « Mon enfant... ? Son père va être décapité à l'aube. »

Le juge Ti reposa sa tasse.

230

— Décapité ? s'exclama-t-il. Je suis désolé. Qui est-ce ?

— Un capitaine ; il s'appelle Wou.

— Qu'a-t-il fait ?

— Rien du tout.

— On ne décapite pas les gens pour rien ! remarqua le juge avec humeur.

— Il a été accusé à tort. Ils ont dit qu'il avait étranglé la femme d'un de ses camarades officiers. Il est passé en cour martiale et a été condamné à mort. Cela fait un an qu'il attend à la prison militaire la confirmation de la sentence. Elle est arrivée aujourd'hui.

Le juge tiraillla sa moustache.

— J'ai souvent collaboré avec la police militaire, déclara-t-il. Leur système judiciaire est beaucoup plus fruste que le nôtre, civil, mais je les ai toujours trouvés efficaces et consciencieux. Ils commettent rarement d'erreurs.

— Cette fois-ci, ils en ont commis une, affirma Jasmin. Il n'y a plus rien à faire ; c'est trop tard, ajouta-t-elle avec résignation.

— Effectivement, s'il doit être exécuté à l'aube, il n'y a plus grand-chose à faire, convint le juge.

Il réfléchit un instant avant de reprendre :

— Pourquoi ne me raconteriez-vous pas ce qui s'est passé ? Cela me distrairait de mes propres soucis et vous aiderait peut-être à passer le temps.

— De toute façon, dit-elle en haussant les épaules, je suis beaucoup trop malheureuse pour dormir. Alors voilà : il y a un an et demi environ, deux capitaines en garnison ici, à Ta-chi-kou, fréquentaient le quartier réservé. L'un s'appelait Pan, l'autre Wou. Ils étaient contraints de travailler ensemble, appartenant au même service, mais ils ne s'entendaient absolument pas ; ils étaient aussi différents que possible. Pan était une poule mouillée, au visage doucereux, une espèce de dandy qui ressemblait plus à un candidat aux examens qu'à un soldat. Malgré tous ses beaux discours, il était méchant et les filles ne l'aimaient guère. Wou était tout le contraire, un garçon nature, excellent boxeur et bretteur, aux plaisanteries aussi promptes que ses poings. On disait que les soldats étaient prêts à se jeter à l'eau pour lui. Il n'était pas précisément beau, mais je l'aimais. Et il ne voulait que moi. Il versait régulièrement de l'argent à la tenancière du bordel pour que je n'aie pas à coucher avec le premier client venu. Il m'avait promis de m'acheter et de m'épouser dès qu'il aurait obtenu sa promotion, et c'est pour cela que j'ai gardé l'enfant. En général, on s'en débarrasse avant ou on les vend. Mais je désirais le mien.

La jeune femme vida sa tasse, chassa une mèche de son front et poursuivit :

— Jusque-là tout allait bien. Et puis une nuit, il y a environ dix mois, en rentrant chez lui, Pan a découvert sa femme étranglée et Wou pétrifié auprès de son lit. Pan a appelé une patrouille militaire qui passait en bas et accusé Wou d'avoir assassiné sa femme. Ils furent tous deux traînés devant les tribunaux militaires. Pan déclara que Wou ne cessait d'importuner son épouse qui le repoussait. Ce salaud d'hypocrite a dit qu'il lui avait plusieurs fois demandé de la laisser tranquille et qu'il ne l'avait pas dénoncé parce que Wou était son camarade ! Bon, Pan a dit aussi que Wou savait qu'il était de garde ce soir-là à l'armurerie, et qu'il en

232

avait profité pour se rendre chez lui et essayer encore une fois de coucher avec sa femme. Elle avait refusé, Wou était entré dans une rage folle et l'avait étranglée. Voilà toute l'histoire.

— Et qu'a répondu Wou à tout cela ? demanda le juge.

— Il a dit que Pan était un sale menteur, qu'il savait bien qu'il le détestait et que c'était lui qui avait étranglé sa femme pour le perdre.

— Il n'est pas très malin, votre capitaine, remarqua sèchement le juge Ti.

— Ecoutez-moi un peu ! Wou a dit qu'alors qu'il passait devant l'armurerie ce soir-là, Pan l'avait appelé et lui avait demandé de passer par chez lui pour voir si sa femme n'avait besoin de rien, car elle s'était sentie mal l'après-midi. Quand Wou est arrivé à la maison, la porte d'entrée était ouverte et les domestiques absents. Comme personne ne répondait à ses appels, il est entré dans la chambre et a trouvé la femme morte. Pan a aussitôt surgi dans la pièce en criant à la patrouille de venir.

— Etrange histoire, constata le juge. Comment le magistrat militaire a-t-il formulé son verdict ? Mais non, vous ne pouvez pas le savoir, naturellement.

— Si, j'étais là, cachée dans la foule. J'étais morte de peur, croyez-moi, car quand une putain se fait prendre dans un établissement militaire, elle n'échappe pas au fouet. Enfin, le colonel a dit que Wou était coupable d'adultère avec la femme d'un autre soldat, et l'a condamné à la décapitation. Il a dit qu'il laissait plus ou moins de côté l'affaire de meurtre, car ses hommes avaient découvert que Pan avait congédié ses domestiques juste après dîner, et qu'à peine arrivé à l'armurerie, il avait prévenu la police militaire que des voleurs rôdaient dans son quartier, leur demandant d'aller surveiller un peu sa maison. Le colonel a dit aussi qu'il était possible que Pan ait découvert la liaison de son épouse avec Wou, et qu'il l'ait donc étranglée. Il en avait le droit; selon la loi, il aurait même pu tuer Wou s'il l'avait pris sur le fait, comme on dit. Mais Pan avait peut-être eu peur de s'attaquer à Wou, et donc choisi cette voie détournée pour le faire condamner. En tout cas, il était inutile de tergiverser, a dit le colonel. Le fait est que Wou avait fricoté avec la femme d'un de ses camarades, et que cela nuisait au moral des troupes. C'est pourquoi il devait être décapité.

La jeune femme se tut. Le juge Ti se caressa les favoris.

— A première vue, dit-il au bout d'un moment, je dirais que le colonel a eu parfaitement raison. Son verdict correspond à la rapide description que vous m'avez faite de la personnalité des deux individus concernés. Qu'est-ce qui vous fait croire à ce point que Wou n'avait pas de liaison avec la femme de Pan ?

— Parce que Wou m'aimait et qu'il n'aurait même jamais regardé une autre femme, répliqua-t-elle sans hésiter.

Le juge Ti se dit qu'il s'agissait là d'un argument typiquement féminin.

— Qui vous a fouettée et pour quelle raison ? demanda-t-il pour changer de sujet.

— C'est une histoire tellement stupide ! répondit-elle d'un ton morne. Après l'audience du tribunal, j'étais très en colère contre Wou. Je m'étais aperçue que j'étais enceinte, et pendant ce temps-là, derrière mon dos, ce sale mufle faisait des coquetteries à la

234

femme de Pan ! Alors j'ai couru à la prison et y suis entrée en me faisant passer pour la sœur de Wou auprès des geôliers. En le voyant, je lui ai craché au visage, l'ai traité de perfide débauché et suis repartie aussi sec. Mais dans l'état où j'étais, je ne pouvais plus travailler, alors j'ai repensé à tout ça et je me suis dit que j'étais complètement idiote et que Wou m'aimait bel et bien. Donc, il y a huit semaines, après la naissance de notre enfant, quand j'ai été à nouveau sur pied, je suis retournée à la prison militaire pour m'excuser auprès de Wou. Mais il avait dû raconter aux gardiens la façon dont je les avais bernés la fois précédente — et il n'a pas eu tort, étant donné tout ce que je lui avais sorti ! A peine étais-je entrée qu'ils m'ont attachée et fouettée. J'ai eu de la chance, je connaissais le soldat qui tenait le fouet ; il n'a pas frappé trop fort, autrement l'armée aurait eu à fournir un cercueil. Avec ce que j'ai reçu, j'ai eu le dos et les épaules entièrement lacérés et je saignais comme un porc, mais je ne suis pas une mauviette et j'ai tenu le coup. « Elle est forte comme un bœuf », disait de moi mon père avant de devoir me vendre pour payer le loyer de notre lopin de terre. Ensuite, le bruit a couru que les Tartares projetaient une attaque. Le commandant de la garnison a été appelé à la capitale et la guerre a commencé. Une chose en entraînant une autre, l'affaire de Wou a traîné en longueur. Ce matin, la décision est arrivée, et ils vont lui couper la tête à l'aube.

Elle s'enfouit brusquement le visage dans les mains et commença à sangloter. Le juge caressa lentement sa longue barbe noire, attendant qu'elle se calmât. Puis il demanda :

— Le mariage des Pan était-il heureux?

— Comment voulez-vous que je le sache? Je ne dormais pas sous leur lit!

— Ont-ils eu des enfants?

— Non.

— Depuis quand étaient-ils mariés?

— Laissez-moi réfléchir. Il y a un an et demi, oui, c'est ça. La première fois que j'ai rencontré les deux capitaines, Wou m'a dit que Pan venait d'être rappelé chez son père pour épouser la femme que ses parents lui avaient choisie.

— Connaissez-vous par hasard le nom de son père?

— Non, je sais seulement que Pan avait l'habitude de se vanter que son père était un gros bonnet de Sou-tchow.

— Il doit s'agir de Pan Wei-liang, le préfet, déclara aussitôt le juge Ti. C'est un homme réputé, historien érudit. Je ne l'ai jamais rencontré, mais j'ai lu plusieurs de ses livres. Très intéressant. Son fils est-il toujours ici?

— Oui, attaché à l'état-major. Si vous avez une telle admiration pour les Pan, allez donc retrouver ce fils de chien et vous en faire un ami! ajouta-t-elle d'un ton méprisant.

Le juge Ti se leva.

— C'est ce que je vais faire, dit-il, comme s'il se parlait à lui-même.

Elle lança un juron obscène.

— Vous êtes bien tous les mêmes, tous autant que vous êtes! railla-t-elle. Ce que je suis contente de n'être qu'une honnête putain! Ce monsieur est délicat, il ne veut pas coucher avec une femme à laquelle il manque la moitié d'un sein, hein ? Vous voulez que je vous rende votre argent ?

— Gardez-le ! répondit calmement le juge.

— Allez au diable ! s'écria-t-elle en crachant par terre avant de lui tourner le dos.

Le juge remit en silence son manteau de fourrure et partit.

Comme il marchait dans la grand-rue, encore encombrée de soldats, le juge Ti se dit que les choses se présentaient plutôt mal. Quand bien même trouverait-il le capitaine Pan et parviendrait-il à lui arracher l'élément dont il avait besoin pour étayer sa théorie, il lui faudrait encore essayer d'obtenir une audience avec le maréchal, car lui seul à ce stade pouvait surseoir à l'exécution. Or le maréchal était entièrement absorbé par des tâches capitales, dont dépendait l'avenir de l'Empire fleuri. En outre, ce redoutable soldat n'était pas connu pour son amabilité. Le juge Ti serra les dents. Si l'Empire en était arrivé au point où un juge ne pouvait empêcher l'exécution d'un innocent...

Le quartier général du maréchal était situé dans ce que l'on appelait le Palais de Chasse, vaste demeure que l'empereur actuel avait fait construire pour son fils aîné qu'il chérissait tout particulièrement et qui était mort dans la fleur de l'âge. Le prince héritier adorait aller chasser sur la frontière occidentale. Il avait trouvé la mort lors d'une de ses expéditions dans la région, et selon son désir il avait été enterré à Ta-chi-kou. Son sarcophage avait été placé dans une crypte du Palais, comme plus tard celui de la princesse.

Le juge Ti eut quelque difficulté à se faire

introduire par les gardes, qui considéraient tout civil avec la plus grande méfiance. Mais il finit par être conduit dans une petite antichambre glaciale, et une ordonnance daigna apporter sa carte de visite rouge au capitaine Pan. Au bout d'un long moment, un jeune officier apparut. La cotte de mailles ajustée et le large ceinturon accentuaient sa minceur et le casque de fer mettait en valeur un visage non dénué de beauté mais froid, entièrement glabre à l'exception d'une moustache noire. Après avoir sèchement salué le juge, il attendit dans un silence hautain que le magistrat lui adressât la parole. Un magistrat de district occupait naturellement une position plus élevée qu'un capitaine de l'armée, mais le comportement de Pan laissait entendre qu'en temps de guerre les choses en allaient autrement.

— Asseyez-vous, asseyez-vous ! dit jovialement le juge Ti. Une promesse est une promesse, c'est ce que je dis toujours. Et mieux vaut tard que jamais !

Le capitaine Pan s'assit de l'autre côté de la table à thé, l'air poliment surpris.

— Il y a six mois, expliqua le juge, comme j'étais de passage à Sou-tchow, en rentrant à Lan-fang, j'ai eu une longue discussion avec votre père. L'histoire me passionne également, savez-vous, à mes moments perdus ! Avant de nous séparer, il me dit la chose suivante : « Mon fils aîné est en poste à Ta-chi-kou, le district voisin du vôtre. Si un jour vous y passez, faites-moi la faveur d'aller voir comment il se porte. Le pauvre garçon a un manque de chance inimaginable. » Eh bien, hier le maréchal m'a convoqué et, avant de retourner à Lan-fang, j'ai voulu tenir ma promesse.

— C'est extrêmement aimable à vous, Noble

Juge ! marmonna Pan confus. Je vous prie d'excuser mon peu d'empressement de tout à l'heure. J'ignorais... et je ne me sens pas dans mon état normal. Les mauvaises nouvelles du front, voyez-vous...

Pan cria un ordre. Un soldat apporta une théière fumante.

— Est-ce... est-ce que mon père vous a parlé du drame, Noble Juge ?

— Il m'a simplement dit que votre épouse avait été assassinée l'année dernière. Recevez mes sincères...

— Il n'aurait pas dû me forcer à me marier, Noble Juge ! s'exclama le capitaine. Je lui ai dit... j'ai essayé de lui dire... mais il était toujours trop occupé, il n'avait jamais le temps...

Pan fit un effort pour se ressaisir et reprit :

— Je trouvais que j'étais trop jeune pour me marier, comprenez-vous. Je désirais que mon père attende encore un peu ; quelques années, jusqu'à ce que je sois muté dans une grande ville, par exemple. Qu'il me laisse du temps pour réfléchir.

— Aimiez-vous une autre jeune fille ?

— Le Ciel m'en préserve ! s'écria le jeune officier. Non, Noble Juge, c'était simplement que je ne me sentais pas du tout prêt pour le mariage, pas encore...

— A-t-elle été assassinée par des voleurs ?

Pan secoua tristement la tête. Il avait brusquement blêmi.

— Le meurtrier était un de mes camarades, Noble Juge. Un de ces répugnants coureurs de femmes ; il était impossible d'avoir une conversation normale et décente avec lui. Les femmes, les femmes, il n'avait que ce mot-là à la bouche, il se laissait toujours prendre par leurs petits jeux dégoûtants…

Le jeune homme prononça ces derniers mots avec le plus profond dégoût. Après avoir vidé précipitamment sa tasse de thé, il ajouta d'un ton las :

— Il a essayé de séduire mon épouse et, devant son refus, l'a étranglée. Il va être décapité ce matin, à l'aube.

Soudain, le capitaine s'enfouit la tête dans les mains.

Le juge Ti observa un moment le jeune homme effondré puis il dit d'une voix douce :

— Oui, vous n'avez vraiment pas de chance.

Puis il se leva et enchaîna d'un ton tout à fait terre à terre :

— Je dois retourner voir le maréchal. Veuillez me conduire auprès de lui, je vous prie.

Le capitaine Pan se leva vivement. Comme il entraînait le juge dans un long couloir où passaient en courant des ordonnances, il dit :

— Je ne peux vous conduire que jusqu'à l'antichambre, Noble Juge. Seuls les membres du Haut Commandement sont admis au-delà.

— Cela ira, répondit le juge.

Le capitaine Pan introduisit le juge dans une pièce envahie d'officiers et lui dit qu'il l'attendrait pour le reconduire à l'entrée principale. A l'apparition du juge, le silence se fit brusquement. Un colonel s'avança vers lui. Après un coup d'œil rapide au bonnet du magistrat, il demanda froidement :

— Qu'y a-t-il pour votre service, Votre Excellence ?

— Il faut que je voie le maréchal pour affaire pressante.

— Impossible ! répondit le colonel du tac au tac. Le maréchal est en conférence. J'ai reçu l'ordre formel de n'introduire personne.

— La vie d'un homme est en jeu, déclara gravement le juge Ti.

— La vie d'un homme, dites-vous ? s'exclama le colonel avec un sourire narquois. Le maréchal est en train de décider de celle de deux cent mille hommes, Votre Excellence ! Puis-je vous raccompagner ?

Le juge Ti pâlit. Il avait échoué dans sa mission. Raccompagnant poliment mais fermement le magistrat vers la sortie, le colonel ajouta :

— Je suis certain que vous comprendrez, Votre Excellence...

— Excellence ! cria un autre colonel qui venait d'entrer précipitamment. Malgré le froid, son visage était en sueur. Sauriez-vous par hasard où se trouve un de vos collègues, un certain Ti ?

— C'est moi-même, repartit le juge.

— Le Ciel soit loué ! Cela fait des heures que je vous cherche ! Le maréchal veut vous voir !

Tirant le juge par la manche, il lui fit prendre un couloir obscur qui s'ouvrait au fond de l'antichambre. D'épaisses tentures de feutre amortissaient tous les bruits de l'extérieur. Au bout du couloir, il ouvrit une lourde porte et fit entrer le juge.

L'immense salle était étonnamment silencieuse. Un groupe d'officiers supérieurs en armures rutilantes se tenait autour d'un bureau monumental couvert de cartes et de papiers. Tous les regards étaient fixés sur le colosse qui arpentait la pièce, les mains derrière le dos.

Il portait une cotte de mailles ordinaire, rehaussée

« Vous êtes doué pour les devinettes à ce qu'il paraît », dit le maréchal.

de plaquettes métalliques sur les épaules, et la culotte bouffante des soldats de la cavalerie. Mais au sommet de son casque pointu, le dragon doré indiquant son rang dressait fièrement sa tête cornue. A chacun de ses pas pesants, la pointe de son large sabre qui pendait à son ceinturon cliquetait sur les dalles de marbre délicatement ouvragées.

Le juge Ti s'agenouilla tandis que le colonel s'approchait du maréchal et, se mettant au garde-à-vous, lui parla à voix basse :

— Ti ? s'écria le maréchal. Je n'ai plus besoin de lui, renvoyez-le ! Non, attendez ! Il me reste encore deux heures avant de donner l'ordre de retraite.

Et il cria au juge :

— Hep, vous là ! Cessez donc de ramper par terre et approchez !

Le juge Ti se releva vivement et alla s'incliner profondément devant le maréchal. Puis il se redressa. Le juge était grand, mais le maréchal le dépassait de deux bons pouces. Glissant les siens dans son ceinturon, le géant fixa le juge de son féroce œil droit. Le gauche était recouvert d'un bandeau noir ; une flèche barbare l'avait crevé lors de la campagne du Nord.

— Vous êtes doué pour les devinettes, à ce qu'il paraît ? Eh bien, je vais vous en poser une !

Se tournant vers le bureau, il cria :

— Liou ! Mao !

Deux hommes en armures de généraux se détachèrent aussitôt du groupe agglutiné autour de la table. Le juge Ti reconnut Liou, le soldat maigre en armure dorée ; l'homme trapu aux larges épaules en cuirasse dorée et casque d'argent était Mao, le général en chef de la police militaire. Seul Sang, le commandant de l'aile droite, était absent. Avec le maréchal, ces trois hommes étaient les chefs suprêmes de l'armée ; pour faire face à la crise actuelle, l'empereur avait remis entre leurs mains le destin du peuple chinois. Le juge s'inclina profondément, sous le regard impassible des deux généraux.

Le maréchal traversa la pièce et ouvrit une porte d'un coup de pied. Après avoir emprunté plusieurs grands couloirs déserts, tout au long desquels les bottes ferrées des trois officiers résonnaient sur le sol de marbre, ils descendirent un large escalier au bas duquel deux gardes du palais se mirent au garde-à-vous. Sur un geste du maréchal, ils ouvrirent lentement une porte massive à deux battants.

Les quatre hommes pénétrèrent dans une gigantesque crypte, faiblement éclairée par de grandes lampes à huile en argent, disposées à intervalles réguliers dans les niches des murs élevés et dépourvus de fenêtres. Au centre de la crypte, il y avait deux cercueils de taille impressionnante, laqués de vermillon, couleur de la résurrection. Ils étaient parfaitement identiques : dix pieds de large sur trente de long et une quinzaine de pieds de haut.

Le maréchal s'inclina, imité par les trois autres soldats, puis se tourna vers le juge et déclara en montrant les cercueils :

— Voilà votre devinette, Ti ! Cet après-midi, alors que j'étais sur le point de donner l'ordre d'attaquer, le général Sang est venu accuser de haute trahison Liou, ici présent. Il a affirmé que Liou avait contacté le khan tartare et convenu avec lui que dès que nous attaquerions, il rejoindrait ces chiens de Tartares avec ses propres troupes. Liou aurait reçu par la suite la moitié sud de l'Empire en récompense. La preuve ? Sang a prétendu que Liou avait caché dans le cercueil du prince héritier deux cents armures, ainsi qu'autant de casques et de sabres, marqués du signe de reconnaissance des traîtres. Le moment venu, les complices de Liou au Haut Commandement devaient ouvrir le cercueil, revêtir ces armures et massacrer tous les membres de l'état-major étrangers au complot.

Le juge Ti tressaillit et jeta un rapide coup d'œil au général Liou. L'homme décharné regardait droit devant lui, blême et tendu.

— Je réponds de Liou comme de moi-même, reprit le maréchal en pointant agressivement sa barbiche en avant, mais Sang a une longue carrière irréprochable derrière lui et je ne peux prendre aucun risque. Je dois vérifier ces accusations et vite. Les plans de contre-offensive sont prêts. Liou commandera une avant-garde de quinze mille hommes et enfoncera un coin dans les hordes tartares. Puis j'arriverai derrière lui avec cent cin-quante mille hommes et repousserai ces chiens jusqu'à leurs steppes. Mais il semble que le vent soit sur le point de tourner ; si nous tardons trop, nous aurons la neige et la grêle en pleine face.

« Avec les meilleurs hommes de Mao, j'ai exa-miné pendant des heures le cercueil du prince héritier, mais absolument rien ne permet de croire qu'on y ait touché. Sang affirme qu'ils ont découpé une partie du revêtement de laque, fait un trou, glissé dedans leur matériel et remis en place le revêtement. D'après lui, il existe des spécialistes capables de procéder à cette opération sans laisser la moindre trace. C'est possible, mais j'ai besoin d'une preuve tangible. Or je ne peux profaner le cercueil du fils bien-aimé de l'empereur en l'ouvrant — je ne peux pas même y toucher sans l'autorisation spéciale de Sa Majesté — et il me faudra attendre au moins six jours pour avoir la réponse de la capitale. Par ailleurs, je ne peux lancer l'offensive avant de m'être assuré que les accusations portées contre Liou sont fausses. Si je n'y parviens pas d'ici deux heures, je serai obligé d'ordonner une retraite générale. Mettez-vous à l'œuvre, Ti !

Le juge fit le tour du cercueil du prince héritier, avant d'examiner plus superficiellement celui de la princesse. Désignant les longues perches posées par terre, il demanda :

— A quoi cela sert-il ?

— J'ai fait incliner le cercueil, répondit froidement le général Mao, pour vérifier si l'on n'avait pas touché au fond. Tout ce qui était humainement possible a été fait.

Le juge hocha la tête.

— J'ai lu un jour une description de ce palais, dit-il d'un air songeur. Je me rappelle qu'il y était écrit que l'Auguste Dépouille avait tout d'abord été placée dans un coffre d'or massif, placé à son tour dans un second coffre d'argent et enfin dans un troisième, en plomb. Dans l'espace vide, on a mis les parures et les costumes de cour du prince héritier. Le sarcophage en tant que tel se compose d'épaisses planches de cèdre recouvertes de laque à l'extérieur. Il a été procédé à la même opération deux ans plus tard, à la mort de la princesse. Comme celle-ci adorait se promener en bateau, on a fait creuser un grand lac artificiel derrière le palais, et disposer les embarcations préférées de la princesse et des dames de sa cour. Est-ce exact ?

— Mais oui, bien sûr, grommela le maréchal. C'est de notoriété publique. Et finissez-en avec ces sornettes, Ti ! Venez-en au fait !

— Pourriez-vous me fournir une centaine de sapeurs, Maréchal ?

— Pour quoi faire ? Ne vous ai-je pas dit que l'on ne pouvait toucher à ce cercueil ?

— Je crains que les Tartares n'en sachent eux aussi long sur ces cercueils, Maréchal. S'ils viennent à occuper temporairement la ville, ils les ouvriront pour les piller. Afin de les sauver de la profanation, je propose de les couler au fond du lac.

Le maréchal le regarda d'un air interloqué, puis il vociféra :

— Maudit imbécile ! Vous ne savez donc pas que les cercueils sont creux ? Ils ne couleront jamais. Vous...

— Ils ne doivent effectivement pas couler, Maréchal ! s'empressa de répondre le juge Ti. Mais le projet de les couler nous offre une raison valable de les déplacer.

Le maréchal le foudroya de son unique œil redoutable avant de s'exclamer :

— Juste Ciel ! Je crois que vous avez trouvé la solution, Ti !

Se tournant vers le général Mao, il ordonna :

— Ramenez-moi une centaine de sapeurs avec des câbles et des rondins ! Exécution !

Dès que Mao eut disparu en courant dans l'escalier, le maréchal se mit à marcher de long en large en marmonnant dans sa barbe. Le général Liou observait à la dérobée le juge Ti. Immobile, celui-ci contemplait en silence le cercueil du prince héritier, les bras croisés dans ses longues manches.

Le général Mao fut bientôt de retour. Des dizaines d'hommes petits et trapus envahirent la crypte à sa suite. Ils portaient des vestes et des pantalons de cuir brun et des bonnets pointus de même matière avec de longs rabats sur le cou et les oreilles. Certains étaient chargés de rondins, d'autres de rouleaux de gros câble. C'était à eux, les sapeurs, que l'on avait recours lorsqu'il s'agissait de creuser des tunnels, de monter des machines pour escalader les murs d'une ville, de couper les fleuves et les ports par des barrages sous-marins, et de mener à bien toutes les opérations spéciales nécessitées par la guerre.

Lorsque le maréchal eut transmis ses instructions à leur chef, une douzaine de sapeurs se précipitèrent vers la lourde porte de la crypte et l'ouvrirent en grand. Un pâle clair de lune éclairait la vaste terrasse de marbre. Trois degrés descendaient jusqu'au lac en contrebas, couvert d'une mince couche de glace.

Les autres sapeurs entourèrent le cercueil du prince comme autant de fourmis industrieuses. On n'entendait pratiquement aucun bruit car les hommes se communiquaient les ordres par gestes. Ils étaient capables de creuser un tunnel sous un bâtiment en faisant si peu de bruit que les occupants s'en apercevaient seulement quand les murs et le sol s'effondraient brusquement. Trente sapeurs penchèrent le cercueil en se servant des longues perches comme leviers ; une équipe glissa les rondins dessous tandis qu'une autre l'entourait de gros câble.

Le maréchal les regarda faire un moment puis sortit sur la terrasse suivi du juge Ti et des généraux. Ils restèrent en silence au bord de l'eau, contemplant la surface gelée du lac.

Soudain, ils entendirent un grondement sourd derrière eux. Le gigantesque cercueil franchissait lentement la porte. Des dizaines de sapeurs le halaient à l'aide des câbles, tandis que d'autres glissaient au fur et à mesure dessous de nouveaux rondins. Le cercueil fut ainsi roulé jusqu'à la terrasse, puis lancé à l'eau tel un navire. La glace se brisa, le cercueil tangua un moment avant de se stabiliser, plongé aux deux tiers sous l'eau. Un vent glacial balaya le lac et le juge se mit à tousser violemment. Remontant son foulard sur le bas de son visage, il fit signe au chef des sapeurs et lui montra du doigt le cercueil de la princesse resté dans la crypte.

Un roulement sonore se fit de nouveau entendre. Le second cercueil fut tiré à son tour et plongé dans l'eau où il flotta à côté de celui du prince héritier. Le maréchal s'approcha pour examiner attentivement les deux cercueils en comparant leurs lignes de flottaison. Elles étaient pratiquement au même niveau, à cela près que le cercueil de la princesse semblait légèrement plus lourd que celui du prince.

Le maréchal se redressa et donna une grande claque sur l'épaule de Liou.

— Je savais que je pouvais vous faire confiance, Liou! s'exclama-t-il. Alors, qu'est-ce que vous attendez, mon ami? Donnez le signal, et partez vite avec vos troupes! Je vous rejoins dans six heures; bonne chance!

Un lent sourire illumina le visage austère du général. Le chef des sapeurs s'approcha du maréchal et lui dit respectueusement :

— Nous allons à présent charger les cercueils de lourdes chaînes et de pierres, Maréchal, puis nous...

— J'ai changé d'avis, lui répondit le maréchal d'un ton péremptoire. Ramenez-les à terre et remettez-les dans leur position d'origine.

Puis il cria au général Mao : — Rendez-vous avec une centaine d'hommes au camp de Sang, devant la Porte de l'Ouest. Arrêtez-le pour haute trahison et envoyez-le enchaîné à la capitale. Le général Kao prendra la tête de ses troupes. Enfin il se tourna vers le juge qui n'avait pas cessé de tousser : « Vous avez compris toute l'affaire, n'est-ce pas ? Sang est plus âgé que Liou et il n'a pas digéré la promotion de ce dernier à un grade aussi élevé que le sien. C'est Sang, ce fils de chien, qui a conspiré avec le khan des Tartares ! Son accusation invraisemblable n'était destinée qu'à empêcher la contre-offensive. Il nous aurait attaqués avec les Tartares dès que nous aurions opéré notre retraite. Cessez donc de tousser ainsi, Ti ! C'est exaspérant ! Nous en avons terminé, maintenant, suivez-moi ! »

La salle du conseil bourdonnait à présent d'activité. De grandes cartes avaient été étalées par terre. Les officiers supérieurs mettaient au point les derniers préparatifs de la contre-offensive imminente. Un général proposa avec excitation au maréchal :

— Si nous ajoutions cinq mille hommes au contingent posté derrière ces collines-là, Maréchal ?

Le maréchal se pencha sur la carte. Les deux hommes ne tardèrent pas à discuter avec animation un problème technique délicat. Le juge Ti jeta un coup d'œil anxieux à la grande clepsydre qui se trouvait dans un coin de la salle. Il ne restait plus qu'une heure avant l'aube. S'approchant du maréchal, il demanda avec hésitation :

— Puis-je prendre la liberté de vous demander une faveur, Maréchal ?

Le soldat se redressa et lança avec humeur :

— Quoi ? Qu'est-ce qu'il y a encore ?

— Maréchal, j'aimerais que vous révisiez l'affaire d'un capitaine qui doit être exécuté ce matin, alors qu'il est innocent.

Le maréchal devint écarlate.

— Au moment où se joue le destin de l'Empire, rugit-il, vous osez m'importuner avec la vie d'un malheureux individu ?

Le juge Ti regarda fixement l'œil qui roulait dans son orbite et répondit calmement :

— On doit sacrifier un millier d'hommes si les nécessités de la guerre l'exigent, Maréchal. Mais l'on ne doit pas perdre un seul homme si cela n'est pas indispensable.

Le maréchal vociféra un chapelet de jurons mais se reprit rapidement et dit avec un léger sourire :

— Si jamais un jour vous en avez assez de tout ce travail de gratte-papier pour les civils, Ti, venez me voir. Par le Ciel, je ferai de vous un général ! Réviser l'affaire, vous avez dit ? C'est ridicule, je vais régler cela tout de suite ! Donnez vos ordres !

Le juge Ti se tourna vers le colonel qui s'était précipité vers eux en entendant le maréchal jurer.

— Un capitaine nommé Pan m'attend à la porte de l'antichambre, lui dit-il. Il a faussement accusé de meurtre un autre capitaine. Pouvez-vous nous l'amener ici ?

— Amenez également son supérieur direct, ajouta le maréchal. Et faites vite !

Comme le colonel se précipitait vers la porte, une sonnerie lente et déchirante retentit à l'extérieur.

Elle augmenta de volume, traversant les murs épais du palais. C'étaient les longues trompettes de cuivre qui sonnaient le branle-bas de combat.

Le maréchal bomba le torse et déclara avec un large sourire :

— Ecoutez Ti ! C'est la plus belle musique qui soit ! Puis il se tourna de nouveau vers les cartes qui jonchaient le sol.

Le juge Ti ne quittait pas des yeux l'entrée. Le colonel revint en un temps record, suivi d'un officier d'un certain âge et de Pan.

— Les voilà, annonça le juge au maréchal.

Le maréchal fit volte-face, glissa les pouces dans son ceinturon, jetant un regard mauvais aux deux hommes. Ils se mirent aussitôt au garde-à-vous, fascinés. C'était la première fois qu'ils se trouvaient en présence du plus grand homme de guerre de l'Empire. Le colosse grommela à l'adresse de l'officier le plus âgé :

— Faites-moi votre rapport sur ce capitaine !

— Excellent gestionnaire, bonne discipline. Ne s'entend pas avec les autres soldats, aucune expérience du combat... récita l'officier.

— Votre affaire ? demanda le maréchal au juge Ti.

Le magistrat s'adressa d'un ton froid au jeune capitaine :

— Capitaine Pan, vous n'étiez pas fait pour vous marier. Vous n'aimez pas les femmes. Vous aimiez votre camarade le capitaine Wou, mais il vous a éconduit. Alors vous avez étranglé votre épouse et accusé Wou du crime.

— Est-ce la vérité ? tonna le maréchal en se tournant vers Pan.

— Oui, Maréchal! répondit le capitaine qui semblait dans un état second.

— Emmenez-le, ordonna le maréchal au colonel, et faites-le fouetter lentement avec le jonc le plus fin jusqu'à ce que mort s'ensuive.

— Je demande la clémence, Maréchal! intervint aussitôt le juge. Ce capitaine a été contraint par son père de se marier. La nature en avait décidé autrement, et il a été incapable d'affronter les problèmes que cela impliquait. Je propose une simple condamnation à mort.

— Accordé! Et à Pan : « Etes-vous capable de mourir en officier? »

— Oui, Maréchal! répéta Pan.

— Assistez le capitaine! ordonna d'une voix âpre le maréchal à l'officier le plus âgé.

Le capitaine Pan dénoua son foulard pourpre et le tendit à son supérieur. Puis il tira son sabre. S'agenouillant devant le maréchal, Pan saisit de la main droite la garde de son sabre et en releva vivement la pointe de la gauche. La lame acérée lui entailla profondément les doigts, sans qu'il semblât s'en apercevoir. L'officier supérieur s'approcha de l'homme à genoux, en tenant des deux mains son foulard déployé. Levant la tête vers le maréchal qui le dominait de toute sa hauteur, Pan s'écria :

— Vive l'Empereur!

Puis, d'un geste brutal, il se trancha la gorge. L'officier serra aussitôt le foulard autour du cou de l'homme chancelant, afin d'étancher le sang. Le maréchal hocha la tête et dit au supérieur de Pan :

— Le capitaine Pan est mort en officier. Veillez à ce qu'il soit enterré comme tel! Et à l'adresse du juge Ti :

— Vous, allez vous occuper de l'autre type. Qu'il soit libéré, réintégré dans ses anciennes fonctions et ainsi de suite. Puis il se pencha de nouveau sur la carte et ordonna au général :

— Ajoutez cinq mille hommes à l'entrée de cette vallée, ici !

Tandis que cinq ordonnances emportaient le cadavre de Pan, le juge Ti se dirigea vers le grand bureau, saisit un pinceau et rédigea une brève note sur le papier à en-tête du Haut Commandement. Un colonel y apposa le large sceau du maréchal puis le contresigna. Avant de partir, le juge Ti jeta un rapide coup d'œil à la clepsydre : il lui restait encore une demi-heure.

Le magistrat mit longtemps à parcourir la courte distance qui séparait le palais de la prison militaire. Les rues étaient bondées de soldats à cheval ; ils chevauchaient par six de front, brandissant haut leurs grandes hallebardes, si redoutées des Tartares. Leurs chevaux étaient bien nourris et leurs armures étincelaient dans les rayons rouges de l'aube. C'était l'avant-garde du général Liou, le fleuron de l'armée impériale. Puis suivit le bruit grave et profond des roulements de tambour, appelant les hommes du maréchal à rejoindre leurs couleurs. La grande contre-offensive venait de commencer.

Le document portant le sceau du maréchal permit au juge d'être conduit sans délai au commandant de la prison. Quatre gardes amenèrent un jeune homme à la carrure de taureau ; son cou épais de lutteur avait déjà été dégagé pour la lame du bourreau. Le commandant lui lut le document puis ordonna à un adjudant d'aider le capitaine Wou à

254

revêtir son armure. Lorsqu'il eut mis son casque, le commandant lui tendit lui-même son sabre. Le juge Ti remarqua que si Wou n'avait pas l'air particulièrement intelligent, il avait un visage sympathique et ouvert.

— Suivez-moi, lui dit-il.

Le capitaine médusé ne parvenait pas à détacher son regard du bonnet noir du magistrat.

— Comment en êtes-vous venu à vous occuper de cette affaire, Noble Juge ? finit-il par demander.

— Oh !... répondit le juge d'un ton évasif, je me trouvais par hasard au quartier général lorsque votre procès a été révisé. Comme ils sont tous extrêmement occupés en ce moment, ils m'ont chargé des dernières formalités.

Une fois dans la rue, le capitaine marmonna :

— J'ai passé près d'un an dans cette maudite prison. Je n'ai plus d'endroit où aller à présent.

— Vous pouvez toujours venir avec moi, répondit le juge.

Comme ils déambulaient dans les rues, le capitaine entendit les roulements de tambour.

— Alors, ça y est, on donne enfin l'assaut, hein ? remarqua-t-il d'un air morose. Eh bien, j'ai juste le temps de rejoindre mon régiment. Au moins, j'aurais une mort honorable !

— Pourquoi rechercher à tout prix la mort ? demanda le juge Ti.

— Pourquoi ? Parce que je ne suis qu'un pauvre imbécile, voilà pourquoi ! Je n'ai jamais touché Madame Pan, mais en revanche j'ai trahi une femme qui est venue me voir en prison. La police militaire l'a fouettée à mort.

Le juge garda le silence. Ils étaient arrivés dans

une ruelle sombre. Il s'arrêta devant une petite masure, bâtie contre un entrepôt abandonné.

— Où sommes-nous ? demanda le capitaine étonné.

— Une femme courageuse et le fils qu'elle vous a donné habitent ici, répondit avec brusquerie le juge Ti. C'est chez vous, capitaine. Au revoir.

Le magistrat s'éloigna à grands pas.

Comme il tournait le coin de la rue, une bourrasque de vent glacial lui souffla au visage. Se retenant de tousser, il remonta son foulard sur son nez et sa bouche, faisant des vœux pour que les domestiques de l'auberge soient déjà debout. Il ne rêvait plus que d'une grande tasse de thé bien chaud.

MEURTRE AU NOUVEL AN

Cette histoire se passe également à Lan-fang. En général, un magistrat restait en poste dans la même ville. Mais à la fin de l'année 674, au bout de quatre ans en poste à Lan-fang, aucune nouvelle n'était toujours parvenue de la capitale. Nous allons voir ce qu'il advint le dernier soir de cette morne année. Lors des précédentes affaires résolues par le juge Ti, ses hypothèses se sont toujours finalement révélées exactes. Le lecteur constatera que dans cette énigme le juge Ti commet deux erreurs de poids. Mais cette fois, contrairement à la règle, deux erreurs donnent une vérité.

Lorsque le juge Ti eut rangé le dernier dossier et fermé à clé le tiroir de son bureau, il frissonna soudain. Il se leva, et, serrant contre lui sa robe d'intérieur matelassée, il traversa son cabinet froid et désert et s'approcha de la fenêtre. Il l'ouvrit en grand, mais après avoir jeté un rapide coup d'œil dans la cour du Yamen plongée dans l'obscurité, il s'empressa de la refermer. La neige avait cessé mais une rafale de vent glacial avait failli éteindre la chandelle posée sur son bureau.

257

Le juge se dirigea vers le lit de repos, contre le mur du fond. Poussant un soupir, il entreprit de replier les couvertures. Cette nuit, la dernière de cette épouvantable année, la quatrième passée à Lan-fang, il dormirait dans son cabinet particulier. Il n'y avait en effet plus personne dans ses appartements privés, de l'autre côté du Yamen, hormis quelques domestiques. Deux mois plus tôt, sa Première Epouse était partie rendre visite à sa vieille mère dans sa ville natale, et ses deux autres épouses et ses enfants l'avaient accompagnée ainsi que son fidèle conseiller, le vieux sergent Hong. Ils ne rentreraient qu'au début du printemps — mais ce dernier semblait encore très lointain en cette nuit glaciale et lugubre.

Le juge Ti saisit la théière et se servit une dernière tasse de thé. Il s'aperçut avec consternation qu'il faisait froid dans la pièce. Il s'apprêtait à frapper dans ses mains pour appeler un commis quand il se souvint qu'il avait donné quartier libre pour la nuit au personnel du tribunal ainsi qu'à ses trois assistants. Seuls restaient les sbires de garde à l'entrée principale.

Enfonçant son bonnet d'intérieur sur ses oreilles, il prit la chandelle et, traversant le greffe obscur et désert, se dirigea vers le corps de garde.

Les quatre sbires accroupis autour d'un feu de bois allumé sur les dalles, au centre de la pièce, se levèrent précipitamment à l'entrée du juge et ajustèrent en hâte leurs casques. Du chef des sbires, le juge ne put voir que le large dos, penché à la fenêtre et occupé à insulter copieusement quelqu'un au-dehors.

— Hep là ! lui cria le juge.

Lorsque le chef des sbires se fut retourné et eut respectueusement salué son maître, ce dernier lui dit d'un ton sec :

— Tu ferais bien de surveiller un peu ton langage en ce dernier jour de l'année !

L'homme marmonna quelque chose à propos d'un insolent petit morveux qui avait le culot de déranger le personnel du tribunal à une heure aussi indue.

— Ce garnement veut que je lui retrouve sa mère ! ajouta-t-il d'un air dégoûté. Ils me prennent pour une nourrice, peut-être ?

— Certainement ! répondit le juge. Mais de quoi s'agit-il ?

Le magistrat se pencha à son tour à la fenêtre. Dans la rue, le petit garçon s'était blotti contre le mur pour se protéger du vent glacé. La lune éclairait son visage barbouillé de larmes.

— Il y en a partout... partout par terre, gémit-il. J'ai glissé et suis tombé dedans... Et maman est partie !

Il contempla ses petites mains, puis essaya de les nettoyer en les essuyant sur sa veste toute rapiécée. Le juge aperçut des traînées rouges. Se retournant brusquement vers le chef des sbires, il lui ordonna :

— Va me chercher mon cheval et suis-moi avec deux de tes hommes !

Arrivé dans la rue, le juge souleva l'enfant et l'installa sur sa selle. Puis, mettant le pied à l'étrier, il se hissa lourdement derrière lui. Grimaçant de douleur, il se rappela qu'il n'y avait pas si longtemps il était encore capable de sauter à cheval. Mais une attaque de rhumatismes l'avait handicapé ces derniers temps. Il se sentit soudain vieux et fatigué.

Quatre ans à Lan-fang... Faisant un effort pour se reprendre, il dit d'un ton guilleret à l'enfant qui sanglotait :

— On va aller chercher ta mère tous les deux, d'accord ? Qui est ton père, et où habites-tu ?

— Mon père est Wang, le colporteur, répondit l'enfant en ravalant ses larmes. On habite dans la deuxième ruelle à l'ouest du Temple de Confucius, pas très loin de la grille de protection du fleuve.

— C'est facile à trouver ! dit le juge.

Il guida prudemment son cheval le long de la rue enneigée. Le chef des sbires et deux de ses hommes chevauchaient derrière lui en silence. Une brusque rafale de vent fit tomber la neige des toits, leur piquant le visage comme des milliers d'aiguilles. S'essuyant les yeux, le juge demanda :

— Comment t'appelles-tu, mon petit ?

— Je m'appelle Hsiao-pao, Monsieur, répondit-il d'une voix tremblante.

— Hsiao-pao... cela veut dire Petit-Trésor, remarqua le juge. Quel joli nom ! Et où se trouve ton père ?

— Je sais pas, Monsieur ! s'écria l'enfant avec désespoir. Quand il est rentré chez nous, il s'est disputé très fort avec maman. Elle n'avait rien préparé à manger ; elle a dit qu'il ne restait même plus une nouille à la maison. Alors... alors papa a commencé à hurler, il criait qu'elle avait passé l'après-midi avec Monsieur Chen, le vieux prêteur sur gages. Maman s'est mise à pleurer et je suis parti en courant. Je croyais que je pourrais peut-être demander à l'épicier de me donner un paquet de nouilles, pour que papa ne soit plus fâché. Mais il y avait tellement de monde que je n'ai pas réussi à entrer dans la boutique, et je suis retourné à la maison. Mais alors, papa et maman n'étaient plus là, il y avait du sang partout, partout. J'ai glissé et…

Des sanglots secouèrent ses frêles épaules. Le juge serra le petit garçon contre lui dans le repli de son manteau de fourrure. Ils poursuivirent leur chemin en silence.

Lorsque le juge Ti aperçut la grande porte du Temple de Confucius qui se découpait dans le ciel d'hiver, il descendit de cheval. Déposant à terre le petit garçon, il dit au chef des sbires :

— Nous sommes presque arrivés. Nous allons laisser nos chevaux ici, à la porte. Autant être discrets.

Ils s'enfoncèrent dans une ruelle étroite bordée de maisons de bois délabrées. Le petit garçon désigna une porte entrouverte. Une pâle lueur luisait derrière le papier huilé de la fenêtre, mais du premier étage brillamment éclairé provenaient des clameurs confuses de chants et de cris.

— Qui habite au-dessus ? demanda le juge en s'arrêtant devant la porte.

— C'est Liou, le tailleur, répondit le petit garçon. Il reçoit des amis pour la fête de ce soir.

— Montre le chemin au chef des sbires, Hsiao-pao, dit le juge avant de glisser à voix basse à l'homme : Tu laisseras le garçon avec les voisins du premier, mais redescends avec le nommé Liou pour que je lui pose quelques questions.

Puis il entra dans la maison, suivi des deux séides du tribunal.

La pièce nue et glaciale était éclairée par une unique lampe à huile vacillante. Le centre était occupé par une grande table en bois brut sur laquelle étaient posés trois bols de terre cuite craquelée et, à une extrémité, un grand couteau de cuisine maculé de sang. Les carreaux du sol étaient eux aussi rouges de sang.

Désignant le couteau, l'un des sbires remarqua :

— Quelqu'un s'est fait proprement trancher la gorge avec ça, Votre Excellence !

Le juge acquiesça. Passant le doigt sur la lame, il constata que le sang était encore frais. Puis il se retourna pour inspecter le reste de la pièce plongée dans la pénombre. Contre le mur du fond, des rideaux bleus délavés dissimulaient à demi un grand lit, et contre celui de gauche s'en trouvait un autre plus petit et dépourvu de rideaux ; c'était visiblement celui du petit garçon. Les murs étaient nus et maladroitement replâtrés par endroits. Le juge se dirigea vers la porte fermée, près du grand lit. Elle donnait dans une petite cuisine. Les cendres du fourneau étaient froides.

Lorsque le juge rentra dans la chambre, le jeune sbire remarqua d'un air malin :

— Ce n'est pas un endroit à tenter des voleurs, Noble Juge ! Il paraît que Wang, le colporteur, est pauvre comme pas deux.

— L'amour est le mobile du crime, répondit le juge d'un ton sec en montrant un mouchoir de soie qui traînait par terre, près du lit.

A la lueur incertaine de la lampe à huile, on pouvait y lire le caractère « Chen » brodé au fil d'or.

— Après le départ du petit garçon chez l'épicier, reprit le juge, le colporteur a découvert le mouchoir oublié par l'amant de son épouse. Il était échauffé par la dispute et ce fut la goutte de thé qui fit déborder la tasse. Il a attrapé le couteau et tué son épouse. C'est toujours la même histoire, conclut-il en haussant les épaules. Il est probablement allé cacher le cadavre quelque part. Ce colporteur est-il costaud ? »

— Fort comme un bœuf, Noble Juge ! répliqua le plus âgé des sbires. Je le croise souvent dans le coin, il arpente les rues du matin au soir avec sa grande boîte sur le dos.

Le juge Ti jeta un coup d'œil à la grande boîte carrée recouverte d'un tissu huilé, posée à côté de la porte d'entrée et hocha lentement la tête.

Le chef des sbires réapparut, poussant devant lui un homme grand et maigre. Il avait l'air passablement éméché. Titubant, il jeta au juge un regard embrumé. Le saisissant par le col, le chef des sbires le fit mettre à genoux. Croisant les bras dans ses vastes manches, le magistrat déclara d'un ton sec :

— Un meurtre a été commis ici. Dites-moi exactement ce que vous avez vu et entendu !

— C'est sûrement à cause de cette femme ! marmonna le tailleur d'une voix pâteuse. Elle passe son temps à courir les rues mais refuse d'accorder le moindre regard à un gaillard bien campé comme moi ! Il eut un hoquet. Je suis trop pauvre pour elle, tout comme son mari ! C'est à l'argent du prêteur sur gages qu'elle en a, la salope !

— Restez poli, je vous prie ! ordonna le juge avec colère. Et répondez à mes questions ! Ce plafond est en planches peu épaisses ; vous les avez sûrement entendus se disputer !

Le chef des sbires lui donna un coup de pied dans les côtes et vociféra : — Parle !

— Je n'ai absolument rien entendu, Votre Excellence ! gémit le tailleur effrayé. Ces sauvages là-haut sont tous ivres, et ils n'arrêtent pas de crier et de chanter ! Et mon imbécile de femme a renversé le bol, et elle était trop éméchée pour nettoyer ses cochonneries. J'ai été obligé de la secouer un bon moment avant qu'elle ne s'y mette.

— Personne n'a quitté la pièce ? demanda le juge.

— Impossible ! grommela le tailleur. Ils étaient trop occupés à savourer le cochon que Li, le boucher, nous a tué ! Et qui est-ce qui l'a fait rôtir ? C'est moi ! Pendant ce temps-là, ils m'ont sifflé mon vin, trop paresseux même pour surveiller correctement un feu de charbon ! La pièce était tout enfumée, j'ai été obligé d'ouvrir la fenêtre. Et c'est là que je l'ai vue s'enfuir, cette salope !

Le juge Ti leva les sourcils et réfléchit un instant avant de demander :

— Son mari était-il avec elle ?

— Est-ce qu'elle voulait seulement de lui ? ricana le tailleur. Elle se débrouille beaucoup mieux toute seule !

Le juge Ti fit brusquement demi-tour et examina attentivement le sol. Il reconnut dans la confusion des traces sanglantes les empreintes de petites chaussures pointues menant jusqu'à la porte.

— Vers où est-elle partie ? demanda-t-il au tailleur d'une voix étranglée.

— Vers la grille du fleuve ! répondit l'homme d'un air renfrogné.

Le juge Ti s'enveloppa dans son manteau de fourrure.

— Ramenez ce coquin chez lui ! ordonna-t-il aux deux sbires. Quand Wang rentrera, arrêtez-le ! Le prêteur sur gages a dû revenir récupérer son mou-

264

choir au moment où Wang, aux prises avec son épouse, a découvert l'objet. Wang l'a tué et sa femme s'est sauvée.

Le juge sortit et gagna la rue d'à côté couverte de neige. Il monta en selle et galopa jusqu'à la grille de protection du fleuve. Une victime suffisait, pensa-t-il.

Arrivé au pied des marches menant à la tour contrôlant la grille, il sauta à bas de sa monture et se précipita vers l'escalier aux marches glissantes. Au sommet de la tour, il aperçut une femme au bord du parapet le plus éloigné. Elle avait ramassé sa robe autour d'elle et se penchait au-dessus de l'eau en contrebas.

Le juge courut à elle et lui posa la main sur le bras.

— Vous ne devriez pas faire cela, Madame Wang! dit-il gravement. Vous tuer ne fera pas revivre les morts!

La femme recula contre le parapet et regarda le juge d'un air atterré, bouche bée de terreur. Malgré ses traits tirés et son expression hébétée, elle ne manquait pas d'une certaine beauté, plutôt commune toutefois.

— Vous appartenez au tribunal, n'est-ce pas? demanda-t-elle d'une voix tremblante. On a donc découvert que mon pauvre mari l'a assassiné! Tout est arrivé par ma faute!

La femme éclata en sanglots déchirants.

— C'est le prêteur sur gages Chen qu'il a assassiné? s'enquit le juge.

Elle hocha la tête d'un air désespéré.

— Je ne suis qu'une imbécile! s'écria-t-elle soudain. Je jure qu'il n'y avait rien entre Chen et moi;

je voulais simplement faire un peu enrager mon mari... Elle chassa de son front une mèche de cheveux trempés. Chen m'avait commandé une série de mouchoirs brodés, pour les offrir en cadeau de Nouvel An à sa concubine. Je n'en avais pas parlé à mon mari parce que je voulais lui faire la surprise. Ce soir, lorsque Wang a découvert le dernier mouchoir auquel je travaillais, il est allé chercher le couteau de cuisine en hurlant qu'il nous tuerait tous les deux, Chen et moi. Je me suis sauvée ; j'ai essayé d'aller chez ma sœur, dans la rue d'à côté, mais la maison était fermée. Et quand je suis rentrée chez nous, mon mari était parti et... il y avait du sang partout. Elle s'enfouit le visage dans les mains et ajouta en pleurant : Chen... a dû venir chercher le mouchoir et... Wang l'a tué. C'est de ma faute, comment pourrais-je continuer à vivre alors que mon mari... ?

— N'oubliez pas que vous avez un fils, coupa le juge Ti en la prenant par le bras pour la conduire vers l'escalier.

De retour à la maison, il demanda au chef des sbires d'emmener la femme au premier étage. Quand il se fut exécuté, le juge déclara :

— Nous allons nous cacher contre le mur près de la porte. Il ne nous reste plus qu'à attendre le retour du meurtrier. Wang a tué Chen puis il est parti cacher le cadavre de sa victime. Il pensait revenir nettoyer le sang, mais son fils nous ayant alertés, il n'en a rien pu faire. Je suis désolé pour ce petit garçon, ajouta-t-il au bout d'un moment en poussant un soupir. C'est un gamin bien attachant !

Les quatre hommes se plaquèrent contre le mur, deux de chaque côté de la porte d'entrée, tandis que le juge se plaçait près de la boîte du colporteur. Des éclats de voix leur parvinrent du premier étage.

La porte s'ouvrit brusquement et un gros homme entra. Les sbires se jetèrent aussitôt sur lui. Pris au dépourvu, il se retrouva à genoux, les bras enchaînés dans le dos, avant d'avoir pu comprendre ce qui lui arrivait. Un paquet enveloppé d'un papier huilé tomba de sa manche et des nouilles se répandirent sur le sol. L'un des sbires envoya d'un coup de pied le paquet dans un coin de la pièce.

En haut, les gens dansaient. Les minces planches du plafond ployèrent en craquant.

— On ne traite pas ainsi la nourriture ! s'exclama le juge furieux envers le sbire. Ramasse-moi ça !

Devant une telle rebuffade, le sbire s'empressa de ramasser les nouilles éparses. Après les avoir déposées sur la table, il grommela :

— Elles ne sont plus tellement bonnes à manger, avec la poussière qui tombe du plafond.

— Le coquin a du sang sur la main droite, Votre Excellence ! s'exclama avec excitation le chef des sbires qui venait de vérifier les chaînes de Wang.

Le colporteur contemplait, les yeux exorbités, le sol couvert de sang. Ses lèvres remuèrent, mais aucun son n'en sortit. Enfin, il releva la tête et lança :

— Où est ma femme ? Que lui est-il arrivé ?

Le juge Ti s'assit sur la grande boîte et croisa les bras dans ses larges manches.

— C'est moi, votre magistrat, qui pose les questions ici ! dit-il d'un ton tranchant. Dites-moi...

— Où est ma femme ? s'écria Wang tel un forcené.

Comme l'homme essayait de se relever, le chef

des sbires lui assena son lourd manche de fouet sur la tête. Wang étourdi s'ébroua et bégaya :

— Ma femme... et mon fils...

— Parlez ! Que s'est-il passé ici ce soir ? demanda le juge.

— Ce soir..., répéta Wang d'une voix blanche et hésitante.

Le chef des sbires lui envoya un coup de pied dans les côtes.

— Réponds la vérité ! gronda-t-il.

Wang fronça les sourcils et regarda de nouveau le sol rouge de sang avant de se décider à déclarer :

— Ce soir, comme je rentrais à la maison, l'épicier m'a dit que Chen, le prêteur sur gages, y était passé. Et en arrivant, il n'y avait rien à manger, pas même nos nouilles du Nouvel An. J'ai dit à ma femme que je ne voulais plus d'elle, qu'elle pouvait partir chez Chen et y rester. J'ai dit que tout le quartier savait qu'il était venu la voir en mon absence. Elle n'a rien voulu répondre. Ensuite, j'ai trouvé ce mouchoir, là-bas, près du lit. Je suis allé chercher le couteau de cuisine. Je voulais la tuer d'abord et après aller régler son compte à Chen. Mais quand je suis ressorti de la cuisine avec le couteau, elle avait disparu. J'ai attrapé le mouchoir, parce que je voulais le jeter à la figure de Chen avant de lui trancher la gorge, et je me suis écorché la main avec l'aiguille qui y était piquée.

Wang se tut. Il se mordit les lèvres et avala sa salive.

— C'est alors que je compris quel sacré imbécile j'avais été. Chen n'avait pas oublié son mouchoir ici ; il le lui avait commandé et elle était encore en train d'y travailler... Je suis parti chercher ma

268

femme. Je suis passé chez sa sœur, mais il n'y avait personne ; ensuite, je suis allé chez Chen. Je voulais mettre ma veste en gage pour acheter quelque chose de joli à ma femme. Mais Chen m'a dit qu'il me devait une ligature de sapèques pour les vingt mouchoirs qu'il lui avait commandés. Le dernier n'était pas tout à fait terminé lorsqu'il était passé chez nous dans l'après-midi, mais sa concubine était enchantée de ceux qu'il lui avait déjà offerts. Et comme on était à la veille de la nouvelle année, il tenait de toute façon à me payer. J'ai acheté un paquet de nouilles et une fleur en papier pour ma femme et je suis rentré.

Fixant le juge, il s'écria de nouveau :

— Dites-moi, que lui est-il arrivé ? Où est-elle ?

Le chef des sbires éclata d'un gros rire.

— Quel chapelet de mensonges ce chien nous débite-t-il ? s'exclama-t-il. Le lascar espère gagner du temps !

Levant le manche de son fouet, il demanda au juge :

— Est-ce que je lui défonce les dents, Votre Excellence, pour que la vérité sorte un peu plus facilement ?

Le juge Ti secoua la tête. Caressant lentement ses longs favoris, il regarda fixement le visage décomposé du colporteur agenouillé devant lui, puis il ordonna au chef des sbires :

— Vérifie s'il a bien une fleur en papier sur lui !

L'homme glissa la main sous la veste du colporteur et en sortit une fleur en papier rouge. Il la montra au juge avant de la jeter par terre d'un air méprisant et de l'écraser du bout du pied.

Le juge Ti se leva et se dirigea vers le lit, auprès duquel il ramassa le mouchoir. Après l'avoir exa-

Le colporteur resta bouche bée de stupéfaction.

miné attentivement, il alla vers la table et y resta un moment, les yeux rivés sur les nouilles souillées étalées sur le papier huilé. Seule la respiration rauque de l'homme à genoux troublait le silence.

Soudain des éclats de voix retentirent de nouveau à l'étage. Le juge Ti leva les yeux vers le plafond. Puis il se tourna vers le chef des sbires et lui ordonna :

— Faites-les descendre tous les deux !

Le colporteur resta bouche bée de stupéfaction et de joie en voyant entrer sa femme et son fils.

— Le Ciel soit loué ! s'écria-t-il. Vous êtes sains et saufs !

Il voulut leur sauter au cou, mais le chef des sbires le contraignit brutalement à rester à genoux.

La femme se jeta à terre devant son époux.

— Pardonne-moi, pardonne-moi ! gémit-elle. J'ai été tellement bête, je voulais simplement te faire enrager ! Qu'ai-je fait, mais qu'ai-je fait ? Tu l'as... Ils vont t'emmener et...

— Relevez-vous tous les deux ! interrompit le juge avec sévérité.

Sur un geste impérieux du magistrat, les deux sbires libérèrent les épaules de Wang.

— Otez-lui ses chaînes ! ordonna le juge.

Tandis que le chef des sbires interloqué exécutait l'ordre, le juge poursuivit à l'adresse de Wang :

— Ce soir, votre grotesque jalousie a failli vous faire perdre votre femme. C'est votre fils qui a évité le drame en venant me prévenir juste à temps. Que les événements de ce soir vous servent de leçon à tous deux. La veille du Jour de l'An est le jour du souvenir. Le jour où l'on doit se rappeler les bienfaits que le Ciel nous a accordés, les dons que nous avons coutume de tenir pour acquis et oublions trop rapidement. Vous vous aimez, vous êtes en bonne santé et vous avez un beau petit garçon. Tout le monde ne peut pas en dire autant ! Prenez la résolution de vous montrer dorénavant dignes de ces bienfaits !

Se tournant vers le petit garçon, il lui caressa gentiment la tête et ajouta :

— Pour que vous n'oubliez pas cela, je vous ordonne d'appeler désormais votre fils Ta-pao ; ce qui signifie « Grand Trésor » !

Il fit un signe aux trois sbires et se dirigea vers la porte.

— Mais... Noble Juge, ce meurtre... balbutia la femme.

S'arrêtant dans l'encadrement de la porte, le juge dit avec un pâle sourire :

— Il n'y a pas eu de meurtre. Lorsque les gens du premier ont tué leur cochon, la femme du tailleur a renversé le bol de sang et elle était trop ivre pour réparer tout de suite les dégâts. Il a coulé à travers les fentes du plafond, sur la table et le sol de cette pièce. Au revoir !

La femme se mit la main sur la bouche pour ne pas crier de joie. Son mari lui sourit quelque peu niaisement, puis alla ramasser la fleur en papier. Après en avoir maladroitement défroissé les pétales, il s'approcha de son épouse et lui piqua la fleur dans les cheveux. Le petit garçon à la bouille ronde regarda ses parents avec un large sourire.

Le chef des sbires avait ramené le cheval du juge Ti devant la porte de la maison. Ce ne fut qu'une fois en selle que le magistrat s'aperçut soudain que ses rhumatismes ne le faisaient plus souffrir.

272

Le gong du veilleur de nuit sonna minuit. Des feux d'artifice explosèrent sur la place du marché. Comme le juge pressait son cheval, il se retourna sur sa selle et cria :

— Bonne et heureuse année !

Il se demanda si les trois personnes plantées sur le seuil de leur porte l'avaient entendu, mais cela n'avait pas tellement d'importance.

POSTFACE

Le jugi Ti est un personnage historique. Son nom complet était Ti Jen-tsie et il vécut de 630 à 700. Dans la seconde moitié de sa carrière, il devint Ministre de l'Empire fleuri et, grâce à ses conseils éclairés, exerça une influence bénéfique sur les affaires intérieures et extérieures de l'Empire T'ang.

Toutefois, c'est essentiellement sa réputation de « détective », acquise alors qu'il était magistrat de district, qui perpétua sa mémoire parmi le peuple chinois. Les Chinois le tiennent encore aujourd'hui pour le plus grand « détective » de tous les temps, et son nom est aussi populaire que celui de Sherlock Holmes en Occident.

Bien que toutes les nouvelles réunies dans ce volume soient entièrement fictives, je me suis inspiré de la littérature criminelle de la Chine ancienne, et plus particulièrement d'un manuel de jurisprudence et d'enquêtes du XIIIᵉ siècle que j'ai traduit et publié en anglais il y a dix ans (*T'ang-yin-pi-shih*, Sinica Leidensia vol. X, E. J. Brill, Leyde, 1956). La fin du « Meurtre de l'Etang de Lotus » vient des enquêtes 33A et B de ce recueil, et la pesée du sarcophage décrite dans « Les cercueils de l'Empereur » d'une note ajoutée à l'enquête 35B.

Le dessin de l'horloge à encens qui apparaît dans les « Cinq Nuages de félicité » provient du *Hsiang-yin-t'u-k'ao*, recueil de croquis du même genre publié en 1878 ; c'est là que j'ai découvert également le dessin du labyrinthe du *Mystère du labyrinthe*.

Remarquons qu'en Chine le nom de famille précède toujours le nom personnel. A l'époque du juge Ti, les Chinois ne portaient pas de nattes ; cette coutume leur fut imposée en 1644 par les envahisseurs mandchous. Les hommes coiffaient leurs cheveux en chignons et portaient des bonnets chez eux comme à l'extérieur. Ils ne fumaient pas, le tabac et l'opium ayant été introduits en Chine plusieurs siècles après la mort du juge Ti.

Robert van Gulik,
Tokyo, 1967.

TABLE DES ILLUSTRATIONS

Dessin de l'horloge à encens.   18

« Vous cherchez à protéger quelqu'un,
Meng ! » s'écria le juge avec colère   56

Elle tomba à genoux en tremblant   92

Elle se tenait dans l'encadrement de la porte,
les seins nus.   140

Levant la chandelle, le magistrat contempla
le visage sans vie.   154

« Je suis la fille d'un noble roi et de sa chaste
reine ! Elle est bien bonne, non ? »   202

« Vous êtes doué pour les devinettes, à ce
qu'il paraît ? » dit le maréchal   242

Le colporteur resta bouche bée de stupéfac-
tion   270

BIOGRAPHIE DU JUGE TI

(Elle est entièrement fictive,
hormis sa date de naissance
et les notes historiques)

CHRONOLOGIE DES 15 RÉCITS ET DES 8 NOUVELLES

Les nouvelles réunies dans ce volume sont indiquées par un *.

630

Tai-yuan, capitale de la province du Chan-si.

Naissance du juge Ti. Education élémentaire à la maison, candidat aux examens littéraires de sa province.

650

Capitale de l'Empire.

Le père du juge Ti est nommé Conseiller impérial à la capitale. Le juge Ti devient le secrétaire particulier de son père, prend une première puis une seconde épouse. Passe ses examens littéraires métropolitains et devient secrétaire aux Archives impériales.

663

Magistrat de Peng-lai, district situé sur la côte nord-est du Chan-tong.

Trafic d'or sous les T'ang, coll. 10/18, n° 1619. Affaire du magistrat assassiné, Affaire de l'épouse enlevée, Affaire du séducteur puni.

Premier poste officiel indépendant du juge Ti. Il s'y rend en compagnie du sergent Hong. Rencontre en chemin Ma Jong et Tsiao Taï. Première allusion à l'épée « Dragon de pluie » ; Tsiao Taï a le pressentiment qu'il mourra par cette épée. Le chapitre XV relate les aventures de Mademoiselle Tsao.

« Cinq nuages de félicité » *
Une semaine après l'arrivée du juge Ti à Peng-lai. Madame Ho : meurtre ou suicide ? Affaire résolue d'un bout à l'autre par le juge Ti seul.

« Une affaire de ruban rouge » *
Un mois plus tard, meurtre d'un soldat, élucidé par le juge Ti avec l'aide de Ma Jong et de Tsiao Taï. Apparition du colonel Meng.

« Le passager de la pluie » *
Six mois plus tard. Meurtre d'un prêteur sur gages, résolu par le juge Ti seul. Il est de nouveau question du colonel Meng. Le juge Ti décide de prendre Mademoiselle Tsao pour Troisième Epouse.

663

Le Paravent de laque, coll. 10/18, n° 1620.

Affaire du paravent de laque, affaire du négociant trompé, affaire du maître-chanteur puni. Meurtres élucidés par le juge Ti assisté de Tsiao Taï lors d'un bref séjour dans le district de Wei-ping. Seconde allusion à la mort de Tsiao Taï par l'épée « Dragon de pluie ».

666

Magistrat à Han-yuan, district situé au bord d'un lac, non loin de la capitale.

Meurtre sur un bateau-de-fleurs, coll. 10/18, n° 1632. Affaire de la courtisane noyée, Affaire de l'épousée disparue, Affaire du conseiller prodigue.

Enquêtes menées par le juge Ti, Hong, Ma Jong et Tsiao Taï. Son futur quatrième lieutenant, Tao Gan, apparaît pour la première fois. Apparition du riche propriétaire terrien Han Young-han. Description du chef des mendiants de Han-yuan.

« Le matin du singe », dans *le Singe et le Tigre,* coll. 10/18, n° 1765.

Meurtre d'un vagabond élucidé par le juge Ti et Tao Gan ; Tao Gan entre définitivement au service du juge. Réapparition du roi des mendiants. Allusion à Han Young-han.

Le Monastère hanté, coll. 10/18, n° 1633. Affaire du supérieur embaumé, Affaire de la pieuse postulante, Affaire du moine morose.

La scène se passe dans un vieux temple taoïste, dans les montagnes de Han-yuan. Meurtres élucidés par le juge Ti et Tao Gan. On y décrit le comportement du juge Ti envers ses épouses.

« Meurtre sur l'étang de lotus » *
Meurtre d'un vieux poète résolu par le juge Ti et Ma Jong.

668
Magistrat de Pou-yang, florissant district situé dans le Kiang-sou, traversé par le grand canal.
Le Squelette sous cloche, coll. 10/18, n° 1621. Affaire du viol suivi d'assassinat rue de la Demi-Lune, Affaire du Temple bouddhiste, Affaire du squelette sous cloche.
Elucidés par le juge Ti et ses quatre lieutenants, le sergent Hong, Ma Jong, Tsiao Taï et Tao Gan. Présentation de Cheng Pa, le chef des mendiants. Présentation du magistrat Lo, du district voisin (Ch. IX).

« Les deux mendiants » *
Meurtre résolu par le juge Ti et le sergent Hong. Il est de nouveau fait allusion au magistrat Lo.

« La Fausse Epée » *
Meurtre d'un jeune acrobate, éclairci par le juge Ti, Ma Jong et Tsiao Taï. Cheng Pa réapparaît.

Le Pavillon rouge, coll. 10/18, n° 1579. Affaire de la courtisane au cœur dur, Affaire de l'Académicien amoureux, Affaire des amants malchanceux.
La scène se passe dans l'Ile du Paradis où le juge Ti séjourne deux jours avec Ma Jong. Le magistrat Lo réapparaît aux chapitres II et X.

La Perle de l'Empereur, coll. 10/18, n° 1580. Affaire du timbalier mort, Affaire de l'esclave assassinée, Affaire de la perle de l'Empereur.

Meurtres lors des courses de bateaux annuelles, résolus par le juge Ti, assisté du sergent Hong. Cheng Pa réapparaît au ch. VIII ; liaison de ce dernier avec Mademoiselle Violette Liang.

670
Magistrat de Lan-fang, district situé aux confins de la frontière extrême-occidentale.
Le Mystère du Labyrinthe, coll. 10/18, n° 1673.
Les raisons du transfert soudain du juge dans ce lointain district frontalier sont exposées dans ce roman. Renversement d'un tyran local et nombreux meurtres élucidés par le juge Ti, avec l'aide de Hong, Ma Jong, Tsiao Taï et Tao Gan. Talbi, la jeune Ouigour, devient l'amie de Ma Jong. Histoire de Fang, le chef des sbires ; le fils de Fang est nommé sbire.

Le Fantôme du Temple, coll. 10/18, n° 1741.
Trois crimes, qui en réalité n'en sont qu'un seul, élucidés par le juge Ti, le sergent Hong et Ma Jong. Description des trois épouses du juge ; quelques détails sur sa Troisième Epouse (Mademoiselle Tsao). Talbi, la jeune Ouigour, réapparaît. Allusions au chef des sbires Fang et à son fils.

« Les cercueils de l'Empereur » *
Deux affaires délicates résolues par le juge Ti seul, alors qu'il est convoqué dans le district frontalier de Ta-chi-kou, pendant la guerre contre les Tartares.

« Meurtre au Nouvel An » *

Affaire extrêmement curieuse résolue par le juge Ti seul, après quatre ans passés à Lang-fang.

676

Magistrat de Pei-tcheou, district situé aux confins des plaines arides du Nord.

L'Enigme du clou chinois, coll. 10/18, n° 1723. Affaire du corps sans tête, Affaire des sept bouts de carton, Affaire du marchand assassiné.

Après quelques mois passés à son nouveau poste, le juge Ti est nommé Magistrat à la Cour métropolitaine de Justice. Il élucida à Pei-tcheou quelques meurtres particulièrement odieux, avec Hong, Ma Jong, Tsiao Taï et Tao Gan ; le sergent Hong est tué alors qu'il travaillait sur une de ces affaires. On y trouvera les antécédents des trois épouses du juge. Apparition de Madame Kouo, la dame de la Colline aux Herbes médicinales.

« La Nuit du tigre », dans *le Singe et le Tigre,* coll. 10/18, n° 1765.

Meurtre d'une jeune fille résolu par le seul juge Ti quand, en route de Pei-tcheou à la capitale, il dut passer la nuit dans une maison de campagne isolée. Il est fait allusion à Madame Kouo et à la mort du sergent Hong.

677

Magistrat à la Cour métropolitaine de Justice.
Le Motif du Saule, coll. 10/18, n° 1591.

Le juge Ti a pris ses fonctions à la Cour métropolitaine de Justice ; Ma Jong et Tsiao Taï ont été nommés colonels de la garde, Tao Gan secrétaire principale de la Cour métropolitaine. Ma Jong épouse les jumelles Yuan.

681
Magistrat à la Cour métropolitaine de Justice.
Meurtre à Canton, coll. 10/18, n° '1556.
La scène se passe à Canton, où le juge Ti a été envoyé en mission spéciale. Meurtres élucidés par le juge Ti, avec l'aide de Tsiao Taï et de Tao Gan. Tsiao Taï est tué par l'épée « Dragon de pluie ». Tao Gan décide d'épouser Mademoiselle Liang. Il est fait allusion à Madame Kouo et au drame de la Colline aux Herbes médicinales.

NOTE HISTORIQUE : Le juge Ti est mort en 700, à l'âge de soixante-dix ans. Il laissa deux fils, Ti Gouang-tse et Ti Jing-hui qui firent une carrière officielle sans s'y distinguer particulièrement. Ce fut son petit-fils, Ti Jen-mo, qui hérita de l'étonnante personnalité et de la grande sagesse de son grand-père ; il mourut gouverneur de la capitale impériale.

TABLE DES MATIÈRES

Cinq nuages de félicité   9
Une affaire de ruban rouge   38
Le passager de la pluie   74
Meurtre sur l'étang de lotus   118
Les deux mendiants   149
La fausse épée   182
Les cercueils de l'Empereur   221
Meurtre au Nouvel An   257

Postface   275
Table des illustrations   277
Biographie du juge Ti   279

*Achevé d'imprimer en février 1987
sur les presses de l'imprimerie Bussière
à Saint-Amand (Cher)*

— N° d'impression : 413. —
— N° d'édition : 1681. —
Dépôt légal : juin 1986.
Imprimé en France
Nouveau tirage 1987